全民微阅读系列

一九八九年的蓖麻

YIJIUBAJIU NIAN DE BIMA

纪富强　著

江西高校出版社

图书在版编目（CIP）数据

一九八九年的蓖麻 / 纪富强著 . — 南昌：江西高校出版社，2017.9

（全民微阅读系列）

ISBN 978-7-5493-6016-1

Ⅰ . ①— …　Ⅱ . ①纪…　Ⅲ . ①小小说 — 小说集 — 中国 — 当代　Ⅳ . ①I247.82

中国版本图书馆 CIP 数据核字（2017）第 221615 号

出版发行	江西高校出版社
社　　址	江西省南昌市洪都北大道 96 号
总编室电话	(0791)88504319
销售电话	(0791)88592590
网　　址	www.juacp.com
印　　刷	北京一鑫印务有限责任公司
经　　销	全国新华书店
开　　本	700mm×1000mm　1/16
印　　张	20
字　　数	224 千字
版　　次	2017 年 9 月第 1 版
	2020 年 7 月第 3 次印刷
书　　号	ISBN 978-7-5493-6016-1
定　　价	49.00 元

赣版权登字 -07-2017-1126

目 录

第一辑

三

非常警事

酒　事

　　十年前,也就是我参加工作后的第二年,有一次全局民警开大会,政工科长点到一个人名,人群里突然爆出一阵哄笑,我立即侧身去看,这才认识了老陈。

　　老陈当时并不老,顶多四十挂零。可关于老陈的那些段子,实在让我们这些新警察"惊艳"。

　　老陈身上的经典,大都与酒有关:

　　那些年,公安机关没有禁酒令。老陈酒量大,没事喜欢呡两盅。有一次,老陈酒后骑着"撇三",冒大雪从派出所往家赶,到了家门口披着雨衣就趴车上睡了。第二天媳妇出门扫雪,发现门前堵着一大堆东西,还以为是老陈终于托人把取暖的炭给买回来了,哪知用扫把一划拉才知道,那堆东西根本就不是炭,而是老陈和他的"撇三"。

　　另一次是过干警日,派出所与当地群众搞联欢,没有值班任务的老陈喝到天黑没显醉态,而慰问的村干部却都大醉而归。值班同事纳闷,老陈真没事?一会去后院看看,却见老陈正在和一棵梧桐树较劲。

　　原来老陈找不到厕所,半道上解开腰带方便。之后将拳头粗的梧桐树扎进了腰里,等到完事要走,梧桐寸步不让,老陈边挣边还发了火:"谁也别拉别拽!我说不喝就不喝了,再喝就出洋相了……"

老陈最经典的酒事,发生在十二年前的一个冬夜。那天老陈和同事经过昼夜蹲守,抓住了三个偷牛贼,为群众寻回十多头耕牛。消息传开,大快人心,几个村的群众自发赶来慰问,眼看民警忙完工作月亮都爬上屋脊了,流着热泪非要与老陈他们喝一杯。

那场酒喝的,老陈后来回忆说,直接用上了脸盘。

等到酒终人散,老陈依旧骑着那辆"撇三"往县城赶。可没想到一阵风驰电掣后却迷了路,光在一个转盘处,就折腾了不下二三十趟!

后来老陈干脆将油门加到底,整个人像在风里飞起来,飞着飞着车没有了,路消失了,一切都模糊不清了,仿佛也终于到了家。可等第二天大清早恢复意识时,老陈发现自己仍趴在"撇三"上,而近在咫尺的一块临县界碑上写着一个令他惊掉大牙的地名:此地距派出所足有一百公里远!而且此时"撇三"的右边"雅座"竟不知下落,刚加满的油箱也早空空如也……

有关这些猛料,多年来我一直半信半疑,直到调入宣传科,到老陈所在的派出所采访,才终于有了证实的机会。

老陈还是那个老陈,除去头发白了,职务、脾气和爱好都没变。不过干起活来,却十足是个粗中有细的人。忙完工作,华灯初上,不值班的老陈硬是把我留下喝两盅,可结果还没等他找到状态,我已被灌趴在地。

半夜醒来,我见老陈正独坐床头抽烟,向他借火,竟吓了他一跳。

抽着烟,俩男人的距离自然缩短。

我打趣老陈:"您那些陈年酒事,到底有几分真假?"

老陈坦白交代:"都是真的,千真万确,就是背景不一样!"

"背景?"我表示疑惑。老陈深吸一口烟,久久不吐,"我这辈子！没文化，没特长，稀里糊涂干了公安这行，可公安是好干的吗？得舍得，得玩命，得豁出去……"

"年轻时家里穷得揭不开锅，别看抓人时腰里别着枪，可出去照样叫人笑话！后来，半夜抓个偷铁的，我跑在最前头，眼看要抓住了，谁想枪走火把人给崩了……再往后，天天泡在这老山窝，娘们改嫁、老人生病、孩子上学，哪一样我都没管好……"

说到这，老陈沉默了。我感到沮丧。眼前的老陈，再也不像个传说，而是充满了失意和窝囊。可我的眼角，分明不知不觉地潮了。

不久，有了禁酒令。再见老陈，依旧打趣："还喝吗？"老陈五十多岁的人了，干瘦如柴，脸上褶子一大把，笑起来活像泡开的菊花茶："喝！怎么不喝？下了班照喝，一辈子就这点爱好啦……"

写这篇东西前，最后一次见老陈正值局里开展民警驻村活动，作为随行记者我跟老陈他们进村走访，可镜头盖还没打开，就有人拦住了去路。我走在后面没搞清状况，却见老陈突然撒腿就跑。

原来，村机井里有洗衣孩子落水！

等我扛着摄像机，一路粗喘着跑到机井边时，一群得了救的女孩却正哭得叫人心碎：老陈他一眨眼工夫托上来仨孩子，自己却沉到水底，没了动静……

一分钟，三分钟，五分钟，等待对不会游泳的人来说残忍至极！终于，识水的增援赶到了，可还没等下水，井中猛的射出一阵气泡，穿着警服的老陈横着浮上来了。

众人七手八脚将老陈扒到岸上，百般抢救无效。我悲恸中举起手中的摄像机，老陈却"哇"的一声，吐出一口浑水来！

——老陈是被水底硬物钩住了腰带，挣脱不了只能拼命喝水,后来实在喝不动了,钩子竟也莫名其妙地松了。

捡回一条命的老陈,瞪着血红的眼珠子盯着摄像机。我一下明白过来,说:"老陈啊,太感人了,有什么你就说几句吧!"

老陈听了就像大醉初醒,口鼻喷沫地朝我吼道:"兄弟,咱可是海量啊!"

绝　活

在局里,我们这些写材料、搞宣传的常被比做偶像派,而那些干抓捕、搞审讯的则属于实力派。

冷教就是这实力派中的实力派。

冷教姓冷,现任刑侦大队教导员。一米八五的身高,虎背熊腰的身板,超强精准的枪法,非比寻常的胆识,天生就是干刑警的料!

冷教自打穿上警服那天,就在刑警队摸爬滚打,一晃三十年过去,抓人破案无数,积累的经验像浓稠的蜂蜜一样让年轻后生垂涎三尺。

关于冷教侦破的大案实在太多,这里按下不表,倒是有件小事值得说来听听:

那是个滴水成冰的冬天,冷教下了班站在大队门口等车。因为刑警楼紧靠中心路,街上车水马龙人来人往,冷教正两手叉腰悠闲地左顾右盼,突听近处一阵急刹车声,一个青年连人带车摔翻在路边。

冷教几步上前扶起青年,青年却早已吓得脸色发紫,嘴中求饶似的大喊:"冷叔,俺再也不敢了,求求您放俺一马!"

冷教一听,心中暗喜,再看歪倒在地的摩托车,竟然没插钥匙,于是像拎小鸡样将青年抓回刑警队,不费吹灰之力破获数起盗窃摩托车案。

后来,该青年受审时交代,他有不少大哥兄弟先前都被冷教抓过,偌大个县城,特别是他们那条道上的流氓痞子,几乎无人不知冷教的名字,无人逃得过冷教的抓捕。他年龄轻、胆子小、刚出道,当时做了案正心虚,路过刑警队门前偏巧又发现冷教在看自己,不禁浑身乱抖手脚失控,一个趔趄连人带车摔了个四仰八叉!

事后,同事们打趣冷教:以后别坐办公室了,天天站刑警队门口守株待兔就不愁破不了案。冷教听了不屑一顾,说这事不怨那兔崽子没长眼,怪只怪我自己长得丑,出来一站就能吓唬人!

说到长相,冷教的确个性! 冷教浑身粗枝大叶,头阔脸宽,高耳长腮,眉毛粗斜,唯独一双眼睛虽小但盯人时常常暴射精光,让人不寒而栗。可谓赛得关公,又比关公冷上三分。常人即便是同事,也最难见他一笑。

有人说,这都是冷教长期干刑警落下的"病"。别说坏人就是好人让他盯一会儿,心里都冷飕飕得发毛!

其实说到"冷",冷教长相还在其次,更冷的是他的脾气。

冷教行事向来雷厉风行、快人快语,最恨打官腔、摆架子、搞浮夸,尤其对屡不开窍的后生更是接近于刻薄,甚至不近人情。

有一次省市两级高层领导前来视察,冷教作为破案统帅高度重视,亲自和内勤忙活了一天一夜,把材料准备得精致妥当。不料领导当日姗姗来迟,一不看案卷,二不听汇报,却围着警队厨房、浴室、厕所转了一圈,坐上车就直奔了酒店。

冷教心中郁闷，饭局上杯筹交错，又听领导对警队厕所的卫生表达了遗憾，起因是领导去厕所时扶了一下墙壁，而发现墙缝里有蜘蛛网。轮到冷教敬酒时，有人劝冷教把酒干了，让领导随意。哪知冷教接过话茬说，"厕所才是随意的地方，干刑警的忙起来经常连想随意都得憋着！大家多包涵，我这人没文化，还真不知道打扫厕所卫生跟提着脑袋破案有啥关系！"

一家人全都呆愣当场。

像这样的事，冷教身上多了去了。或许正因如此，冷教仕途并不顺利。索性冷教并不看重，对他而言，破起大案跟立个大功，抓几个逃犯跟升官发财，他会毫不犹豫地选择前者。

用冷教的话说，破大案、抓逃犯，才能让一个刑警感到过瘾！冷教这些看似不近人情的"冷言冷语"和"冷面无私"，却也常常赢得了不少年轻民警的赞叹和崇拜！

冷教毕竟年龄大了，最近一次调整分工，领导有意让他常驻郊区训练基地，说过去既可督促基建，也可顺便调养生息，是一种政治待遇。冷教破例笑笑，卷起值班时用的铺盖卷就去了。

可去了，接着又回来了。

县城新发一起特大绑架案，几天未破，冷教着急上火主动请命，领导爽快答应。

冷教一出，果然不同，他带人深入车站、KTV等人群密集场所，靠着众多眼线深挖线索，很快使案子水落石出，准确锁定了嫌疑人。

抓捕在一个午后展开，民警赶到时，狡猾的嫌疑人预感不好，一哄而散逃进了干涸的河床。冷教跳下车赤手空拳追在最前方，眼见对方越逃越远，突然急中生智咬牙大吼："再跑我就开枪毙了你们！"说完分别朝着不同方向，用口舌连弹四声："啪"、

"啪"、"啪"、"啪"……

说来神奇，四声舌弹在空阔的河床里听来直赛枪响！逃向四方的歹徒闻声相继抱头，一骨碌跌趴在地上。民警随即一拥而上，轻而易举就收拾了这帮虾兵蟹将。

——这个抓捕过程是不是太离奇了？根本就不适合在新闻报道里渲染。所以，我只能把它如实写进了小说。

时到如今我还想说，老天，那一刻，冷教真"冷"（cool）！

悬　剑

一大清早，灌汤包铺子里，热气腾腾，人头攒动。

由于加班睡得迟，我迷迷糊糊走进去，点了包子，找个角落慢慢地舀着蛋汤喝。等差不多吃完，胃里舒服了，站起来去付钱。这时，老板告诉说结了。

我愣住，随着老板的手一指，楚队的背影一闪而过。

我心中猛地涌起一道暖流。

楚队，我实习时遇到的第一个领导和搭档。

十二年前，我警校毕业，回原籍实习。那阵儿正赶上县城十几家单位接连被盗。重压之下，刑警全员出动，迅速展开调查。

分工头晚，我和楚队被分在守候组。说实话，我挺失望。

那时候，有个身高一米八多、说话像打雷、抓贼像抓鸡、唱刘欢堪称一绝的齐队，才是我心中的偶像。就连他常开的一辆破"仪征"越野车，大老远见了我都感到亲切和兴奋！

可楚队呢,个子不高,其貌不扬,戴了副眼镜,是全队里唯一的近视眼,丝毫让人感觉不到刑警的"霸气"……

我们很快赶到了守候地点:地税局传达室。这是县城尚没被盗的主要单位之一。我们的任务是加强此地的安全防范,又要留心发现盗贼光顾即刻实施抓捕。

比起那些手持"五四",开着便车四处巡查的同事,这任务也让我感觉憋屈。我们不但没配手枪,连部对讲机也没有,而且还要整夜守在狭窄的传达室内,不能开灯,不能打瞌睡,不能发出一点动静,承受着蚊虫的狂轰滥炸。

或许是我主观上对任务有偏见,我们刚把熟睡中的门卫叫醒,打开门走进去,我脚下忽然一软,竟没站稳,碰倒了一个东西。只听"砰"的一声,身边传来一阵巨响!

倒霉,我绊倒了一个暖瓶。

幸好暖瓶里的水不烫,可我还是连惊带吓,站在原地不知所措。黑暗中,只听楚队严肃地说:"不许开灯!怎么搞的?"

我听了又急又冤。屋里没开灯,我刚进门视线还没适应,暖瓶居然放在地板中间,你不问我烫到了没有,还发火?

楚队又对门卫说:"屋子小,你赶紧去睡觉,地板我们收拾。"

哪知门卫得理不饶人:"你看看,我就这么一把暖壶!"

听他口气,我们来是打扰了他休息,意思也很明显,让我赔他一个暖壶。

果然,楚队问他:"你这暖壶多少钱一把?"

他毫不客气:"新的话,十块钱!"

我兜里装的钱可不止十块,但不知为什么,我就是执拗地不想赔他。而且接下来,更令人匪夷所思的事情发生了,我竟鬼使神差对楚队撒了一句谎:"楚队,不好意思,我没拿钱!"

楚队听了,毫不犹豫,立刻掏出十块钱来给了门卫,那门卫仔细辨认了一下,才上床拉下蚊帐继续睡了。

我羞愧且不情愿地打扫了残渣,靠着楚队坐下。此时楚队正两眼紧盯窗外,像只高度警惕的猫头鹰!外面死静一片,除了偶尔有一两只野猫蹿过,连丝风都没有,而我们很快汗流浃背。

时间一点点过去,远近就只剩下门卫的呼噜声。这简直是我有史以来度过的最难熬的一夜,浑身被汗水湿透又粘又潮,从脖子到脚被蚊子咬遍奇痒无比,可我和楚队没说一句话。直到天亮。

从这天开始,我们白天睡一上午,下午去队里处理事务,而晚上雷打不动去搞守候。渐渐,我竟对这活有了"别样"的兴趣。因为我想跟楚队竞赛,想比比是谁先开口,比比谁先感到厌倦。

漫长的一周后,领导觉得民警快累到极限了,而队上事情太多,不能让所有人都耗在这案子上。临撤的最后一晚,天亮了,楚队突然从马扎上一头栽下来,眼镜甩出老远,眼睛却睁得很大,布满血丝。

我过去扶他,楚队开口了:"别动,让我躺会儿,还是你小子身体棒啊,我腰都快断了!"

楚队输了。我觉得他在向我服软。这时,我最想做的事情就是向他道歉,然后还他十块钱。可还没等开口,他又说道:"干我们这行的,头上都悬着把剑,既威风又危险,有时候是群众给咱的,有时候是敌人,还有时候是自己,一不小心就会伤人!你还年轻啊……"

听了这话,我心里酸酸的,我觉得这里面有楚队对我的嘲讽。

于是,我口是心非地说:"跟您搭档,我学了不少东西!"

全民微阅读系列

楚队听了,却摇头一笑:"其实这时候,我们最不应该撤……"

我对此更是不屑一顾,这笨法子本来就是无用功,他还上瘾了?

然而,我和楚队撤后的第二天早上,一条发案警情几乎生生将我震蒙:税务局昨夜发生被盗!

原来,暗中的贼比我们更能坚持。

那一刻,我的心像被落下的利剑狠狠刺中:震惊、耻辱、痛苦。楚队日常苛刻的言行重回记忆,让我陡然醍醐灌顶!

一晃,十多年过去了。那案子早就完结。楚队也调出了刑警队。可多年从警,我脑海里始终记挂着楚队的"悬剑"之说:当警察的,每人头上都悬有一把剑,代表正义时,它会无形中助你一臂之力,负责警醒时,却随时可能刺伤自己,所以要格外谨慎、隐忍和智慧……

楚队,我从警的第一堂课,我心中永远的"剑哥"!

老　白

我跟老白不熟,十几年来只见过几面。

同在一个局里,这是不是有点邪乎?

不,一点都不。

这是由于老白的工作性质决定的。

老白干吗的?——

有人骂他"阎王";有人咒他"小鬼";还有人叫他"夜游神";而我们在事迹材料上,赶他叫"山城夜鹰"。

看得出来,不管怎么叫,老白都是个狠角。

老白的工作时间极为特殊,恰恰与他的姓氏完全相反。

试想:一个年轻壮汉,每天夜里,十点上岗凌晨下班,在夜最深沉的下半段,带一群联防队员,逡巡在城区的大街小巷,守候、排查、堵截、抓捕,寒来暑往,风雨无阻,一干就是十年,从无间断,这是个什么概念?

当别人下班接了孩子,其乐融融一起吃晚饭,老白可能正睡得天昏地暗;当别人打着酒嗝回家,洗完热水澡看场球赛,老白可能刚刚换上厚棉大衣出门巡查;当别人沉入梦乡打着幸福的呼噜,老白跟弟兄们或许正跟歹徒在黑暗中展开激烈的肉搏战;当别人晨起锻炼完,提着豆浆油条往回走,老白也总算把自己连人带大衣重重地往床上一扔……

一晃就是十年! 这是人干的活? 是人过的日子?

不是,也是。至少,老白得干,得过。老白也愿意干,情愿过。

因为,老白是个警察。

不是有首流行歌吗,那英唱的,《白天不懂夜的黑》。不干这行,恐怕谁都体会不到这其中的付出和苦累。

说到歌,我忽然想起来,之前我对老白的印象,竟然不是因为和他打过什么交道,而来源于他那位多才多艺的老婆!

几年前,县局曾组织过几届迎新春文艺晚会,期间有个体态丰盈的民警家属,舞台上能歌善舞,什么歌曲新潮唱什么,什么舞步火爆跳什么,给人留下深刻印象。那时,我就听有年轻民警私下里开玩笑:"听说老白和老婆过性生活,还得请假回去加班呢!""这样的老婆,老白能镇得住吗?"

我听了也笑,是啊老白!都说女人三十如狼,四十如虎,你这样的作息,谁能受得了?

可转念一想,我们操这份心不是吃饱了撑的吗?

让我万万想不到的是,日后真正与老白亲近,竟会是在病房里。

那天刚一上班,局领导要去医院探视,我和一女同事被派去录像照相。直到进了病房我俩才知道,要看的人是老白。

老白躺在床上,头被纱布裹得像个粽子,脸肿得像块猪血。而一边垂手站立的明星老婆,仍是红唇粉面,收拾精当。

局领导短暂慰问后离去,我趁机坐下来,与老白近距离扯谈几句。

老白是深冬半夜审查路边两个涉嫌盗窃的青年时,突然遭到了对方的钝器袭击。用老白的话说,这次栽大发了,还没明白过来是怎么回事,已经躺在地上数星星了。

嫌疑人凌晨悉数落网,但老白牙被打掉四颗,外加中度脑震荡。

我打趣老白:"这下恐怕得立个小功了。"

老白皮笑肉不能笑地回答:"幸亏没当烈士,我的保险刚超了期。"

"十年了,不想换换警种?"

"想啊,领导也想把我换了。可我没同意。一是没肯替咱的,二是我这生物钟不能紊乱啊!"

我笑着追问:"心里话?"

老白答:"要不算正式采访的话,那当然不是。"

"其实,我更舍不得那些协勤啊!"老白叹口气说:"我走容易,谁都能替,可那帮人恐怕也得跟着走一批!他们身经百战身手难得，一旦走了实在可惜！现在能有多少年轻人愿干这种活？"

"那建议多找几个民警，轮着带班不行吗？"

"兄弟，都试过。各人思路不同，要求不同，配合默契程度也不同，干这活可实在容不得半点松懈和闪失！"

我明白了。突然很能懂老白的意思。

于是话题一转："那这么干下去，就不怕嫂子踹了你？"

岂料，老白语气舒缓下来："我现在，最想感谢的人就是我老婆。这么多年了，好不容易能休息几天，却又得麻烦她伺候我……"

这话很肉麻，偏偏老白又说得一本正经。两个大眼珠子无限深情地望着天花板。

我扭头去看老白老婆，人家正面无表情地端坐一旁，用涂满蔻丹的手指一遍遍地数着慰问金。

走出病房，一起来的女同事为老白抱不平："像话吗？男人受伤住院，女人鞍前马后伺候得了，竟然高跟短裙打扮得像个演员！"

我笑笑，刚要附和，忽然想起老白方才盯看天花板时的眼神。

我恍然大悟，老白这十多年的青春和夜晚奉献给了谁呢？说得通俗点，不就是这个舞台上载歌载舞、生活中千娇百媚的女人吗？老白孤苦凄寒的黑夜，恐怕全仗着老婆光彩熠熠的白天能懂了。

于是我大声说："你不懂，老白有这么漂亮的老婆，就算是罗锅被车碾，死也值（直）了。"

女同事狠狠撇撇嘴："你们男人就是好色！"

全民微阅读系列

眼　力

说说老白抓贼的事儿。

十多年的下半夜巡查,老白遭遇的各种蟊贼不计其数。

因此,老白也练就了一双迥异于常人的夜眼。

老白那双眼,瞪起来硕大无比,眼珠外凸,不怒自威,与寺庙中的金刚罗汉很有一比, 虽常常充满血丝,但夜间眼力好得出奇。

有一次,他们在历山小区守候,手下协勤跟老白打赌,猛不丁指着三十米开外,正在房顶上掐架的三只野猫,问:"白队,都说你眼力好,你看看它们哪只是公的,哪只是母的?"

老白听了趴着没动,用余光瞟了一眼屋顶,随口说道:"清一色,都是公主!"

手下不信:"牛皮吹漏了吧? 闭眼都知道有公有母,在争风吃醋!"

老白依然慢条斯理:"声音放小点,眼别乱撒摸,待会儿让你们亲自验证!那三只猫肚皮下都挂着一长串奶子,它们也不是争风,是在争一只破袜子,而且是女式的,黑短丝袜……"

协勤们如听天书,一百个不信,等过了守候的点,凑过去一看,傻了。猫果然全是母的,争的也确实是只黑丝袜!

为此,协勤每人输给老白一包好烟,但不甘心:"假设丝袜是眼力好看出来的,可猫肚底下的玩意儿根本就不可能看见,除非是孙悟空转世!"

老白悠闲地吐口烟圈："我是白骨精，闷死你们这帮猴儿们！"

老白究竟怎么做到的？恐怕那些协勤至今还蒙在鼓里。而我也是磨破了嘴皮子，才在事隔很久后从老白嘴里套出了真相。

原来，老白常在这小区一带转悠，三只猫是谁家养的早就了然于胸，母的就是母的，还用得着看？！

还有一次，老白和两名手下对某青年盘查，当场从其身上搜出扳手跟断线钳。那人见势不妙，撒腿就跑。老白紧追不放，不过还是被慢慢拉开了距离。

最后，嫌疑人逃进一个路边小区。老白和手下赶到时，发现此处地形复杂，旧楼密得令人眼晕。

老白火速用电台招呼兄弟们增援，一边让两名急于建功的协勤原地待命。

协勤纳闷，趁嫌疑人没跑远，赶紧搜啊！可老白说不，并且大模大样地站在小区入口，示意让协勤往其中一座旧楼上看。

协勤直眼看了老半天，没发现任何迹象，更没听见任何动静。

可增援一到，老白立即布置了把守人员，带人直奔那座楼的第二楼洞。

五分钟后，老白就把光着脚的嫌疑人给请下来了。

大家对老白眼力佩服得五体投地。问起来，老白也没来得及谦虚：刚追到小区入口时，他发现几座楼中，唯有这楼洞一二层声控灯亮了小会儿即灭掉了，此后就再没亮过灯。

因此老白判断，嫌疑人多半跑进了这楼洞，那人一开始心情急躁，动静也大，一二层声控灯就亮了。而紧接着，他注意到这问题，再往上跑时就格外留意，甚至脱掉鞋光着脚往上走……

真正让老白眼力名声大噪的，还属破获城区系列车牌被盗案。

那个夏天，上级下派县局挂职的一位副局长，点名要和老白进行下半夜巡查，切实体验一下基层生活。

那时间，县城车牌被盗案频发。犯罪嫌疑人仿佛午夜幽灵，每每在老白眼皮子底下得逞，频频在失主车前窗上留下笔迹嚣张的字条："往 x 卡上打两百元钱，马上告诉你藏牌地点！"

老白对这贼恨得咬牙切齿。那晚带着副局长绕县城转了大半夜，最终盯着路边一个刚要跨上摩托车的人兴奋起来。

老白截住他，亮明身份："这么晚了，在这干什么？"

那人很镇定："批发早菜的。"

"批发早菜，怎么不去菜市场？"

"路过，撒尿。"

"撒尿？撒完了吗？"

"刚撒完，这就走。"

"等等！"老白边说边绕摩托车转圈。

车是单人摩托车，人又穿着短袖半裤，确实看不出破绽。

副局长示意老白撤，可老白不走，非但不走还请副局长帮忙看住人，他要到附近绿化带中搜车牌。

副局长说看人你在行，还是我去搜吧。老白这时补充了一句令副局长终生难忘的话："局长，趴在地上找找他撒的尿！"

尿，当然没找到。四周压根就没有半寸湿地方！

那人慌了，提提裤子想改口，却从裤裆里掉出一只签字笔来。

老白和副局长见了大乐，立刻把人带回去，转而从其住处搜出了上百副车牌！

案子破得漂亮。副局长后来问老白："你怎么看出那家伙有事儿？"

老白说："憋了一晚上，撒泡尿应该既放松又痛快，可那家伙手脚发颤满脸紧张！"

这事儿，经过内勤整理，登上过省公安厅的信息简报。题目就叫《夜间巡查效果好，蛛丝马迹破悬案》。

不过很遗憾，副局长找尿那段儿，只字没提。

智　取

夜间巡查，光有眼力和体格不行，关键时候得狠动脑子。

去年一个凌晨，老白他们在县医院附近守候，眼见从里面扭扭歪歪开出一辆面包车，还没等拐到大路上就熄了火。

老白带人摸过去，见车上下来一个壮汉推车，留个小个儿把着方向盘。

"这么晚了，干什么的？"老白亮明身份盘问。

"看病。"小个儿回答。

"跟谁看病？"

"我父亲脑血栓！刚住上院，我回去拿点生活用品……"

这时，车后的壮汉接了个电话，"嗯嗯"几句挂上，冲小个儿喊："老三，不行我得赶紧回病房！你先叫警察同志帮帮忙……"

说完，扭头就向病房楼跑。

老白想制止，可转念万一耽搁人家看病就麻烦了，赶紧对几名协勤耳语几句,叫他们跟上去。

老白继续盘问小个儿:"车怎么回事?是你的吗?"

"我的!二手车,好熄火,尤其是大冷天……"

"你下来,我帮你瞅瞅。"

小个儿下来,被夹在协勤中间。老白上车,左看右看,车上很干净,没什么工具,且是用钥匙正常启动的,没什么异常。

老白拉开风门,轰几脚油,随后钥匙一扭,车就打着了。老白下了车,脑子却转得飞快:"你父亲住几楼几号?需要帮忙我们去看看。"

小个儿连忙摇头说不必,可老白坚持热心到底。

小个儿没法,只好说:"那实在太麻烦了,老爷子住在三楼,具体几病室我没记住,你们得去找找……"

说完,小个儿挂挡要走,老白突然大吼一声:"拿下!"

拿下了小个儿,老白用电台问那边情况。那边壮汉没进病房,正给几个协勤敬烟套近乎呢。

老白还是那俩字:"拿下!"

俩嫌疑人十二分不服,一个劲儿问怎么了?老白厉声吼道:"这地方我天天转,三楼是妇产科,老男人能得妇科病?"

俩人听完彻底蔫了,乖乖坦白了潜入病房偷盗病人现金和汽车钥匙的经过。

这事过了没几天,老白手下一名协勤在分组盘查时,被嫌疑人用剪刀刺成了轻伤。那协勤人年轻,长得帅,还没女朋友,从额头到下颚划开的那道深口子,几乎毁了容。

老白看在眼里,疼在心上,发狠非要抓住那狗日的。

半小时后,他们发现了嫌疑人踪影,将人一路追进了妇幼保健院。

那是一座五层建筑的旧楼,老白留下两协勤把守,带人从上到下依次展开搜捕。

结果,没有。兄弟们意见一凑:全楼上下,只有妇产科亮着灯,但锁着门没搜,嫌疑人八成就躲在里头!

所有人都跃跃欲试,想来个瓮中捉鳖。可老白说不,马上收队!

大伙儿不解,人不抓了?受伤弟兄的仇不报了?

可命令就是命令。大伙在老白带领下,沮丧地吆喝着:"妈的,叫他跑了!撤了、撤了!冻死了……"

两分钟后,全楼上下撤得一干二净。

唯独俩队员发现老白向他们使眼色,并递过来一条拖车绳,俩人心里顿时雪亮。不一会儿,楼上飞快地跑下一个黑影,刚到大门口就扑通一声被绊了个狗啃屎,手中的剪刀甩出去十多米远!

这招"欲擒故纵",等事后协勤明白也没觉得特别高妙。但老白再一解释,却都佩服得五体投地!"嫌疑人手里有剪刀,万一逼急了拿孕妇或新生儿当人质呢……"

关于智取,老白还有段反面经典。

那段时间,停在县城路边的大货车,轮胎或备胎经常半夜被盗,那可是一条好几千的东西,受害人怨声载道。

一天半夜,老白巡到县城外环,发现几名可疑分子正在一辆大货上忙活,老白立即鸣响警笛,开足马力冲过去,对方上车就逃。

老白将油门踩到底,可无奈对方开的高档轿车,根本就撵不上!老白只能向指挥中心汇报,让派出所火速在沿线布控堵截。

让老白惊掉大牙的是,这不是一帮普通盗贼。他们刚驶出县城就不跑了,停在一条荒郊小道上,径直跳下五六个壮汉,人手一把凶器,领头的还端着类似关公用过的青龙偃月刀!

老白心说坏了,自己车上才四个人,不但没配枪,就连长点的器械都没有!打是打不过,往回撤?可小路窄得无法调头!硬着头皮上?那不是找死吗!情急中老白狠加油门,越过歹徒,硬是将双方车门都挤扁了才冲出包围圈!

可老白接着又发现,前面竟是条死路!眼看歹徒挥刀杀近,老白干脆和协勤下车就跑,边跑边喊边叫,最后倒是歹徒放弃了追击,从容倒车离去!

铩羽而归的老白事后向领导如实汇报:他们躲在柴火垛里半夜没出来,幸亏后援全副武装赶到才把他们接回去。

"能不能给巡查队配把枪啊?"老白趁机申请。

领导握拳沉默片刻,继而点点头:"你们不硬拼,保住命,智取也算是胜利!"

良　心

世上没有两片相同的叶子。但世上偏偏总发生一些似曾相识的奇事。

那年冬天一个凌晨,老白和队员开车经过居家城市场,由于车速慢,透过车灯,老白远远发现地上散落着大把钞票。

此时,天上正淅沥下着小雪。

而随着小雪飘然落下的,还有一些花花绿绿的钱。

夜巡这么多年,老白算头一次开了眼。天上下雨下雪下冰雹甚至下沙子他都经历过,唯独下钱还是第一次见。

老白下了车,顺着飘钱的方向抬头看,发现头顶高耸的塑钢大棚边角上,正斜搭着一个黑色皮包,钱就是从那里面忽忽悠悠飘落而下。

老白赶紧安排队员去够包,自己弯腰去地上捡钱。难不成这真是上帝的打赏?不要白不要啊!

可捡着捡着,老白发现情况不对。

钱大都是些毛票,上帝怎么那么吝啬?

而且老白有种强烈的不祥预感,问题出在哪儿,一时说不上来,可天那么冷,他愣是冒了一背的冷汗。

等队员把包够到手,地上的钱捡完,仔细一数,总共一千三百五十六块四。

有队员嘴快说:"白队,好兆头啊,一三五六四,一天没有事儿。天马上就亮了,咱撤吧?"

"撤?这鬼天,谁不想老婆孩子热炕头?"老白眼盯前方,前方是平时用塑钢大棚挡雨遮阳的菜市场,此时一片死寂黑不隆冬望不到头。"可事儿太蹊跷了,你们以为真是财神爷送钱?"

"有可能!"队员异想天开,"以前电视上还演过刮风下鲤鱼呢!"

老白冷嘲,"那财神爷也忒小气了,看看这些钱,百分之八十都是毛票,还油乎乎脏兮兮的,像他老人家的手笔吗?就给这么点!"

老白说完,上车拿了手电,命令队员和自己继续往大棚深处走。队员们也来了兴致跟上,那架势颇有点阿里巴巴领着众乡亲发现了金山一样。

可他们一直走到尽头,再没有发现半毛钱。一路上也没遇到半个人影儿。

队员失了兴致,冻得冷冷缩缩,老白却在往回走时眼珠子仍瞪大着到处撒摸。

终于,老白的预感应验了。他们虽走在同一个大棚下,但中间因有石板隔着,来回走得是两条道儿。返回途中,老白突然用手电指指左前方地上,问队员:"你们看,那是什么?"

队员们不看不要紧,一看汗毛都直起来了——

在那排极低的水泥隔板下面,赫然露出一只脚来,脚上穿着一只沾泥带水的女式皮鞋!

老白和队员虽见过不少伤害现场,可眼前阵势着实令人心惊胆战。所有人的第一感觉,就是发生了杀人解尸案。

老白和队员赶紧上前察看,事情却出乎意料——腿是完整的腿,人也是完整的人。

等他们齐心合力小心翼翼把人从隔板下拽出来,竟发现那中年妇女还有微弱的呼吸!

救人要紧,他们二话没说就把妇女往急诊送。

然而这一送,却让他们没能在天亮时下岗。妇女的家属赶来后,死活不让走,一口咬定就是他们开车撞的人。

尤其是听医生初步诊断说,妇女很可能成为植物人时,家属闹得更为凶猛,非让老白他们掏钱赔偿。

老白和队员百口难辩,掏出工作证,掏出捡来的皮包和毛票,把过程详细说了一遍又一遍,可对方还是不信。队员要火,被老白强行按住。原来,老白也看出来了,对方不是不信,而是怕连他们也走了,找不到肇事者,医药费担负不起!

老白虽心里有气,但更恨那个撞人的家伙。经他分析,那人非但没施救,反而撞倒妇女后把她推进隔板下藏了起来。

要不是老白他们发现及时,妇女的命早就没了!

老白想趁着时间还早,去查那嫌疑人,可家属发觉了,硬拉着老白的胳膊就嚎:"你还是个警察?你讲讲良心啊!你不能走……"

老白腾地一下也火了:"是有人的良心叫狗吃了!我现在去给你们找找,找不回来我顶!"

老白把工作证押下了,带着队员返回市场。怎么都没发现肇事车的残留物。这会儿雪又大了,人车过往繁杂,到哪去找肇事车呢?

要说老白脑子就是转得快,去查监控!那么早的时间,看他往哪儿逃?

等老白和队员分头把几个路段的监控找出来,很快就锁定了一辆崭新的红色三轮摩托车。批菜妇女被当场撞击的场面虽没拍到,但那车驶进大棚后一个黑色皮包被猛然甩出来挂在大棚上,数不清的钞票飘散而落的场景却历历在目!

接下来就好办了,家属看录像认出了肇事者。剩下的,抓人。

这事对老白本也不算什么,可从此以后老白多了个朋友,还多了句口头禅。

朋友,就是那个涕泪横流前来还他工作证的家属,他妻子不幸真成了植物人,可老白坚持隔几个月就去医院看她,顺便甩出那句口头禅来:"人得抽空来看看良心……"

过 河

马导心里有件窝囊事儿。

这事儿，他揣上就放不下了，头发掉了一把又一把。

马导今年四十八，二十年前退伍后进的乡派出所，基层一干就是这么多年。马导也没什么文化，人长得粗枝大叶，不修边幅，显得很庄户。穿便服的马导，怎么看也不像个吃公家饭的警察。

马导家一直在农村，但在另一个乡镇，不值班时马导经常骑摩托车往二十几里外的家里赶。赶回去干吗？

除了同事们开玩笑说的给老婆"交公粮"，还得回去喂猪。

马导家里，上有病老下有弱小，全靠喂猪攒钱！

何况，马导在部队里就是饲养员，喂猪是老本行。

一个周末早上，马导不值班准备回家。可所里接到报警电话，辖区一农户家中被盗，丢了两头老母猪。

马导跟所长说，这村子正巧在回家道儿上，我顺便走一趟得了。

所长同意了，这又不是抓捕，看看现场的事儿，马导经验多，正好。

马导换上警服（这点是他的规矩，出警就得穿戴整齐），骑着摩托车就去了。

现场很远，虽说大体方向顺道儿，但走了不少偏路。

来到受害人家中时，猪圈边已经围了不少人。见马导来了，受害人还没开口就哭上了。

马导跟着心酸，他很清楚两头老母猪对眼前这个破家的价值。

"怎么回事？先别忙着哭，说说情况。"马导迅速进入角色。

"昨傍晚还好好的，我亲自锁好的猪圈门，今早上起来一看，俩老母猪都不见了！"受害人说，"我耳朵根子很灵性，可不知道怎么回事，昨晚上一点动静都没听到……"

"最近得罪过人吗？"马导皱着眉问。

"没有，我可是全村出了名的老实！"受害人答。

"好好想想，以前有仇家吗？"

"确实没有，你看我住得这地方，独门独户的，能有什么仇家？"

马导了解到，受害人是多年前逃荒进村落户的，在村里是个外姓，为人还算忠厚，要是有人报复，这么多年也早把他磕碜死了，非得等到今天？

马导没再说话，记录本儿一合，就开始围着猪圈转，里里外外走了三圈，然后开始抬眼盯住围观的人看，边看边往人群中间走。

这时候，人群里有个扛锄头的汉子突然扔下锄头就跑！

马导吼了声："贼娃子，你往哪儿跑！"说着就追了出去。

汉子先跑出二三十米，马导和村民在后面紧追不放。马导边追还边回过头问："你们认识他吗？"村民都喊不认识。

这是好几个村交叉的地界，不认识也算正常。可马导知道，不认识就决不能让他跑了。

越追越近，汉子跑进一片玉米地，等马导飞快地追出玉米地，却发现那人已经跳进了河里。

马导这辈子最大的遗憾就是不会水。别看从小生在农村，可偏偏是个旱鸭子。但马导顾不上了，也跟着跳进河里去。

等马导再一抬头时，忽然发现情况不对！

正是汛期，河水远比他想象的深，前边的汉子虽已到了河中心，但也不会浮水，而且河心水流湍急，汉子被浪头径直卷向了河下游。

眼睁睁看着那人只有头脸露在水面上挣扎，马导急了，冲着身后喊："赶紧的谁会游泳！快去救人……"边喊自己边往河中奔，刹那间也被河水冲向下游去。

在水里，马导的优势顿时化作了劣势。同样不会游泳，但他体重沉得多，下冲的速度根本赶不上那汉子。

令马导更恼怒的是，他身后没有一个人追上来！

最后，马导被河水冲得头昏眼花，侥幸抱住了一块大石头，才勉强从水里爬了出来。筋疲力尽的马导一上岸就疯了似的往下游跑，结果他看到了自己最不愿意看到的结果——

那汉子像块发了的面包，直挺挺地躺在下游芦苇丛中间。

马导把尸体抱回村里去的时候，村民将他包围得里三层外三层。

村民们七嘴八舌地议论着，可马导跟傻了似的坐在尸体边发呆。最终，人散得差不多了，受害人才战战兢兢凑上来问马导："这就是那个小偷吗？你怎么知道的，为什么？"

马导缓缓抬起头来，眼神涣散地说了俩字："喂猪。"

受害人显然没听明白，又问："为、为什么？"

马导还是那副表情，回答说："喂什么，吃什么……"

受害人害怕了，再不敢多问，快速闪到一边去。

很快，所里的同事赶到了。所长办事利索，迅速叫人查清了死者底细，并从其家中猪圈里起获了丢失的两只猪。

往回走时天黑了，所长在车上问马导："你怎么确定是他干的？"

马导答："半夜弄走两头猪，不是现场杀的又不出大动静，很简单，小偷必定是个养猪的，那人身上有酒糟和鸡粪味。"

所长点点头，"既然是他没错，我们就没冤枉他！"

马导听了，忽然哭出来："可那毕竟是条人命啊，我要是不追他……"

儿　鸽

老朱病了，床上一躺就是半个月，起因是为一只鸽子。

老朱两年前从公安局装备科退休。赋闲后，一次去市里办事，路过广场看到有人正在放鸽子，更有年轻人给他发传单、递名片。原来，这是市里的信鸽协会在举办活动。

老朱起初没在意，可返程无聊时，再次掏出那些宣传材料浏览，忽然就乐了。儿子正上大学，老伴天天练舞，自己又不会琴棋书画，何不养几只信鸽玩呢？

说干就干，老朱专程去市里买了幼鸽，加入了信鸽协会。回家就开始整日与鸽子们为伴。老伴见了半是喜悦半是挖苦，说真是武大郎玩夜猫子——什么人玩什么鸟，这把年纪才想起养鸽子？哪跟学人家养养鹦鹉画眉的多好？老朱蹲在地上头都没抬，说你扭你的胯子，我养我的鸽子，再胡说小心我放了你的鸽子。

老伴听了摇头直笑，打电话给儿子，儿子破例严肃地批评老朱,爸,养鸽子太不卫生了,你把家里弄得乌烟瘴气,我可没脸领女朋友回去,再说要小心禽流感,老年人免疫力下降你就不怕?

老朱心说,老子现在还不老!可话到嘴边,没说。只好与儿子约法三章,既要搞好卫生,又要做好防疫。

老朱是个外粗内细的人,当警察时几百号人的服装器材管得头头是道,养起鸽子也不在话下。很快,幼鸽翅羽丰满了。老朱先是骑摩托车带它们到野地里放飞,然后掐着时间赶回家给报到的鸽子们排序。后来老朱就带着优秀选手去市里参加比赛,虽从没拿过好名次,但每次放飞,老朱都感到前所未有的放松。老朱常想,自己年轻时忙这忙那压力天大,老了没想到竟在鸽子身上发现了乐趣。鸽子轻盈地飞过蓝天,也带走了他的烦恼和忧闷。

一年后,老朱已算个信鸽行家了。有次回老家串门,听说村人上坡时,见半空一只鸽子与老鹰厮斗,其情景遮天蔽日。最终鸽子被啄瞎了眼睛但逃脱了,村民在树林里捉到它时才发现那是一只信鸽。

老朱立即起身去那户人家。结果发现,眼前的鸽子站姿水平,体态健硕,用手指抵在鸽腹下几乎感觉不到心跳或心搏,虽眼睛瞎了,但用食指按住鸽头能明显感到它的瞳孔在有节奏颤抖。一切的特征都在显示,这是一只长距离鸽。信鸽标签上还写有大串英文字母,老朱统统不认识,只知道那个符号"♀"表示它是只雌鸽。老朱满心欢喜好说歹说地买了下来。

后来老朱上网一查,发现信鸽竟大有来历,是一只有着百年历史的"英格兰北部信鸽协会"的鸽子。品种优良,血统高贵,名叫"Anna"。老朱从此精心喂养,目的只有一个:让伤愈的 Anna 做种鸽,彻底给老朱的鸽群更新换代。

老朱对 Anna 照顾周到，Anna 也没让老朱失望。不过仨月，Anna 就为老朱添了两群新鸽。老朱的付出也很快赢得了一展身手的机会。在接下来全市举办的一次远程 500 公里信鸽放飞大赛上，老朱精心挑选的唯一鸽手"微星"以 458 分钟的成绩排名第一！微星返巢时，眼皮上结了厚厚的伤痂，老朱想到它又饿又累，冲破突降的寒流和大风取得了胜利，激动地捧住它亲了又亲！

Anan 死后不久，微星成为了老朱的精神支撑。然而，意外发生了。就在最近一次规模庞大的放飞大赛上，微星突然莫名失踪！直到比赛结束，依然音讯全无。老朱心疼得直抖。其实，气候突变、受伤疾病、天敌啄食、同类吸引，常会导致信鸽丢失。可老朱还是难以接受，很快病倒了。

老伴拿老朱没办法，除了天天陪着打点滴，还给儿子去了电话。儿子一向粗枝大叶且正忙毕业，浮光掠影地问几句，便将自己的规划托盘而出。原来，儿子和女友受女方家里支持准备出国留学。老伴一听就慌了，老朱能为一只鸽子病倒，现在儿子竟要出国？于是，要儿子赶紧回家从长计议。

儿子回到家，老朱已和老伴整了满满一桌菜。儿子见老朱气色不好，一问才知是因为一只鸽子。正吃着饭，儿子突然放下碗说，爸，我决定不走了，在哪都是学，都能出息人！哪料老朱也将碗一推说，去吧儿子！出国这事我压根就不会阻拦，只是你们不能瞒着我。儿子听了喜出望外，真的爸？那我到了国外也养只良种鸽子，我要让它成为横跨欧亚大陆的信使！

儿子走后大半年，越洋电话开始频繁。每次总不忘问，我在牛津养的鸽子飞回来了没有？老朱每次都摇头说没。直到有一天深夜，儿子打电话回来时，哭了。老朱擎着话筒沉默良久，没问原因，却说了两句意味深长的话：别忘了，你是警察的儿子。还有，咱们的鸽子飞回来了。

战　功

出了县城，向西走两公里，有个斜坡。

上斜坡往北一拐，有一大排平房。

这地方，原先地偏人稀，以养狗出名，俗称"狗窝子"。

实际上，这就是早年县局的警犬训练基地。

听老一代人说，基地红火时，养过二三十只纯种狼狗。每次搞抓捕，声势威严浩大，不但成功率高，而且对震慑力更是空前。

然而，随着各种形势的不断变化，警犬数量连年骤减，基地也渐渐名存实亡。

后来，根据工作需要，这地方改成了刑侦大队的一个办案中队。

基地元老，退休的退休、调走的调走，唯独只剩下了民警老倪和警犬"板凳"。

老倪还差两年退休，是专为板凳留下来的。

老倪没啥文化，人长得又黑又瘦。从协勤到转正，虽干了一辈子警察，但喂了半辈子的狗。从未摸过枪、办过案、立过功、受过奖。

板凳就不同了。板凳的父亲虎娃，是条纯种的德国黑背，当年是赫赫有名的战斗英雄。无论是巡逻放哨、守候盘查、追踪抓捕、现场搏斗，都有过值得一提的经典案例。可最后，虎娃是让几个盗窃犯给麻醉后活活打死了。

板凳青出于蓝而胜于蓝,不但长得高大健壮,勇猛异常,而且特别灵性,能与主人心性相通。

有一次,民警们得到线索,深夜去围捕杀人凶犯。进村后发现,歹徒藏匿的屋子虽不大,但院墙极高,插满碎玻璃碴,很难攀爬。若贸然强攻,持有枪支的歹徒早已是惊弓之鸟,很可能会铤而走险,造成不可估计的伤亡。

指挥员冷静地确定了方案:先把两名经验丰富的民警托上墙去,悄然进到院子里,随后迅速打开外门,大队民警随之冲入实施抓捕。

不料,意外发生了:

两民警刚跳进院内,就跌进了陷阱!原来,歹徒白天在院墙下挖了一排深沟,沟底埋了铁夹子,民警跳下去正中埋伏,不但腿脚受伤,而且丝毫不能动弹。

墙外民警进不去,墙内民警受重伤,而屋内的歹徒随时都可能持枪冲出来开火!在这千钧一发之际,一条黑影忽然腾空蹿起。大伙定睛一看,发现那是板凳。

只见板凳矫捷地一纵,已用前肢稳稳攀住墙头。那一刻,板凳躯体几乎拉伸到了极致,足足两米有余!随后,板凳用粗壮的后腿在墙壁上奋力蹬了两下,整个身体又像回缩的弹簧一样迅速收拢。于是,板凳四肢在墙沿上短暂聚合,忽又猛然发力,轻盈地跃进了那个深深的小院。

五秒钟后,躲过陷阱的板凳凭牙齿弄开了紧插的外门。大队民警一闪而入,踹开内门迅速制服了五名歹徒。而就在给歹徒戴手铐的同时,民警在枕头下赫然发现了已经上膛打开保险的自制手枪和五连发短筒猎枪!

这次惊险万分的抓捕，一下让板凳扬名立万。就连板凳急中生智的主人，也立了个三等功。

后来的后来，板凳立功受奖直如家常便饭，逐渐成为警犬中的王牌。

可这一切，都与老倪无关。

老倪是基地元老不假，可老倪从没训练过警犬，只是个喂狗的饲养员。

其实，饲养警犬也不容易。每天，老倪都得绞尽脑汁给警犬拟菜谱（兼给同事们一起做饭），然后骑着三轮车上街去买新鲜肉，回来精雕细做后得把伙食交给警犬驯养员，由他们亲自给警犬进食，这样做是为了保证训练效果和加深情感。

很明显，老倪干的就是绿叶的活儿，但老倪毫无怨言。

多年来，老倪从未在犬食费上有过差错，"再抠也不能抠狗粮，那是跟自己过不去！"老倪说的是实话。那时警犬的待遇，远远超出民警自个儿的。

老倪的机会，来自多年后的一个秋天。基地解散，同事分流，警犬处置。领导征求老倪意见，老倪瞅瞅院子里唯独剩下的板凳，选择留了下来。

板凳颈上长了一个化脓的瘤子。医生虽说是良性的，但或送或卖都出不了手。

老倪恋旧，从此除了给刑警做饭，就常常牵着板凳去马路上遛弯。再后来，中队改建楼房，实施正规化建设。领导又找老倪谈，"板凳不能留了，怎么处理，你看着办吧。"

老倪无话，转头呆呆地望着板凳，眼泪就出来了。

一天中午，心烦气躁的中队长走出审讯室甩给老倪三百块钱，让老倪出去弄盆肉开开荤，说屋里俩抢劫犯都审十多遍了，愣是不开口，也找不到证据。

老倪听完走了，过了饭晌却还没回来。民警出门一找，惊得奔回来爆料："老倪头简直疯了，为省三百块钱，竟亲手把板凳杀了！"

众人正在唏嘘，却见老倪提着狗皮端着狗肉回来了。老倪伸手递给中队长一枚钻戒，"你们要找的是它吧？那天我带板凳遛弯，你们开警车过去，有人向着窗外，吐出个用火腿肠皮包着的团子。板凳老了，以为是你们丢给它的，就叼起来吃了。现在我一回想，那准是嫌疑人丢的证据……"

中队长和民警们听了惊喜不已！却又见老倪掏出三百块钱递过来：

"钱省下了，肉一定要吃。不是我残忍，这是板凳最后的牺牲！还有，我这把老骨头也想和板凳一起立个功……"

回　报

临出门前，老婆出奇得温柔，老齐心里很矛盾。

老婆说："这次就全靠你了，相公！"

老齐起了一脊梁鸡皮疙瘩，边换拖鞋边仓促地回应："哦，我试试！"

老婆又说："见人三分笑，开口多说好，为了我和这个家，你就牺牲一回吧！谁让这事儿这么巧！"

老齐皱了眉："那万一要是不行……"

老婆说："还没去，就说不行？这点事儿，你只要去，就准行。"

老齐还犹豫："那不一定，不是一回事儿。"

老婆嗓门大了："你就放心去吧，按我嘱咐的办，成不成回来我都犒劳你！"

老齐终于穿戴整齐，却还在门口磨蹭。不料老婆上来一个拥抱，外加一记热吻，搞得他晕头转向纠结重重地出了门。

老齐是岷山社区的一名片警。别看平时穿警服进社区，动嘴皮子调解纠纷头头是道，可今天换了一身笔挺的西装，去一个陌生人住的宾馆里做客，竟然无比紧张！

老齐去哪儿？干什么？至于吗？事情，还得从半月前说起——

半月前，县环卫局人事变动和编制调整，决定为一批工作多年的非正式合同工转正，同时解聘剩余不够年限的工人。老齐老婆就差一年，很不幸被 PK 回家。

民警老齐是二婚。老婆从农村出来的，年龄还不大，原本有个班上着感觉挺好，可这下就跟掏了魂儿似的浑身不自在。

再说家里突然少了份收入，叫谁也不舒服。

老婆心情不好，老齐却无能为力。老齐这辈子帮人无数，可自己却有很多事都没办利索。为啥？——老齐不愿意求人。感觉穿着警服求人，格外低人一等！

那些天，每到傍晚老齐就陪着老婆去遛弯儿。老婆情绪不对不愿说话，老齐陷入回忆沉思不已，俩人能默默走一两个小时，直到夜深了才回家。

那个周末，他们往家走时已过了十点。街上行人稀落，路边灯火暗淡，倒是有几个池塘里的青蛙，还在不知疲倦地叫唤。

突然，老齐停下不走了。

老婆扭头看，老齐悄悄招招手没说话，另一只手立在耳朵边，专心听着四周。

老婆向来胆小，小声问老齐："咋了？"

老齐说："你听，好像有动静！"

老婆寒毛直立："啥动静？大路边的……"

"像是有人。"说完老齐就往路边草丛里走。老婆却在背后喝住他："你犯什么毛病？我怎么没听见，人家要是谈恋爱的非跟你拼了不行！"

老齐回过头来，一脸紧张："不像是谈恋爱的，像是有事儿！"

老婆问："有事儿早喊救命了，用得着你管？你快给我回来！"

老齐没回来，他很少不听老婆的，可这次是个例外。

老齐把老婆独自晾在大路边，一等就是半个多小时。最后，他背着一个湿漉漉的男人从池塘深处爬了出来。

老婆惊呆了，听老齐说才知道，这人掉进池塘里，幸亏离岸边不远，水正好淹到他下巴沿儿。这人西装革履却浑身酒气，准是喝醉了想到池塘边解手时掉下去的。

这么偏的地方，又是这个点儿，如果不是老齐警醒施救，后果真不堪设想！

老婆见老齐累得够呛，对男人既佩服又心疼，赶紧拨打 120 急救电话，两人一起把醉汉送进了医院。

这事儿本就这么过去了。可一周后，老齐去派出所开会，老远就看见所玻璃门上糊了一张大红纸，走近一看，是封感谢信，正是那个被救的男人写来的：

"我不知道你是谁，可我知道你是个好人；我不知道你的名字，可我听说你是一名派出所民警；我不是想写封信表达感激的心情，我的心情是无法表达的；我可能也不是你救过的第一个人，但这却是我第一次切身感受到生命的可贵；我现在的命是你给的,我的家庭是你救的,我的未来不管好与坏、成功与失败,我都想找到你、认识你、记住你,希望你能和我一起分享今后的喜悦和收获……"

老齐觉得这人写得挺好,挺有文化的。事后听同事议论才知道,这人还大有来头,竟是刚从外地调过来分管全县文化卫生的年轻的副县长。

老齐一阵唏嘘,没暴露自己。回家无意中说起,老婆嗷一嗓子就尖叫起来:"老天爷总算开眼啦! 这人不就是解决我工作的大救星吗? 真是一报还一报,机不可失! "……

老齐很晚了才回家。

老婆打着瞌睡把他从上到下瞅遍,也没看出个所以然。

老婆问:"去了吗? "

老齐答:"去了。"

老婆问:"说了吗? "

老齐答:"说了。"

老婆问:"成了吗? "

老齐答:"没有。"

老婆问:"那你怎么说的? "

老齐答:"我先咔敬了一个礼,然后说所长,我老婆下岗在家快憋出病来了,咱社区少个内勤,让她去行吗? 所长说,夫妻警务室? 很好嘛! "

老婆哭笑不得:"我让你找县长,你去找所长? 不过,总算是谋了份差事! "

老齐满脸疲倦:"啥呀,这些话也是我对着县长住宿宾馆的大衣镜自说自演的,所长家我也没去,都开不了口……"

裸 聊

陈队和司机刚要外出，进来个报案的妇女。

陈队赶紧叫个小伙儿，准备给这个披头散发的妇女记材料。

可妇女坚决不干，连哭带喊点名道姓，非要让陈队亲自记。

陈队刚把妇女领进询问室，安慰说有事先别急着哭，慢慢说。

哪知妇女不但哭得更凶，而且一把就扯下上衣，露出一对白花花的奶子来。

"你们要是抓不住那个天杀的骗子，俺就不活了！"妇女一腚蹲在地上，不管不顾地哭天抢地。

陈队哭笑不得，干这么多年刑警，见过为逃避抓捕主动脱衣服的女嫌疑人，也听说过有用这招撒泼抵赖拒不交代违法犯罪事实的，可报案人这样还真头一遭遇见。

不是神经病吧？

好不容易，几个女民警连说带劝止住了妇女哭声，顺带给她穿戴整齐，梳理了头发。这时大伙儿一看，咦，妇女不但还很年轻，长得也很俊俏。

陈队严肃警告："这是刑警队，想报案就一五一十把事情说清楚，配合我们调查；可要想无理取闹扰乱办公秩序也很方便，屋子里全程开着监控，而且隔壁就是审讯室……"

妇女听了果然收敛了，可一开口眼泪仍像断线的珠子往下掉。

原来,妇女姓孟,祖籍青岛,前年丈夫死于车祸后,开始独自经营家里的燃料公司。孟小姐收入虽然不菲,但很空虚,于是上网聊了一个网友叫"沉默是金"。

两人深夜没事就视频,一来二去发展成裸聊,还聊出了感情。最近,"沉默是金"专程从广州飞过来,跟孟小姐住在一起。孟小姐连续一周好生伺候,沉浸在久违的幸福中。

然而没想到的是,就在昨天凌晨,"沉默是金"与孟小姐在住处喝完咖啡,孟小姐就一直昏睡,直到下午醒来才发现,"沉默是金"早已溜之大吉,而自己不但被拍了裸照,就连金银首饰和大量现金发票也统统消失了。

这是一起典型的麻醉抢劫案件。

陈队皱着眉问:"把你知道的对方情况详细谈谈。"

孟小姐听了,机械地摇摇头,"我连他姓什么都不知道,手机号也不知道。他来的时候是在车站打的公话,我开车去接的他……"

"那他到底是哪儿人、干什么的、多大年龄、结婚与否、有无劣迹前科,你更是一点都不了解?"陈队问。

孟小姐声音发颤:"他说普通话,说他今年 28 岁,未婚,是一家外企主管……"

"看过他有效证件吗?"

"没有……陈队,我也知道,找这人比大海捞针还难啊!都是我糊涂,可我现在一点办法都没有了!全靠你们救救我了!"

孟小姐哭着喊着,抬头望见刑警们凝神沉思,忽然又去撕扯自己的上衣。

陈队忽然一声断喝:"别脱了!我们也不拖,给我们一周时间!"

孟小姐听了梦呓似地问道："一周时间？我不相信！不过这可是你说的，到时候破不了案，我天天不穿衣服来这里上班！"

等孟小姐一走，民警们七嘴八舌地议论起来。"什么毛病？""裸聊惯的！""就这不着调的案子，一周能破吗？""她要真裸着来上班，咱这可热闹了……"

陈队摆手制止，"案子都一捅就破，还要咱刑警干吗？这家伙白吃白喝了一周，肯定好吃懒做，能舍得买那么远的飞机票？我估摸着他离咱们这不远！"

大家顿时觉得有理。解着，陈队开始分工。有去现场的，有去查"沉默是金"IP 地址的，有去沿街查看监控录像的。

不久，情况一综合：监控看不清，现场没证据，唯独 IP 号地址查出来了，就在邻县一座水泥厂家属楼附近。

陈队立即带人前去。然而偌大一座楼房，到底哪户藏匿着嫌疑人？

查水表？老套路了。可一旦搞不好，惊动了嫌疑人，就再难抓他了。眼看夜幕降临，陈队灵机一动，都到对面楼房上去，查看这边喜欢裸聊的"沉默是金"是否正在上网。

从对面楼房往这边看，楼上正有三户人家在卧室里上网，其中两家是孩子，一家是女人。陈队赶紧给孟小姐拨电话，让她上网查找吸引"沉默是金"。

孟小姐很快就回电了，声嘶力竭："你们快来看啊！他在！正拿裸照威胁我呢！"

与此同时，陈队和战友们眼睁睁发现，对面有个卧室里，上网的女人忽然摘掉了假发，换上了 T 恤，即刻由女人变成了男人！男人边手拿照片舞动着腰身，边随手解着腰带……

陈队清脆地打个响指，带人就往对面冲去！

可想而知，那人刚打开房门就被摁趴在地上。陈队单膝压着那人，让队员去卧室里查看确认一下。

民警们不看不知道，一看乐得笑弯了腰。

就这家伙没错，电脑上的孟小姐还在那头裸聊呢。见民警天兵突降，孟小姐惊得"嗷"一嗓子，护住了上身。

还 原

回忆初入警时的遭遇，恐怕没人比李队的更生猛。

十五年前的冬天，在一片荒郊野外的河沟里，暴露出几块人体残肢。刚分进刑警队干技术侦察的李队，跟着法医任师傅出现场。

死者头上有致命伤，案子性质很快确定。但要破案，首先必须搞清死者身份。于是别人先撤了，李队和任法医分别提取了残肢，留下来。

留下来干吗？——头颅面目全非，得剔除毛发及残肉，迅速确定死者的性别年龄或其他体征。于是，任法医去老乡家借了一口铁锅，让李队捡了柴火，俩人就地开始煮头颅。

北风呼啸，夜色将至，饥寒交加，一个刚毕业的学生娃，就这样猫在一眼破桥洞里，守着一口咕嘟咕嘟煮着人头的铁锅，翻开了他从警的第一页。

"人肉到底啥滋味？"事后常常有人打趣李队。

当年的李队还是小李，早被折腾得胃液胆汁都吐光了，尚显稚嫩的脸上表情万分崩溃："咸、臊、酸、臭,还有浓得化不开的腐烂味和呛出眼泪来的邪腥味……"

为这第一次出现场,李队此后再没吃过羊肉。

不过,当年的学费并没白付。有了死者身份,马上锁定失踪者,案件很快水落石出,受害人冤魂终于昭雪。当年村里为此送来的锦旗,至今还挂在墙上。

多年从警生涯,李队还是过去那副细皮嫩肉的白面书生相。但骨子里已经渐渐练就了非同凡响的坚毅和睿智。

一发案子,首先往现场赶的就是李队他们。干技侦这行,类似医生胜过医生。医生只是在手术台上开膛破肚飞针走线救病人于重症之间,而李队他们却是在犯罪现场搜集蛛丝马迹不放过任何死角,竭尽全力还原凶手作案场景和事实真相。

别看李队整天提个不起眼的小工具包,可那是通往破案道路上的桥梁;别看李队整天戴着雪白的手套到处捡垃圾,可那是刑警向罪犯撒下的弥天大网。

有一阵儿,李队到上海学习测谎。回来时,正赶上某乡镇发生一起爆炸案。这类案件性质恶劣,危害严重,不迅速破案无法向村民交代。

可案子查来查去,毫无线索。

李队听说了赶过去,围着现场转了几圈,用镊子在附近水沟里捡起一枚烟头。

"干爆炸这活儿,嫌疑人指不定压力有多大,而且一般有前科,说不定这就是那人抽的烟把儿!"事实巧得很,通过 DNA 一查,果真有匹配的档案,民警们顺藤摸瓜就把案子破了。

当然,破案靠不得巧合。多年历练,李队早已养成了想象大胆心细如针的习惯。这习惯通常就是射向犯罪分子的窝心箭。

有段时间，县城接连发生柴油被盗案，停靠在省道边休息的大货司机，往往一觉醒来发现车上刚加满的柴油被偷抽见底了，急得联名报案。

民警迅速出击，重点巡逻、蹲点守候、尾追抓捕，但都被反侦察极强的外地犯罪嫌疑人逃过法网。正当案子陷入僵局时，李队要带人去现场看看。有人质疑，这种案子都是偷完就跑，几乎没有遗留物证，看不看就那么回事。

可李队去现场一看，对一辆大货车旁的一堆呕吐物发生了兴趣。李队问失主，"这是不是你吐的？"失主摇摇头。李队兴奋了，迅速开始提取这堆看着闻着都让人恶心的呕吐物。

"这帮人作案前很可能要喝酒壮胆，指不定就是他们吐的！"果然，通过比对，恶迹斑斑的犯罪嫌疑人豁然浮出水面。等到刑警前去抓捕时，他们做梦也想不通民警是怎么破的案。

后来，李队调到了别的部门。毕竟干得再好，一个警种也不能干一辈子。何况李队也熬成老警察了，他的后继者青出于蓝。

不过，无论干什么，李队的活儿可没拽下。

那是一起特别凶残的强奸杀人案。

一名马上要当空姐的花季少女不幸被强暴，之后又被残忍杀害，并且歹徒极其变态地用利刃割掉了少女的乳头。

案件令人发指，凶手残忍且狡猾，强暴时不但使用了避孕套没留下精斑，而且还用剪刀剪掉了少女的全部指甲，尽可能地毁灭了罪证。民警顶着巨大压力昼夜调查，走访上千人，摸排线索上百条，可还是没能摸到凶手的影子。

倒是有几个人可疑，可颠来倒去审查，都与作案时间不符。

李队正赶上去刑警队出差，去以前熟悉的屋里瞅瞅，发现有个嫌疑人，文静瘦弱，满脸青春痘，戴着副金边眼镜，是附近内燃机配件厂的研究生工程师。

李队灵感突发，推门进去喝问青年："知道我是干吗的吗？"接着自问自答："我是干刑侦技术的，你的活干得既残忍又利索，是不是看侦探小说学的？"

青年听了忙抬头否认，就连在场民警也觉得吃惊。这人没作案时间啊。可李队突然"啪"地一声拍桌子吼道："你这个变态！幸亏没剜掉她眼睛，让那姑娘临死前眼里留下了你这杂碎的影子！"接着，李队扭头向两位调查民警说："公安部的结果出来了，就是他！"

说完，转身就走。可没想到，身后却传来撕心裂肺的哭声。"那是我哥干的！他回广东了，我们是多年没见的双胞胎……"

案子就这样破了。可较真的徒弟跟李队叫板，说李队是诈供，死者眼里出凶手纯属扯淡，毫无科学依据。

李队听了狡黠一笑，说没办法，不让刑讯逼供，对待知识分子就得玩阴的！

全民微阅读系列

身　份

那天我到市里参加一个活动，结束时已是深夜。由于第二天有工作必须赶回单位，我决定连夜打的回去。

凌晨一时，我站在街口拦下一辆富康。上车后，司机一听我要去两百里外的山城，浑身充满了警惕。看样子，他的内心也斗争激烈。去，天黑路远，格外辛苦；不去，如此赚钱机会，实属难得。

于是，司机一边发动车子，一边对我炮语连珠地发问：

"请问您是几个人一起走？"

"一个人。"

"去干吗？"

"回单位。"

"这么晚回单位？"

"明天有紧急工作。"

"请问您是什么单位？"

"……"

我明白了。司机担心遇见歹徒劫财劫物呢。如今抢劫出租车的案件时有报道，司机跑夜路心怀警惕还是很有必要的。

我笑笑，诚恳地对他讲："别担心小伙子，我是警察。"并且，从西装口袋里掏出警官证让他看。

年轻的司机接过证件仍然一脸狐疑，打开车厢壁灯对照着我的模样看了许久，又忽然发问："你们局长叫什么名字？"

听司机的口气像极了审讯犯人，我心里反感起来。

"你到底走不走？不走拉倒！证件你也看了，还不放心？"

他有点窘："这样吧，你先和我到附近派出所走一趟！咱们登个记，你方便我方便，大家都安全！怎么样？"

我本想赶时间，但转念一想，地方上还真有这种规定。出租车深夜出城实施登记，以防被抢，正是我们公安部门规定的。于是催促他赶紧开车。

车子在深夜市里的柏油路上飞驰起来，掠起大片大片蝴蝶般的法桐落叶。

看样子司机熟门熟道儿，猛一个急转弯后，伴随着尖利地刹车声，车子驶进了新区派出所。

一个穿联防制服的青年接待了我们，说值班民警刚才出警了,有什么事等他们回来再说。

司机向他说明来意。我也在一边递上警官证。

联防队员睡眼惺忪,把证件高高地举过头顶仔细地看、摸,像查验假钞。

"你这证件不太对头啊？"

司机吃惊地望着我。我腾地急了，问:"你说清楚哪里不对头！"

"好像不太对头。感觉上不太像……说不好。"

我一把夺回证件，生气地说:"你有证件吗？拿出来对照一下！"

联防队员当然拿不出警官证来。

我扭头对司机说:"你走不走？你不走我再另打车! 我不信回不了家了！"

司机嗫嚅着:"走,走,当然……还能不走吗？"

谁料联防队员厉声呵斥:"走？你们想往哪儿走？这里可不是随便说来就来,说走就走的! 等所长他们回来再说！"

我知道非得赶紧确认自己的身份不行了,回程全是山路啊。我问那联防:"有电话吗？"对方生硬地回答:"没有！"

我只得掏出手机给市里一个警察同行打电话:"喂,老宋吗？我现在在新区派出所,走不了了！我给你电话你跟他们解释一下！"

老宋那边的话音像是梦游:"别,你这家伙几点了还打电话骚扰我？在哪儿喝大了吧！"

"老宋,我这时候没事骚扰你不是纯粹有病吗？你赶紧清醒清醒！"

"真的假的？你真在新区？出什么事儿了？我可告诉你啊，你要真犯了事儿老哥我也不好帮你！"

我差点晕过去。把电话递给联防队员。

"喂？你是哪里？……市局老宋？……不认识！……你是主任？我还是所长哪！"联防队员不等说完，"啪"地一声挂了电话，拿更加异样的眼光盯着我。仿佛老宋即是我图谋不轨的同伙。

"把手机还给我！"我有些气急败坏。

"好说，等所长他们回来就还。你别急，快了！先进屋坐会儿！"这家伙软硬兼施，到这时候了又佯装客气。

连惊带气，外加三分酒意，我算彻底晕菜了。

大约又过了十分钟，所里的电话响了。联防队员坐在里屋抓听电话。

没过一会儿，他垂丧着脑瓜跑出来了。"大哥！你千万别生气，是我搞错了，对不起！刚才所长打电话来骂了我一通！实在对不起，手机还给你！所长说要我明天卷铺盖回家……"

我心绪烦乱，哭笑不得，拿回手机正转头要走。却发现我忙活了大半个晚上，出租车司机早已不知何时开溜了！

我沮丧地走出派出所大门。正巧，出警的民警回来了。他们下车就紧紧握住我的手，把我往屋里让。

我一再推辞，说明时辰不早了，明天还有紧急任务。为保险起见，我尽量挑拣我们警界内部的专业术语。所长心领神会，人也爽脆，当即安排一名民警老安开桑塔那送我回去。

再三感谢，我终于坐上了舒适的车子直奔家乡那座崎岖遥远的小城。一路上，车子快如流星。我和老安也兴奋地攀谈着。我感叹："连警官证也不能证明我的身份，现代人彼此间的信任都到哪儿去了？真希望以后不再发生这么滑稽的事情！"

老安听了也动情地说："老纪，你想没想过，确认你一个人的身份是小事，可这里面凸显了对整个社会环境亟需整治的问题，我们警察的担子尤其不轻啊！"

我点点头。车窗外，启明星正在西山峰顶，用深沉的眸光凝望着这片大地。

蛾　子

那天清晨一早，蛾子和娘正在北岭上刨草药，二妮子忽然气喘吁吁地跑上岭来喊："蛾子，快！你家出事了！"

娘听了惊得"咯噔"坐倒在地，眼泪像断了线的珠子往外直淌。蛾子甩下镢头疯了似的跑下岭来。

村小学的操场上已被围得水泄不通，几个警察正朝北墙方向喊着话。

蛾子挤进黑压压的人群，一眼就望见了弟弟山娃。她的未婚夫狗大瞪着血红的双眼正惊恐地盯着四周，手里的菜刀在山娃脖子上闪闪泛着寒光。

蛾子被如此惊险血腥的场面吓蒙了，咬着嘴唇儿流着眼泪慢慢摊倒在地上。

醒来时，蛾子看见一张英俊帅气的脸，是个大个子警察小伙儿正拿着笔记本向她问话："醒了？没事吧？你是狗大的未婚妻，有几个问题需要你证实一下。"

蛾子委屈地泪如泉涌："俺不是他未婚妻！俺娘的眼都让他

打坏了,哪里还有钱还他的财礼……"蛾子这次话还没说完,就晕倒在大个子警察怀里。

蛾子再次醒来,天快黑了,屋子里光线阴暗。但她竟看见娘抱着睡熟的山娃在流眼泪!难道是梦?不,蛾子掐疼了自己大腿。且分明看见弟弟山娃脖子上那一道一道的血痕。

蛾子听娘讲才知道,她错过了刚才那场惊心动魄的场面:

狗大索要财礼逼婚不成,正想持刀劫持山娃逃跑时,那个大个子警察突然从北墙后翻过来,出其不意半空中亮出一个飞脚,踹掉了狗大手里的菜刀,一招之内就成功解救了山娃!可那狗大也不是好惹的,穷凶急恶趁大个子还没站稳,狠狠一个扫堂腿将其摞倒在地后,独自一人奔上北岭仓皇逃去。

蛾子的心,揪得紧紧的。她想起了那个大个子警察小伙儿:身子高瘦,手指细长,脸白白的,说话也还稚气……

半夜里,起了风。不久,雨珠子噼里啪啦砸下来,山里头黑得吓人。蛾子不困,躺在床上烙饼似的翻身时,猛听见有人急促地敲门!

娘也醒了,两人紧紧抱成一团儿哆嗦着想起了日间那个恶棍。

"大娘开门! 大娘开开门! 我们是公安局的!"

蛾子一听,这才跳下床去赤脚开了门。

是村主任领着两个警察来了。蛾子的预感一点没错,果然有一个就是他!她偷偷望了一眼那大个子,湿透的警服紧贴在身上,精神的短发也显得稀疏了。

村主任烦躁地脱下衣服拧着水说:"看你们家住的这破地方,下了车还得走老远! 他爹死得早,人家公安上不放心你们娘仨儿,说是要在这守上一夜,怕那畜牲再折回来!"

娘连声谢着,要去下红糖水。蛾子呆呆站着,本想去提壶热水,却不知怎的抓起了墙角的那把破伞。

村主任穿上家里的雨披走了,大个子警察温和地对娘和蛾子说:"你们快去里屋睡,担惊受怕一整天了,我们在外屋守着就行。"

进了里屋,蛾子的心却扑通通得老不安生。大个子长得可真高,蛾子估摸自己就是跷起脚来也还够不到他的肩窝。他的腿可真长,坐在外屋的马扎上,会不会蜷得慌?他真能整整一夜不合眼,就那么守着?

后半夜,大个子突然在外屋剧烈地咳嗽。蛾子困累交加突然惊醒,发现同铺睡着的山娃也正烧得厉害!

一通慌乱,又是大个子安慰了娘,搓着山娃的腔锤儿背起他,和蛾子一道儿去六里外的村医务室。

雨仍淅淅沥沥下着,夜浓得像涂了墨汁。山路又窄又陡,烂泥让大个子的皮鞋包裹上了一层厚厚的翻浆还老是打滑。蛾子就有点开始恨那个总坐着,连一句话也不讲的警长了。就把伞都挪向了大个子那一边。

五六里山路走下来,蛾子紧跟大个子走得七扭八歪,而大个子的喘气声也赛过了山坳里的风吼。

敲开了医务室,蛾子攥着拳头,一边安慰打吊针的山娃,一边不时抬头揪心地望着大个子。大个子一顿咳嗽,偶尔抬起头与蛾子对视一眼,便微笑一下露出满口的白牙。

时间悄然变作了窗外的雨。时而缓慢,时而湍急……

等犯罪嫌疑人狗大被抓获归案,已是这年枫叶飘零的秋天。

蛾子的草药攒够了整整一篓筐,她高兴地进城赶集卖药时,在县公安局的大铁栅栏门前徘徊了好些时候。

大个子出来了。当了警长的大个子坐在面包车里望了蛾子一眼,没认出她来。

年　关

年关一到，小站四周忽然拥挤起来。

在这个偏远的石镇，小站是最先闻到年味的地方了。车门一开，地摊儿一摆，远远近近人那个多！拥着挤着下车的，匆匆忙忙过路的，逛集的，卖糖葫芦的，捏泥人的，挑着早粪下地的，赶着随地拉稀的母猪呼呼啦啦穿街过巷的，人山人海，热闹非凡。

鞭炮声，吆喝声，吵吵声，讨价还价声，鸡狗叫唤声，孩子喊叫声，娘们儿肆无忌惮的浪笑声，喧响成一片汪洋。

石镇的新年，就是被那些半旧不新的汽车从城里拉来的，是被乡亲们挤出来的，是大家伙儿吆喝吆喝出来的。

和祥就是和那些手提肩扛大包小包的乡亲们一起，被一辆破破烂烂的公共汽车拉到镇上来的。

和祥是个警察。

和祥是从县城临时抽调下来的便衣。临行前局长说了："一到年关，各地方人山人海，小偷公司也到了置办年货的时候了，你们下去时都机灵点，竭尽全力搞出成果，让老百姓过个踏实年、放心年！"

和祥热血沸腾地回家换旧衣，妆还没化完，新婚的娇妻就笑弯了腰。时间紧任务重，和祥急得不行，一边将旧衣服往身上招呼一边喊："别笑别笑，你看看还缺啥？"娇妻临别一吻，送他个玉菩萨深情地送和祥出了门。

石镇的治安状况一般,各类案件时有发生,特别年初还发过杀人案。和祥被分到这个镇子,感觉身上的担子不轻。

和祥看似悠闲地逛荡,其实手眼心神时刻如鹰般警惕。

俩提大包的外地人下车了,听口音还是东北那疙瘩的,和祥眯着笑笑袖手跟在他们后面。果然又是卖假长白山人参的!都老掉牙的伎俩了,竟还妄想在石镇欺骗老百姓!和祥蹲在人窝里看了小会儿,等有乡亲上当了,便低头朝领口的机子咳嗽三声,集市另头的联防队员栓子他们就奔过来了。

接着又碰见一位倒假银圆的,三个互相为托儿把包着牛皮纸的苹果肉当牛黄卖的,都是老把戏,可因为他们无耻逼真的表演,仍有不少的乡亲们上了他们的套,心甘情愿地把辛苦一年挣得的钱白白送给了这些骗子。和祥没有轻易暴露自己,呼来联防队员也假装上套就把他们依个铐回派出所去了。

时近晌午,收获颇丰。和祥踌躇满志。忽然,和祥前面一个肉摊子处围拢起了云彩厚的人,和祥赶忙上前看个究竟。

竟是卖肉的屠户正挥着刀背砍人!地下那人已被劈得屁滚尿流,叫爷喊奶,眼看着血流成河了。原来这人偷扒了女人腰里的钱还乱摸恰被屠户逮个现行!和祥见这架势,非出人命不行,急忙挥手插入人群,扯开发疯的屠户,低头查看扒手的伤势并冲机子喊人帮忙。

屠户愤怒的刀锋就在腊月正午的日头下砍落,众人只听铮嗡一响,鲜红的血注喷溅而出,和祥猝然倒地。人群迅速分散开来,冲过来的栓子他们吼着喊着将和祥往小推车上抬。

屠户傻了,这些年每到年关被该死的扒手偷怕了,竟错把民警和祥错当帮凶了!屠户醍醐灌顶般地抢过小推车就往镇卫生室奔,一路上人群像他案子上白花花的肉一般喧哗翻开。

都别紧张，和祥没事，就是擦破了点皮肉。那关键处的刀锋和脖子后的玉菩萨接了吻。菩萨归西了，和祥却包巴包巴有惊无险。

屠户叫张其，趁年关进城给和祥送了匹猪后腿。和祥爽然收下，将钱掖进袋子并回送了两瓶白酒。

就这么的，大年夜，和祥一家吃上了石镇最好的猪肉。

敬　礼

加班过了饭点，转道回父母家吃饭。

到家，不见父亲。问起来，母亲说："正从烟台往回赶呢，还有半小时就到，正好你陪他喝一盅。"

我爽快地应了，边看球赛边等。哪料两个小时过去，父亲仍没回来。

母亲着急地拨了几次电话，父亲手机一直关机。

"或许是没电了。"我不停安慰母亲，心中也很牵挂。

终于，父亲零点时回来了，浑身倦怠。

母亲立即去厨房里热菜，而我端上杯热水好奇地问："怎么这个点才到家？"

父亲干咳一声："本想省点钱，回来时没跑高速。"

我说："那也用不了这么久啊，听妈说你们八点就到潍坊了。"

父亲语气仍很低沉："路上，遇到两个拦车的。"

这时，母亲端着菜上前嗔怪："现在都什么年代了，你也敢停？"

我也问："是什么人在半夜里拦车？"

父亲说："俩年轻人，我以为是车在半道上坏了，想帮把手。"

听到这，母亲更气不打一处来："帮把手？你忘了去年夏天我们在北环路散步时，你被一辆摩托车撞倒，摩托车停都没停就窜了，我当时站在路边一连拦了十几辆车都没有停的，打出租人家都嫌血染了座位没人愿意拉，最后还是碰到熟人才把你送进了医院！你都忘了？"

父亲听了默不作声。

我趁机倒上酒和他干杯："爸，妈主要是担心你。话说回来，你会修车吗？"

父亲没端酒盅，却叹了口气，说："那俩人不是车坏了，是打劫。"

打劫？！我和母亲顿时吓了一跳，一时都不知道该说啥好。

等母亲上上下下把父亲打量了个遍，才又问："人，没咋的吧？"

父亲摇摇头。

我突然反应过来："怪不得手机一直打不通，值钱东西一定都被劫走了？"

父亲点点头，又再次摇摇头。神态愈加疲惫。

我们都不忍心再打扰父亲了，经历了那种事情，相信谁都不想再去回忆。

可父亲沉吟良久，自己开口了："手机是我自己关的。你们放心，我和司机小许都没事，被劫的财物也都拿回来了。"

母亲如释重负，重又恢复了唠叨："我说什么来着？这些年你走南闯北也算老江湖了，怎么连这点警惕心都没有！"

我却半信半疑，开玩笑地问："爸，难道歹徒是女的，专门劫色？怎么可能不抢钱？"

父亲依次看了看我和母亲，然后说："一切，都因为一个敬礼。"

"敬礼？"

父亲知道我们听不懂，随即开始解释："那是段上坡路，没有路灯，而且很颠。我们刚一往上走就发现坡顶右侧停着一辆熄火的车。车旁站着两个人，一个在向我们招手，而另一个，向我们打了一个敬礼。"

"在漆黑的夜里，我们确实无法判断他们的身份。小许很机灵，把车开得飞快，车子嗖的一声就驶下坡路，把两人抛在身后。按说，我们该继续行路，可是我又让小许把车子开回去了。"

父亲顿了顿，接着说："不知怎的，我就是忘不了那个敬礼。虽然那只是个深黑色的剪影，可它非常标准，并且随着我们之间的距离和角度变化，那个敬礼人缓缓转动着身体，姿态非常优美，一看就让人觉得，他要么当过兵，要么就是个警察。我早年当过兵，儿子是警察，我觉得只有这两种人才可能打出那样的敬礼动作来！而士兵和警察，永远是可以信赖的两种人。"

"就凭一个敬礼，你就让车开回去了？"母亲尤有疑问，"那是辆警车？"

"不是。"父亲回答："我当时也想为什么他们不打110求救？可生活中，我知道最不喜欢打扰110的人就是警察了，他们出警帮助别人义不容辞，可自己需要帮助时绝不轻易给同行找麻烦，因为他们知道出警资源很宝贵！我想我要是能帮警察一回，该多好……"

我说:"可你判断错了。财物没丢又是怎么回事?"

父亲脸色终于有些放晴:"我们下车后,对方手持匕首立刻搜光了车上值钱的东西。可紧接着,他们问了我一个问题:为什么我们会去而复返?"

突然,我有些开窍了:"劫匪听了你的解释,竟然良心发现?"

父亲笑起来:"差不多吧!那是兄弟俩,敬礼的是哥哥,高考前曾天天站在镜子前练习打敬礼,梦想就是报考警校。可随后发生的一场肇事逃逸案,让他梦想破灭并永远失去了父母。"

父亲端起酒杯来说:"这是兄弟俩连续第三晚出来作案,而我们是第一个上钩的猎物。我答应过他们,就此罢手,我愿资助,绝不报警!"

暴　雨

那木刚刚翻下马背,忽见前方不远处腾起阵阵半丈高的烟尘,空气里随即充满了令人窒息的腥酸味。紧接着,一阵橘黄色的旋风斜刺里袭过,卵石般的雨粒噼噼啪啪砸落下来。起初,雨粒并不密集,但势大力沉。后来,如浇如泼,天地一片灿白。那木狼狈地缩进马腹下,不料枣红马仰天一记长嘶,蹄下踉跄几步就势卧倒,再不肯挪动半寸。

那木被马腹压得眩晕,但侥幸这是眼下荒野里最温暖的地方了。他禁不住用脸在黑暗中轻轻地蹭着马鬃,双手警惕地薅着此刻掩在裆下的绿帆布口袋。直到枣红马重新站起来,原地踱步,抖擞雨水,那木才发现暴雨已经过去了,不过尚未走远,就在他来时的身后大概两三百米处变本加厉。此刻,头上已经骄阳半露,那木陷在湿软的泥地里赖着不起,一泡热辣辣的马尿闪着琉璃的金光浇透了脑门。

那木扑棱蹿跳起来,才发现头上那盏黑色的执勤帽没了,但腰里的 **54** 手枪还牢牢别在那儿。再出发前他特意转到马屁股后,检查了那个鼓鼓囊囊、上下齐宽、顶口夹带了"条凳"型长锁的绿帆布口袋,发现口袋由外到里都是干的,这让那木满意地对着马腔笑了笑。马似乎很有感应,甩甩尾鬃示意领情,高扬头颅提醒继续前进。

那木皱眉望望前方的泥泞,忽然发现拐向临近一条山沟的土路上布满了浓稠的马蹄印和马粪。这一发现,让他大为惊讶且改变了主意。他牵起马缰绳直奔山沟而去!山沟里此时蒿草遍地,栗子树高大密集。艰难行进的那木,不得不一次次给自己打气:路虽是第一次走,但他清楚地知道它能快速地通向哪儿。

可那木错了。旧历八月中旬,满山遍谷的栗子树正处在旺盛的熟果期,那种氤氲不散又浓得化不开的栗子花香直熏得人和马都醉眼迷离。那木头昏脑涨,几次险些失脚从陡坡上跌落下去,而枣红马沉重的喘气声和回音,搅动的整个寂静的山谷渐渐有些阴森恐怖。

那木看见两间隐蔽在沟半腰树丛里的石房子时,力气和意志似都已经虚脱。牵马走进院落,那木发现有两位老人正在漆黑的屋子里席地而坐,一声不响地剥着山坳里收获的黑毛豆。

"你是公家人?"老妪乍见那木有些惊慌。

"怎么上这来了?"老汉背对着那木问。

那木望望墙上挂着的熊皮和双管猎枪,下意识攥紧手中的口袋：“路过，走岔道了。两位老的，有吃的吗？我买。”

老汉依然坐着未动，“我认得你，你隔几个月就去山那边给下矿的劳力送钱，这是自找苦吃。”

“没办法，他们不认存折和银行卡。”那木回答，“我们也正在想办法。”

“锅里有毛豆，炕上有水，吃完了快走吧。”老妪眼神里已经没有了抵触。

那木点点头，环视寒酸简陋到极点的屋子，边脱下半袖警服拧着雨水，边去炉灶上抓起尚有余温的毛豆剥开往嘴里搋。

“栗子树是你们的吗？靠什么收入？”那木狼吞虎咽。

老妪停了动作，定定望着他，“哪有收入？人和马都吃不饱。你……多大了？”

那木回答清脆，“刚过了生日，三十二了！”

老妪“哦”了一声，“吃点垫垫快走，还有雨。”

那木应着，去炕头喝水时，悄悄在碗下压了五块钱。

“这沟叫‘迷魂沟’，以后记住，别从这过了。”那木临走，老汉也没回头。

再下沟的路就平缓些了，那木骑上马仍被栗子花熏得晕头转向，一直虚弱地趴在马背上。突然，马像嗅到了什么，飞快地撩起四蹄，小跑着冲进一条溪流。

枣红马低头畅饮，猛然间却浑身一颤！抬起头来不停地甩头喷着响鼻。那木背后也立时窜起一股凉意，他很清楚马这样意味着什么。果然，他迅速发现了前方不远大栗子树背后的阴谋。

那是一匹棕色的矮马，马上的人却又高又壮。那木尚来不及掏枪，对方的枪先朝天响了。

“把口袋扔过来！”说完，枪管对准了那木，显然对方是个亡命徒,如此近的射程,那木明白若不丢钱就得丢命。

可那木是个警察。那木输的是时机,却不是胆量和职责。等那木也举起枪时,对方枪声却再次砰然轰响!

那木刹那间伏向马背,却发现对面的壮汉竟已仰头栽倒。矮马发出一串凄惨的嘶鸣。那木忽然想起自己匆忙中连枪保险都没能打开,却怎么也搞不明白眼前到底发生了什么。

这时,一条黑影从那木马下经过,径直走上前去,抱起歹徒扔在矮马背上,然后牵马朝这边走来。那木从没见过这张脸,但却认得他的背影和他手中那支双管猎枪。

"谢谢……大伯! 不过,你得跟我回一趟派出所……"那木心有余悸地说。

"不用了, 以后别再走'迷魂沟',你来的消息是我告诉他的。"老汉经过那木,面无表情:"他是我儿子,死不了!"

那木呆呆地、吃惊地望着老汉的背影,还有棕色矮马背上那名壮汉眼中的熊熊的恨。

辨　认

刑警队最近遇上一帮硬茬儿。

对方是个团伙,专捡大白天居民上班期间入室盗窃。

民警这头儿刚布下网,那头儿人却倏地消失了。

几天后, 临县陆续发来协查通报,内容竟与本地的大同小异。把刑警们气得够呛。

经查各居民小区监控,该团伙有这么几个特征:

作案较固定的有三人;大白天开高档轿车,挂本地假牌照,进出小区通畅无阻;开车始终放下遮阳板,下车凡有监控处一律用手遮脸或低头,无法看清面目;彼此不用手机,作案戴有手套;进楼宇门前先按门铃,选择无应答的住户下手;技术开锁,悄无声息;作案后特别恢复现场,让受害人回家很难立即发现被盗。

民警给这帮嚣张的盗贼,起名叫"白日闯"。对案件的侦查,存在两种意见:

一种认为线索少,对方流窜性强,建议加强本地防范的同时,广发协查通报,天网恢恢,他们早晚都要落网;一种建议想尽办法不惜代价将这帮盗贼缉拿归案。

两种意见都有道理,各有各的考虑。正相持不下,老林站了出来。

老林是中队长,意见属于后者。前段时间母亲病逝,破例休了很长时间假,正憋着一股子劲没地儿使。领导当即准了,还给了一万块钱经费。

当晚,老林把弟兄们叫到一起吃火锅,彼此喝了个四仰八叉血脉偾张。第二天天还没亮,他们就拉着半车斗方便面出发了。

这一走,就是一周。战线越拉越长,可心也越来越凉。

他们总是跟着"白日闯"的屁股挪地方,一连辗转多个市县发案地,措施用尽,方便面吃光,线索仍然寥寥无几。

老林实在坐不住了。

这么查下去,八成让盗贼偷了一大圈儿,挥霍得一干二净,最后"不慎"栽在哪个鬼地方,老林他们却无功而返,连半个人影儿都带不回去……

一个晚上,老林带队在家路边店住下。开了半晚上会,店老板进来送开水，忽然长叹一声："这年头，还以为光小偷来我这住呢，没想到你们警察也能来！"老林乜了眼问："你这是黑店？"老板说："不敢，可现在愿意来我地方的，不是偷情的就是偷财的，整天提心吊胆的我也不容易！"

老林来了兴致，问："偷情的好认，偷财的你怎么识别？"老板说："我也没证据，所以才没报警。就前些日子，几个外地人开着豪车来住店，后备箱里塞满了各种的值钱东西，说话办事鬼鬼祟祟，我送趟开水还在门后盘问老半天，让他们出示身份证宁愿多给钱也不登记，能是些什么好人？"

老林瞪大了眼问："你没登记？这可违反规定。"老板自嘲："看你们是外地警察才跟你们唠，他们那些人多霸道，我敢登？不过，证件我倒是晃了几眼。"

"他们都叫什么？哪里人？"老林紧追不舍。

老板说不上姓名，却说出某个省下面的某个市，由于后面的地名更好玩好记，还顺带把村镇的名字也说出来了。

老林听完，猛地一拍桌子，暖瓶倒了。

那地方，距老林的县足有一千多公里，可谓"臭名昭著"。全镇大部分青壮劳力常年流窜在外从事特殊职业。本来，像这种"家族产业"或"地域经济"在全国还颇有几处，可这下基本上圈定了。

老林他们睡不着，当晚就坐上了长途汽车。

两天后，他们猫进村里，靠着手里头模糊的嫌疑人图像，很快落实了三个通缉犯的身份。依托当地警方配合做饵，他们"引蛇回巢"，顺利将其中两人抓获。

剩下的一个嫌疑人叫胡维金。老林带人乘胜追击，冲进邻村的一个隐蔽赌场将其抓获。

抓获了胡维金,问题也就来了——

这家伙在派出所里厉声质问老林抓错了人,他根本不叫胡维金,而叫胡维银。胡维金是他的双胞胎哥哥,前些日子出门打工了。

老林一查,胡维金兄弟俩还真是双胞胎,另一个也确实不在家。这下麻烦了,谁也不敢保证线索百分之百准确,就连当地警方都拿捏不准。在这个飞短流长的时代,真要是抓错了人,很可能就被"扒了衣服"(辞退)!

老林急得满头热汗,眼看过了期限就得无条件放人。这时,手下一句话让他醍醐灌顶:找嫌疑人的娘来辨认!

很快,老太太来了。白发苍苍,步履匆匆。站在窗户外搭手向室内观望。

老林生怕她护犊子,没说啥事,上来就问,大娘,里面坐着的人你认识吗? 他叫什么名字?

问了两次,老太太始终木木地不发一言。

老林缓了缓口气,第三次问,大娘你看清楚,他是你儿子胡维金吧?

老太太听完仍然不答,脸紧贴着窗户,眼睛里却流出两颗硕大的眼泪。

有人把老林叫到一边说,别问了,人没抓错。老林犹豫,那民警又说,眼泪不会撒谎,天下哪有认不出儿子的娘? 不是老太太才不会哭,当年她丈夫判了无期她都没掉过泪。

老林进了屋,让嫌疑人回头看看窗外。

再一审,果然。

下　落

像是有预感,苗队的左手食指先是莫名地一颤,随后眼睛才盯住了那个帖子。

"爸、妈,只能对不住你们了,来生再见！不孝女儿。"

苗队是左撇子,赶紧扔掉鼠标,还用左手抓起了电话。

一会儿,全大队的人都到齐了。

几句话探讨完毕,经过仔细分工,各自开始忙碌。

帖子既然发在本地贴吧上,很可能就是某个本地的女孩儿想不开要寻短见。作为一群网警,当然不能见死不救。

有人开始寻找"水军",立即进行跟帖安慰,可是贴主再也没有出现。

有人迅速搜索查询贴主的旧帖,发现这确实是个感情遭受了严重创伤的女孩儿,情绪极度波动,情况十分危急。

有人千方百计查询与贴主相关联的 **qq**、**email**、**ip**、微博、微信、手机等联络方式,可等来的却是 **qq** 添加好友无应答、根据 **ip** 到网吧寻人未果,真实身份仍然无法确定。

有人想从女孩儿男友入手查找线索,可对方在本地贴吧里根本就没出现过。

接二连三,其他查找方式均告失败。

以女孩儿往常在网上出现的频率和时间看,她消失了。

苗队抬起头来, 生平第一次觉得墙上挂表的秒针走得密如落雨,而队友们心头像压了块石头,喘不上气来。尤其干内勤的董姐,甚至一下子红了眼圈。

"怎么办?她究竟在哪儿?"这是每个网警此刻发自内心的强烈疑问。

平日里,他们眼前每天都会划过难以计数的海量信息,其中绝大多数是毫无任何价值可言的网络垃圾。谁都明白,这个帖子也同样可能是恶作剧。可如果一旦不是呢?女孩儿此时很可能已经吞下了大把安眠药,正躺在寂寞的单人床上向死神奔去;也许是用锋利的刀片割开了动脉,在悔恨和鲜血中痛苦挣扎……一条鲜活生命的突然离世,将会给若干个家庭带来毁灭性的灾难。

宁可信其有,不可信其无!

绝不能眼睁睁看着灾难发生!

时间就是生命!

突然,苗队从女孩儿先前发过的一个帖子中重获"灵感"。她曾在贴子里说过,刚和男友去本地一家影楼拍摄了写真。从时间看,那是半月之前的一个下午。

苗队立即带人奔向影楼。

巧了,半个月前的那天下午,只有一对情侣前来拍过写真。写真已被女方取走,可对方当时留下过男方的手机号码。

苗队赶紧一个电话拨过去,对方传来的声音却不缓不急:"对不起,您拨打的电话已停机。"

苗队沮丧至极,可没有轻易放弃。他和同事又迅速赶到手机营业厅,依法查询该号码的机主信息。遗憾的是,号码没登记,根本没有机主信息。

线索到此再次中断,中断得相当彻底。

怎么办?每个人都心急如焚地望着苗队。大冬天的,苗队的头上开始腾腾地冒气,仿佛被众人的目光烤焦了头皮。

猛地,董姐转身向缴费机跑去。三分钟后,几乎是跳着芭蕾舞中的大跨动作回来的。

"手机打通了!"董姐在半空中朝众人扬起手机。

"你是怎么想到的?"苗队挠着头问,董姐回答说:"盯着你那张驴脸,我一下子就想到了充费试试,这叫'死马当作活马医'!"

但是,情形并不乐观。接手机的,是个乡下老头儿,正在山坡里给果树剪枝。手机卡是儿子给的,平时不怎么打,连停机了还不知道。

"您儿子现在在哪儿?他结婚了吗?"董姐用的免提,上来就直奔主题。

"结了,儿媳妇马上就生第二个娃了!"对方一说,这边人又都是心头一沉。

对不起来啊,女孩儿的男友还是个未婚小青年。

"您儿子现在在哪儿?我们有点事找他!"董姐心有不甘。

"在村里开小卖部,干农活指望不上他!"老头的话音刚落,这边司机脚下就传来油门的咆哮声。

这一走,就是四十多公里。苗队他们不心疼油钱,害怕的是时间。他们在村里总算找到了开小卖部的老头儿子,细问之下才知道手机卡是十几天前一个来买东西的青年给的, 当时他带的钱不够,就拿手机和卡顶了账。

"那青年你认识吗?"

"认识,邻村的,你们去打听一下谁叫……"

"要出人命了,你和我们去!"

青年一听,夹着一路响屁就奔在了前头。总算带苗队他们找到了那青年。盯着青年油头粉面吊儿郎当的样子,苗队只想上去就给他一记左勾拳。

事情终于搞明白了,这就是那个女孩儿的男友。

"我们闹了别扭,她自己在县城胜利小区租房子住……"众人一听赶紧发动车子,让他上车,可他一听"自杀"二字,转身就跑没了踪影。

半小时后,苗队他们终于喘着粗气踹开了女孩儿的房门。

房间里,他们看到了披头散发但鲜活异常的女孩儿。在她身边,还躺着一个浑身哆嗦的光屁股男人。

"你给我出来!"董姐指着女孩儿怒声高叫。等女孩儿出来了,她又换了一副语气问她帖子的事。女孩儿听了,眼泪吧嗒吧嗒地落了下来。

"实在抱歉让你们为我担心了,我就是当时难受,发个帖子发泄发泄。我觉得我们吵完架,过几天就没事了……"

董姐耐着性子教育完女孩儿,出门时见苗队正在风口里抽烟。

"收队吧?虚惊一场。"董姐拍拍苗队的肩膀说。

苗队耷掉她的手,长吐一口烟说:"我怎么老觉得这不是她呢?她不应该在这儿。"

"应该在哪儿?"董姐问。

"应该让我们抬着,直接去医院。"苗队说。

"有病!"董姐笑了。

"嗯,得死马当作活马医!"苗队也没憋住。

刀剑笑

一九九九年秋天,我实习的最后一个月,由城区派出所调往刑警一中队。

只身报道那天,忽见满院子警察围成一圈热烈鼓掌。

我当即惊得脸红心跳,却又发现他们统统背对着我。

我急忙上前,但见人群中有一壮汉,身高接近一米九,体重至少二百六,面圆耳大鼻直口阔,一双卧蚕眉稍显滑稽,满脸络腮胡煞是霸气,说话震得人耳膜轰鸣。

"怎么样?怎么样!"壮汉环视四周,一脸挑衅。

原来,这是刑警们在审讯办案之余"课间休息",利用院子里仅有的一副杠铃活动活动筋骨。方才掌声,是因那人仅凭单手就擎起了六十公斤的杠铃。

这时,人群里有人激将:"这算啥?兄弟们找出三个最棒的来和你挑战!看看是谁赢?谁赢了谁请客!"

众人纷纷响应,连我都跃跃欲试。哪料壮汉一口回绝:"别费那事!你们最多的不就举六十个?今天手上正好没案子,我给你们举个一百八!"

这话让提议之人无比兴奋:"好!大家作证,你也别举一百八,举个整二百,从明天起我连续三天请你下馆子,要是举不起来,你请我们大家连吃三天!"

话音未落,壮汉那边早已脱了外衣,光着膀子抓起了杠铃。

——这就是我的偶像齐队，给我的第一次下马威。

后来，我曾偷偷举过那副杠铃，令我崩溃的最高纪录是：四十七个。

可那天，我眼睁睁看着齐队举了整二百。当时齐队的脸和脖子，甚至胸脯都紫了，是我第一个跑上去搀扶他进屋。事后，我们就分在了一个探组。

不过第二天，也就是打赌输了的崔队准备请客时，齐队却没来上班。听说是请了病假。第三天也没来，第四天同样。到了第五天，齐队来了。大家都知道是怎么回事，可没有一个人敢拿这事说笑。

唯独崔队略带歉意地跟齐队打招呼。虽说请客早已过了时限，可齐队劈头一句，就让崔队把客请了："人家小纪刚来，接接风总可以吧！"

那场酒后，我就跟着齐队办案了。齐队人高马大，说话赛放鞭，打鼾如滚雷，做事像风吹，穿一身全局最大号警服，开一辆过了报废期的破"仪征"警车，车载录音机里永远都是激昂的刘欢。相比之下，我是个十足的小跟班。

一天夜里，齐队把我从被窝里拉出来，开车就走。原来他得线报，有个逃犯回家了。齐队径直把车开进深山，停下塞给我一把手电让我跟着他走。那夜黑得让人压抑，风刮像在脸上割肉，山像张牙舞爪的魔鬼。我死死跟着齐队，半步也不敢落下。

齐队却轻车熟路，带我在蜿蜒山路上疾走，不知何时还拎起了一棵道旁的枯树。走不多时，忽听四下干草丛里一阵窸窣碎响，竟有七八只恶狗猛蹿出来将我们围住，龇牙咧嘴狂吠如狼，眼见就要飞扑上来。

我正吓得筛糠，齐队大步跑进一侧果园，将狗统统引向自己。我手电照处，只见齐队摆开弓步，怀抱树冠，将树根舞得夹风带响水泼不进，那架势活脱脱像极了倒拔垂柳的梁山好汉鲁提辖！蹊跷的是，恶狗们并没真的挨揍，却都落荒而逃！

这招令我大开眼界！随后我们冲进山上那户独门独院。屋里床上只有祖孙俩，老太太闭目不语，小女孩儿却冲我们喊："警察叔叔，俺奶奶得了癌症，俺爸爸没回来！"

这话有些多余。齐队径直走到里间门口大吼："陈刚，你给我滚出来！"话音震得门框上尘土乱飞，接着就听到有人从里屋连滚带爬地出来了。

齐队揪住逃犯就走，我抑郁地跟到山下，刚刚想通法不容情的道理，不料齐队转身掏出仅有的二十块钱，让我原路送回去！

我心里又惊又喜又暖又怕，但还是顺手抓起一条棍子，撒腿就往回跑。

半山腰上，我和那群恶狗再次遭遇，一番抢棍成功退敌后，我忽然茅塞顿开：原来人跟狗斗，与跟坏人较量相似，都需要必胜的信念和强大的气势！你弱它就强，你强它就降……

我离开刑警队大概半年后，齐队就出事了。

那次押解人犯去看守所，搭档下车去办入监手续，齐队后脑忽然遭受重击，腰中"五四"被人一把抢走。原来，那人犯少年学武骨头奇软，偷偷把背铐从脚下挪到身前，抓住时机举铐袭击了齐队。

齐队天旋地转，一睁眼却发现枪管对准了自己脑袋，心道这回完了，下意识伸手去挡，可对方扣动了扳机。

往下的事儿，就是搭档回来把人犯给制服了。再看齐队，浑身湿透，没死成却虚脱了。——枪，始终没响。齐队粗胖的中指竟插进了扳机内的空挡，人犯拼命狠扣扳机，生生把他指骨卡碎,却没能成功击发。

多年后,齐队上网聊天,因废了一根指头打字奇慢,擅长"一指禅"。我在 **QQ** 里遇见,问他为什么网名叫"刀剑笑"?

齐队在那头捣鼓了 **N** 久才点出一行字来:"枪都打不死咱,何况刀剑?哈哈!"

血指印

偶然去刑警队四楼找资料,推开最角落里的一扇门,见一团乌云伏在桌面上,正散发着淡淡的清香。

许是被我脚步惊扰,燕子猛一抬头,黑发齐刷刷地甩到脑后,一双好看的大眼睛中布满血丝,有着说不出的疲惫。

"好啊,上班时间洗头发、睡懒觉?"我厉声问道。

燕子迅速站起来,莞尔一笑。一边将湿漉漉的头发挽起来扎住,一边活动着细长的脖子说:"这话谁说都行,你说可没有良心了!"

我也笑。我承认,我举双手承认,她是在休整,绝不是在偷懒。她才是我心目中的英雄。

无名英雄。

一个文静的女孩子,就只她一个人,一年多时能破上百起刑事案件。这是什么概念?

——如果单比刑案破案数,她自己就能顶好几个山区派出所了。

燕子的工作是常年趴在电脑屏幕前，跟千百万枚指纹打交道。

十几年前，我刚参加工作那会儿，采指纹都是让嫌疑人用手指沾油墨捺印，然后拍成照片，积累成指纹库。再有案子发生，就把现场指纹照片与指纹库里的进行人工对比，工作量之大、花费时间之长，难以想象。最令人头痛的还是忙活一年，到头来破案率微乎其微。

好在如今装备了指纹采集对比仪。原先的程序都能电脑化了，效率大大提升。而燕子的工作，就是坐在电脑前，将各单位采集录入的指纹进行比对查寻。

这种查寻大体分为两种：一种正查，即将现场勘查后采集的现场指纹，与电脑库中的指纹进行对比查寻，一旦查到匹配者就能锁定嫌疑人；另一种叫倒查，即用刚被抓获的嫌疑人指纹，与电脑库中的现场指纹进行比对查寻，两者一旦匹配，就能判定该嫌疑人还曾出现在哪些犯罪现场。

若以为这工作就是打开电脑，按一下自动搜索键就 ok 了，那就大错特错了。

任何高科技都有误差，而牵涉人的清白和案件真相，要是出现差之毫厘谬以千里的情况，麻烦可就大了。

打比方说，某派出所录入某个人的十指指纹，燕子在对这些指纹搜寻比对时要按不同条件搜索，具体到哪只手指、什么特征、地域范围等等，而每一次搜索都将耗时若干。这还不算，一旦电脑搜寻到符合条件的指纹，并非一对一精确显示，而是按照相似度打出相应的分数值后一一列出。

无奈的现实是，往往电脑中与该人拇指匹配的拇指指纹有五十枚，与其食指指纹匹配的食指指纹有三十枚……剩下的工作,全靠燕子趴在电脑前,一枚枚筛选、比对和排除。有时电脑中一枚被打出相似度九十分的指纹,通过人工比对却被排除了;而电脑打出的五十分的指纹,有时却偏偏就是目标。

由此可想,燕子的工作量并不因为有了高科技而成倍减少。相反,在整日的眼花缭乱和头脑昏沉中,更多了一份沉甸甸的压力和责任。

听燕子讲过一个解气的案例:她在对一个盗窃现场指纹进行比对时,成功比对出了嫌疑人,而该嫌疑人正在外地某拘留所因打架被治安拘留十五天,眼看就要期满。燕子没有停止查寻,而是通过查到的该嫌疑人的其他手指指纹果断倒查,结果又成功比对出十几个罪案现场!足见这厮恶迹斑斑,隐藏很深,若不是指纹比对很可能就将逃脱很多应有的惩罚。

几条弧线、几个小圈,不起眼的小小指纹,经扫描放大后呈现在屏幕上,却突然化作了电线、跑道、迷宫、河流、山峦、大海……

"你来得正好,看,我们又破大案了!"燕子边整理桌上一摞厚厚的案卷,边开口把我从记忆中拉了回来。

"什么大案,案卷太厚了,还是说来听听?"

燕子瞅我一眼,仍然抑制不住兴奋:"破了一起杀人案!最近有人报案说车被盗了,民警问是怎么丢的,他前言不搭后语。后来一查发现,他是夜里开车出去盗窃时被发现了,连惊带吓弃车逃跑,事后车没找到,这才来报案。"

"你们采了他的指纹,然后就发现他以前还犯过命案?"听到这里,我已猜出了结局。

"没错,不过这起杀人案距离嫌疑人落网,已经过去了整整十年!而且当时那案子,嫌疑人是异地作案,与开车的死者无冤无仇、素不相识，只因深夜搭车时突然起了抢劫歹意，将其杀死后连车推下了悬崖。警方怀疑谋杀，因那辆车毫无制动痕迹，但也不能完全排除交通肇事。幸亏当时民警在车底发现并采集了一枚斗型纹的血指印入档，就是这枚指纹暴露了他！要不然啊，这案子悬了……"

燕子说得眉飞色舞，我听得啧啧称奇。

那一刻，她俨然一个披蓑戴笠的渔家少女，用纤纤玉手在指纹的汪洋大河中，钓出一条面目狰狞的大鱼！

狙击手

老崔曾是特种兵，转业进公安前当过狙击手。

因此，老崔枪打得特别准。

准到什么程度？报纸上有过报道：100 米到 500 米静卧射击，弹无虚发；200 米运动射，15 发子弹，3 次换弹匣，立跪卧 3 种姿势，只需要 50 秒；枪榴弹，200 米距离，误差不超过 3 米；800 米任何目标，目估距离误差不超过 20 米。

数字可能有点枯燥。这么说吧，一台饮水机放在 500 米外正常人根本看不清，可老崔却能把 500 米外的一个苹果一枪打得粉碎。

老崔是怎么当上狙击手的？

据说，那过程相当魔鬼。

一开始，老崔当的是侦察兵，各项技能出类拔萃。眼看退伍时，上级下来选人。经过一番残酷比拼，老崔光荣入选。

等到了特种兵大队老崔却发现，选拔才刚刚开始。

全副武装跑 5 公里、10 公里越野；夜间万米长河泅渡；野外无人区生存演练；疑难复杂敌情处置。一项项比下来，老崔硬是拼着尿血挺到了最后。眼睁睁看着几十条壮汉被逐个退回了原部队。

可选拔还没有结束。

接下来，是没完没了的高强度射击训练。先后与国内 30 余种特种枪支及国外 10 余种狙击步枪耳鬓厮磨，直熟练到盲拆盲卸盲装盲打的境地。

然后是训练立跪卧走跑跳等所有射姿，高处隐蔽低处潜伏等各类情境。打过 10 多万发子弹后，全团只剩下了他和老孙两人，而老崔已然接近崩溃的极限。

要当一名狙击手，就必须要突破极限！

老崔和老孙，一路比拼，轮番排头，难分难解。到底谁才是最优秀的？当然还得继续选拔。最终，教官给出了题目：距离 500 米，射击一个透明玻璃杯。每人一发子弹，一枪定输赢！

两人摩拳擦掌，跃跃欲试，谁都不想在这最后关头认输。

可出人意料地，教官让他们先休息，何时比试再等命令。

两人暗中叫苦，从此吃饭方便随时都得竖着俩雷达似的耳朵，睡觉也不敢合眼得随时准备跳起来冲出去。

最后的比试，也最残酷。这点他们比谁都清楚。

可命令没有他们想象的紧急。5 天后，就在他们自我折磨得筋疲力尽时，命令随着一阵响雷来了。

那个午后，狂风肆虐，暴雨倾盆。

老崔和老孙蛰伏在训练场上，不一会儿就被淋成了两条泥鳅。

这种鬼天气也能射击？透过瞄准镜看去,500 米外根本就看不见目标。

可比赛已经开始!

风声、雨声、雷声,老崔和老孙听而不闻。戴着薄薄的耳麦,他们耳朵里似乎只有彼此微弱的呼吸。1 个小时,2 个小时,3 个小时……他们都太了解对方,若在平时,500 米的距离,别说是玻璃杯,就算是子弹壳,也是小菜一碟。可在狂风暴雨中,偏差无法估量。

老崔越等身体越是发僵, 稳定性也大幅下降, 心里更是没底:先开枪,若是不中,对手就可以等风停雨息再悠然一枪,轻松取胜。但若开枪慢了,对手先发命中,自己便毫无机会。

打,还是不打?是抢先搏一把,还是等待命运眷顾?

他们都太想取胜,对一名步兵而言,狙击手,是最危险的职业,却也是最崇高的荣誉。

而眼下,才是最可怕的较量!

雨势丝毫未减。老崔心下一横,轻眨一下眼睛,手指预压扳机,感觉就像提着气往针眼里插一根头发丝。

就在一大颗雨滴即将从眼幕上滑落的一刹……

"砰!"

枪响了。

老崔兴奋地躺进泥地里向天振臂, 而老孙的子弹没能打出去。显然,他们都从耳麦里听到了玻璃破碎的声音。

老崔爬起来,一把拉起老孙,彼此拥抱。残酷的比赛,终于在分秒之间决出了胜负。

教官也走过来,先是和老崔紧紧握手,没说什么。然后是和老孙握手，却说出一句石破天惊的话来："恭喜，你赢了！"

老崔和老孙，当场惊愕。

这怎么可能？子弹烂在枪管里的人竟然打赢了击中目标的人？

教官无视两人的惊诧，兀自向前走去。老崔和老孙一肚子疑问紧跟其后，等到了目的地才恍然大悟。

500 米外，竟然连一块碎玻璃碴都没有。目标根本不存在！

暴雨中，教官依次盯着两人的眼睛，一字一句说道："我们选拔的是狙击手，不是刽子手！"

两人如梦初醒。老崔正无地自容，教官却拍拍他肩膀说道："能走到今天，你也是名优秀的狙击手。耳麦里的模拟声，不是欺骗，而是为了不摧毁你今后击发时的自信！"

就这样，老崔开始了他的狙击手生涯。不过，他是第二狙击手，也叫狙击副手。

他输得心甘情愿。

丢失的初吻

十四年前，我在警校念书。

第二学期学习摄影课，着重掌握对痕迹物证的拍摄和取证。

除了打枪，恐怕把玩精密相机就是那时最令我们兴奋的事儿了。

我们三五成群，自愿结合，去操场、树林、工厂，甚至去坟头、臭水沟,制造假定现场,然后练习拍摄。

我和大民俩人一组,练习得相当顺利。并且利用剩余交卷,互拍摄了一些自以为很福尔摩斯的照片。

接下来,就轮到上冲洗课了。

这课更为简单,听教官说就是去暗室里,亲手用显影液冲洗出照片。然后找出差距,弥补不足。

大家跃跃欲试,排好队伍,叽叽喳喳走进亮着日光灯的暗房。

随即,教官制止了所有喧哗,开始强调课堂纪律:

"所有人从现在开始一律不得说话,要迅速自行分组,找好显影罐、卷片盘、温度计、量杯、夹子、裁刀等必备工具,等待我的口令!"

教官说完,暗房里立即响起一片叮叮咚咚的响声。我仍和大民一组,我抱相机,他拿工具,很快准备完毕。这期间,大民随口向我说了句:"可惜了,还有几张底片没照完。"

大民话音刚落,教官的吼声立即响起:"刚才说话的那位同学,请你出去!"一时间,所有目光射过来。大民异常窘迫,随后万分沮丧地看了我一眼走出暗房。

这下,没人再敢说话,纷纷蹲下准备开工。暗房里迅速沉寂。

"有事情,可以打报告!谁再敢违纪,看我怎么收拾你!"素有"野兽"之称的教官再次放出狠话,随后"吧嗒"一声关掉了屋里的灯光。

意外,就在这一刻突然降临。

灯光倏地熄灭,暗房霎时陷入漆黑的深渊。所有人眼前模糊一片,女生们下意识地喊出一阵"啊"!与此同时,有只手紧紧抓住了我的胳膊。

那是一种我一辈子都不会忘记的黑暗。

无边无际，如潮浪涌——让人孤独，让人胆寒，让人惊恐，让人窒息，让人晕眩。让人仿佛一下子从人间坠落到地狱。

我迅速攥紧了胳膊上的那只手。它一直都在抖，直到这时我才明白身边是个女生。两只手也越攥越紧。

我们都以为能逐渐适应黑暗，可我们错了。我们毫无心理准备，苦撑的结果反而像溺水的人，等来的是加倍的绝望。专业暗房毫无光线，加上周围死寂一片，既潮湿又阴冷，我们这时才悟出冲洗课的真正含义，它挑战的竟是人的生理极限。

有抽泣和压抑的呻吟低低地传出，有急促的喘气声在胸腔里呼啸，就在我也感到快要崩溃的时候，怀里突然多了一个温热的身体。我来不及多想，一把抱紧，嘴角又已触到了一张薄透冰凉的唇——

我不骗你，那是我的初吻。

在这之前，我曾和童年的异性伙伴亲过嘴。但那不一样。这个吻，让我第一次洞晓了舌头除去吃饭以外的天大秘密。

原来，舌头也能握手，能拥抱，能舞蹈，能飞翔，能燃烧，能在惊恐陷落中进行救助，能在天崩地裂时实施救赎，能让人不知不觉地从地狱飞升到天堂。

"大家注意了，开始冲洗！"

黑暗中教官的话，忽然像道狰狞的闪电，霎时将我怀中的身体夺去。我甚至还没反应过来，下意识慌忙端起相机，却又不得不无奈地垂下手臂。我知道，大民相机里还有交卷，可如果我摁动了快门，同学们的底片将就此报废，而等待我的也必定是教官的一顿教鞭。

她就这样消失了，我的天使。我舌尖上还留有她淡淡的芳香，怀抱里还留有她微微的余温。可我竟然荒唐地不知道她是谁……

出了暗房，大民翻看着照片表示很满意。但我低落的情绪也让他很意外。

"我又没怪你。看，脚印真清晰，我俩多帅！"

我走神了。我的大脑、眼睛、鼻子、嘴巴、毛孔，无时无刻不像猎犬一样四处焦急地窥探着。全班共有八名女生，到底会是哪一位呢？

从外表上，完全看不出来。她们一回到阳光下，就立即举起照片遮挡住强烈的光线朝宿舍跑去。她们每一个人的身段，都是那么优美。

我太痛苦了！说出来，谁会相信呢？在女生贵如国宝且严禁恋爱的警校里，在我们性别严重失衡的班级里，居然有一个女生主动拥抱并亲吻了我！不管是出于什么原因，我们都曾经是最亲密的人。

从此以后，我守着这个秘密，始终都在小心翼翼地寻找着。八位女生，个头相当，身材匀称，各有魅力。每个人都像，可每个人又都不像。直到有一天，我沮丧地想到，对方会不会也不知道亲吻的是谁呢？

毕业那天，聚餐时都喝醉了。我单独到女生那桌敬酒，提议以一对八玩石头剪刀布的游戏，谁输了回答对方一句实话。结果，我最后输给了她们老大。

老大借酒笑问："我们八个人中，你最喜欢的是哪个？"

我鼓足勇气回答："如果我的心是一张底片，那它冲洗出的，是我永远的初吻。信不信？我一直稀里糊涂地暗恋着你们八个！"

老大听完先是笑，接着却哭了。继而其余七个人也哭了。

她们，全都哭了。

把命交给你

八年前，芙蓉街发生过一场血案。

关老九因琐事纠纷，夜间持斧头闯入邻居马怀然家行凶，砍死了一家三口。

这是街上有史以来最惨的凶案，也是民警老安一辈子的污点。

八年前，局里照顾患有股骨头坏死的老安，将他从乡下派出所调到老城区芙蓉街当片警。老安很知足。芙蓉街虽处老城区，租赁户鱼龙混杂，摸排耗费精力，但好歹离家近，就诊方便，还和家人多了些团圆时间。

可老安万万没想到，就在他上岗的第二个月，就发生了凶案。

当初，老安前任老丁跟他交接时，前后说了一大通，什么孙家的母狗咬人、李家的儿子不孝、吴家的媳妇有精神病、柳家的屋子是危房、万家跟包家合不来、街南面住了不少四川盲人和东北小姐……老安的笔记本都快记满了，但唯独没记得老丁跟他交代过关老九。

那么大的命案，当时震惊了县城。老安也懵了。他刚来，跟关老九不熟，巧的是案发前两天还去关家走访过。对于凶案没能预察，毕竟脱不了责任。而且案发后朱老九一直在逃，社会舆论极大，上头若再不给个处分，老安自己都觉得没脸。

可真等处分来了，老安又觉得太沉重了。不仅扣票子，竟连党性也予以了质疑。

后来，有同事开导："想开些吧，别看朱老九平时木讷，可那晚喝多了酒，纯属激情犯罪，换了谁也阻止不了！"

老婆也不止一次劝慰："天底下有些事就该着发生，咱认命吧！"

话是那么说，可老安从那就像变了一个人，每天起早贪黑，干活玩儿命，整日拖着病腿斜着身子在街上穿行，像跟谁赌气似的。不过老安的工作挺见成效，没多久小小警务室里挂满了红灿灿的锦旗。

一晃，八个年头儿过去了。

八年间，芙蓉街已从古色古香的矮房陋巷，变成了破败不堪的棚户区。八年间，老安换了三种警服、四届局长、七任上司，自己却始终像枚图钉，在芙蓉街这张油毡毯上，深深地扎根，渐渐地生锈。

没人能理解老安不间断的玩儿命，只有老婆知道他心里还憋着一口气。老婆近来一次问他："芙蓉街都卖给外地人了，马上要整体拆迁，你打算老死在这儿？"老安听了，就一句话："真要走，我的警务室最后搬！"

老安的话就像一阵大风，吹得街头落满了树叶。北方的冬天来了。

冬天一来，老安就隔三岔五接到左家的电话。左家就俩人，八十岁的奶奶患有严重哮喘，一到冬天就犯。八岁的孙女会用老年手机，这次是半夜打的电话。

老安匆匆赶到，见老人晕倒在床下尿壶边，孙女已哭哑了嗓子，急忙用力将老人抱上床，狠掐其人中，将老太太救醒、喂药。

老安忙活完离开左家时，天还未亮。因为肚子饿，也想给左家买些吃的，就径直往街心去。那里亮着盏灯，有家米粉老店，门开得早。

阒寂无人的街上，狗都在寒风里销声匿迹。老安哈着两手走到店门口，突然愣住了。店里已经有位顾客，竟像极了一个人：关老九！

这么多年过去，老安还是一眼就认出了他。

关老九抬眼看见老安，也腾地一声站起，带翻了桌前的碗筷。

老安下意识低头摸枪，可片警腰间只有一副手铐，还未等他再抬起头就感觉被人猛地兜头抱住，像被挤在了一堵石墙上。

关老九身高一米八，体重近三百，浑身蛮力。而老安只有一米七，还拖着病腿，精瘦羸弱。老安被对方箍在怀里，尽管拼尽了力气却丝毫挣脱不得，眼看就要晕眩气绝。

这时，老安忽觉对方的脑袋重重地压落下来，随后耳朵里传来一句令他这辈子最匪夷所思的话："别动！我把我的命，交给你。"

关老九说完，忽然松开双臂，主动蜷到背后，老老实实地转过身去。

老安哪敢怠慢，赶紧掏出手铐，咔嚓铐牢对方，一双手始终颤个不停，额上的汗珠滴在门槛上，摔得啪啪直响。

老安只身擒拿灭门凶手，立即在局里引起了轰动，人人赞叹他深藏不露智勇双全。其实，老安比谁都恍惚，凶手是怎么抓到的？自己给关老九搜身时可发现他还带着匕首！

审讯是刑警的事了。过了很久，老安才有机会打听到，关老九被捕的那夜是他八年间第一次潜回家，他娘也是他唯一的亲人哭着告诉他,这些年一直都是老安在照顾自己,她已经把老安当成儿子了。

　　老安还听说,关老九已经在贵州有了老婆和闺女。

　　听着这些,老安的心起起伏伏,一时很难说清心中憋着的那口气,是在还是不在了。

第二辑 三

穷乡旧事

抢　粮

　　一九六〇年深秋，一股来自太平洋上空的温热气流，在北半球西北季风的劲吹之下，一路翻滚奔涌，愈聚愈密愈重，最后在中国关东上空遭遇强冷空气骤降暴雨。

　　铺天盖地的暴雨砸向距离齐齐哈尔八十公里外的野地，将一支踽踽独行的人马冲得七零八落、东倒西歪。

　　我爷爷纪久成从半夜中惊醒，赤身裸体跳到泥地上伏耳静听，眼神中放射出前所未有的恐慌：屋子外比暴雨来得更猛烈的，将是一场彻头彻尾的灾难！

　　果然，纪久成刚刚撸上衣裤，屋门就被生锈的铁器胡乱地捅烂。瘦小的他霎时像跌进龙卷风里的一只苍蝇，被杂乱的人流席卷而出。

　　暴雨下，一个东北大汉摁住纪久成的肩膀低吼："我们来，啥意思没有，就是想借点粮吃！"

　　纪久成肩上吃痛，嘴巴哆嗦，两腿直抽。在他身后的农场粮仓里，正垛满了金山似的黄豆。可那是国粮！

　　冷雨浇得纪久成头昏眼花，霹雳骤然划亮他煞白的面颊。随后，一连串滚雷在半空中轰然爆炸！

　　我爷爷就是让这阵滚雷炸醒的。年仅十九岁的他是当夜农场里的唯一看粮人，他哪里见过这么大的场面？惊恐中他忽然开始想家，想他远在山东乡下的老母亲。

当然，也想起了老母亲常说的那句话——"张王李赵遍地刘，那都是些遍天底下的大姓"……

趁着雷声未停，纪久成抓起眼前的手臂就开始吆喝："哎！都来了啊？老张来了没有？老王来了没有？小李来了没有？还有小赵？老刘他没跟着一起来？……"

一统心虚地乱喝，出人意料的，竟有人用山东腔在远处回喊："他没来！"这句话，让人群一下子安静了。摁在纪久成肩上的手松了，逼住他前胸后背的铁锹撤了。又是一道霹雳闪过，纪久成从众人脸上看到了一种明显的沮丧。

纪久成哪敢懈怠？他开始上蹿下跳，大声吆喝众人避雨歇息。"原来有老乡来了，赶了那么远的路，说什么我也得管顿饱饭！来来来，大家伙帮个忙，咱们把大铁锅架起来！"

早已有人等得不耐烦了，跑上来就跟纪久成搬锅、抬米、劈柴、烧火……偌大的农场粮仓屋檐下，人群"轰"得乱了。

纪久成趁着乱子，飞快地向着场部急蹿。

一九六〇年的雨夜，黑如浓墨，风如刀削。五六里远的路，纪久成在草甸子上摔成了一条泥鳅。

睡眼惺忪的场长一听汇报，吓得直把半个哈欠咽回肚子里去。"来了多少人？""少说七八十！""多出咱一半？什么人？""远近穷地方的，仗着有山东老乡！""你怎么跑了？""我煮了一百斤大米……""一百斤大米算个屁！你赶紧回去稳住他们，天一亮我就给你记功！"

纪久成除了场长强有力的许诺，再没得到任何援助。他很想让那个许诺实现，可他又比谁都明白：要想稳住那帮抢粮的，自己的小命就得搭进去！

纪久成冲回吃米的人群里尖声高叫："刚才我向领导汇报

了,实在很对不住! 场里二百多职工床铺都不够睡,没办法让大家住下,你们吃饱了往南走,不远就是三号农场了!"

吃饱喝足的人们没有立即回应纪久成,却也有人叮叮当当地收拾行李。纪久成殷勤地为其跑前跑后,手里头紧紧攥住湿漉漉的马缰绳。最后,人群终于开始稀里哗啦地拔锚。

那一夜,我爷爷纪久成一直攥着马缰绳,在大雨中将抢粮大军送出了二十多里路。临分手时,天色渐白,冰冷的大雨虽丝毫未停,但他心里充满了一股火辣辣的幸福。

再往南走,的确有农场,这帮人不至于饿死。但是天亮了,谁都别想再乱来! 纪久成深为自己的英明感到兴奋,回去时脚下像生了风,草甸子哗哗地向着身后倒退。

忽然,有人喊叫! 纪久成转头回望,雪白的雨幕下追上来一撮黑影。纪久成好奇地迎上去,问是怎么回事。

来人站定了,大口喘着粗气,忽然手一抬就将铁锨狠狠插进了纪久成的大腿! 纪久成的惨叫冲天而起,耳朵里却传进一阵熟悉的乡音:"狗杂种你记住,这事可怪不得老乡我!"

栽　赃

纪久成瘸后不久,就被农场发展了党员。

这在当时那批支边老乡中是唯一的特例。

接着,领导安排他到农场子弟学校守大门。

他兴致很高地就去了。

我爷爷纪久成这辈子,守了五十多年的各种大门,应该说还是有一定守门天赋的。

那座农场学校,他是仅有的两名党员之一。

另一名,是个姓付的校长。人长得浓眉大眼,身高马壮,满脸青胡茬子,来自大城市哈尔滨。用现在人的眼光看,那是相当酷!

我爷爷特别喜欢付校长。

他没文化呀,天生望着这类人亲。

付校长三十五六,娶个当地很小的俊姑娘叫小杭。喜欢喝酒,逢喝必醉,醉了就喊我爷爷"小瘸子"。

我爷爷虽不喜欢付校长喝酒,但他不说。有时别的老师议起来,他还常给付校长打打小埋伏。

付校长和我爷爷的关系就很铁了。

伏校长常给我爷爷捎吃的,小杭做的饭很香呐,我爷爷吃得很恣。伏校长还常大会小会地表扬我爷爷,说他人缘好、觉悟高。

有时候我爷爷夜里巡校,付校长也跟着一起巡。

大冬天,付校长巡到女教师屋里,就把一双大手伸进人家的被窝里去。

我爷爷吓得够戗,有心提醒,付校长却大手一挥:"暖暖手!最多碰碰脚丫子,咋的啦? 没事!"

我爷爷就觉得付校长这人吧,也好,也坏。优缺点都很明显。可俗话说:人无完人,金无足赤。付校长也还算不错了。

但是我爷爷做梦也没想到:他会跟付校长突然成了死对头!

那年冬天,场校天井里屹立起好几座煤山。学校条件虽差,但场部供应了足够的煤炭。

那些煤炭,学校能烧三四个冬天。

一天晚上,我爷爷下班去见老乡。回来,发现有座煤山缺了一角。

大概有半铲车的量。

我爷爷纳闷：走时还好好的，是谁一下子用了那么多煤？

我爷爷一夜没睡。第二天一大早，公安特派员就来了。

我爷爷说："我昨晚上就发现不对劲了，没来得及报案。"公安身后跟着的是付校长，付校长走上来突然指着我爷爷的鼻子呵斥说："别装了！快说那几吨煤是不是你偷的？"

我爷爷懵了。

"一直是你负责守门，现在煤少了你让我怎么跟学校交代？你敢说与你没关系？"

我爷爷鼻子直发酸，嘴巴颤抖着半句话也说不出来。

公安一走，他就像只困兽，拖着那条残腿在学校里乱蹿。最后，要不是碰上一位女教师，恐怕早就用裤腰带把自己挂上房梁了。

女教师一见我爷爷，直截了当地问："还找呢？脑子不好使？煤让付校长送人情了！还找啥、查啥？"

我爷爷的头"嗡"的一下就炸了！这女教师他了解：心直口快，从不说假话。她那双大脚丫子就曾狠狠踹折过付校长的一根手指。

可这怎么可能！付校长跟自己是啥关系？无冤无仇不说，还亲如手足！他能干出那事，却冤枉自己？！

我爷爷百思不得其解，甚至痛苦地假设，那点煤要真是付校长处理的，哪怕来跟自己商量一下！又何必惊动公安？又何必来栽赃呢？！

可女教师说得有鼻子有眼。我爷爷身上的血，终于咕嘟嘟地沸了。

第二天公安又来，当着所有人，我爷爷忽然手指付校长喝问："你为什么给我栽赃？我哪里有对不起你的地方！"

付校长神色开始慌张："我没说是你，不正搞调查吗？"

我爷爷绝望地质问："付校长，你回答我！明明是你干的，为什么要给你最亲的兄弟栽赃?！"

我爷爷不知道哪来的劲头，转瞬间就变成了一挺机关枪，突突突一阵抢白，付校长就架不住了。

那时候公安破案比现在容易，看看脸色就明白了大概。将付校长带回去，事情很快水落石出：的确是付校长把煤送走的。但不是给了亲戚、朋友，而是送给了一家远道路过的穷人。

那家八口人——胳膊腿脚没有一个囫囵的，最小的一个小女孩儿，脚丫子都冻掉了。

付校长压根就不认识他们。

追缴赃物时，公安很是费了一番脑筋。

后来，我爷爷还听说，付校长就连自己酗酒、摸脚丫子的事情也都交代了。从此被一撸到底，关了进去。

很多很多年以后，我奶奶小杭每每谈起此事，问我爷爷："你说当年，老付怎么那么干呢？"

我爷爷的头发全白了，总是不耐烦地打断我奶奶："胡扯扯啥呢？谁是老付？……"

走　夜

"大妹子，一定要住下！别走夜路！"纪久成忧心忡忡地说完这句话，手搭凉棚，天边正有一堆黑云俯冲而来。

"不，大哥，俺走！"姑娘咕咚咕咚喝完三碗白开水，不改初衷。

"你走不了，天黑路滑，马上就要下大暴雨，你怎么走？"

"大哥你行行好，送俺？"姑娘眼里闪出一丝火花。

"不行，我得看粮！"纪久成一口回绝。

在他身后，是关东农场里累累的公粮。

姑娘下腰背起包袱，朝纪久成深深地鞠上一躬，转身就走。

"大妹子，还有三十多里路呢，不能走夜啊，有狼！"

"狼饿急了眼叼人哪！"

"你的鞋也全烂了！"

姑娘不答，兀自在茫茫的大草甸子上，走成一个黑点。

夜幕前的最后一点昏黄彻底湮灭了，半空中滚过几道闷雷。

纪久成一咬牙，抓起门后的门闩追出去，豆大的雨瓣开始噼噼啪啪地下砸。

"大妹子！别走了，快回去！"纪久成扯住了姑娘的瘦肩，四周白花花的一片，什么都看不见。

姑娘劈手把门闩夺过去，大声吼了句什么，纪久成没听清，再去拉人时，门闩已经飞起来，重重地砍在半腰间。

纪久成哇哇地跳开，瞪大眼睛望着暴雨里疯癫的姑娘。那根门闩被她舞得像根榔头，轰轰作响。

回到住处，纪久成边烤炉火边撩开上衣，半腰那儿，紫红一片。纪久成连吸几口凉气，想想那姑娘，将一根木柴狠狠捅进炉膛。

湿漉漉的衣服经火一烤，散发出难闻的汗臭。纪久成忽然想起了姑娘那双破胶鞋，那双露着脚指头的破烂补丁袜子。

还有那张脸,地地道道的山东老乡脸,以及脸底下那段细长的脖子。虽然全是泥和汗,但泥汗遮不住的是大姑娘咄咄逼人的气息。

漆黑的眼珠、倔强的鼻梁、胸腔前那对圆鼓鼓乳房……

纪久成坐在炉子边发傻发愣,脑子里全是姑娘扑朔不定的影子。

"大哥,给口水喝……"

"大妹子,自己来的? 你去找什么人? "

"找俺哥。"

"你哥叫什么名字? "

"周明。"

"你呢? "

"俺姓李……"

"大妹子,千万别走了,夜里有狼! "

"不了,俺走! "

……

一点火星飞溅上肚皮,噗的一响,纪久成从椅子上弹起来。他惶惶不安地走到屋门口,将门拉开一道小缝,立即就被暴雨冲了个花脸。

场院外传来几声驴叫,纪久成忽然一阵哆嗦!

三个月前,他一个人巡夜时,就见从草甸子南边奔过来两只毛茸茸的大家伙! 农场里从不养狗,那俩家伙尾巴老粗还奤拉着,是狼!

纪久成与两狼对峙,精神快要崩溃时,抡起了手中的门闩,俩狼掉头猛冲进驴槽,随后就有驴子的惨叫划破长空,凄凉至极。

那两只大驴都被狼咬断了脖子。脖子一断，身体忽腾一歪，骨头都被啃得支离破碎。

纪久成后背飕飕发凉，脑子里全是白天姑娘那根又细又长的脖子。一阵煞白的闪电划过，纪久成摘下席帽，低头冲进漫天的冷雨中。

这样的混账天气，恐怕盗粮贼也不走夜！

纪久成一气昏天暗地地狂奔，筋疲力尽时天却忽然放晴了。纪久成拼力蹬上一个斜坡眺视远处，澄澈的夜空下有一棵孤零零的大树。

大树下依稀有个单薄的身影在动！

纪久成兴奋地叫着喊着奔过去，逐渐看清楚了，正是那个走夜的姑娘！

姑娘对纪久成的呼喊置若罔闻，兀自在大树下簌簌地忙着什么。

纪久成终于气力虚脱，一头栽进泥水里。纪久成在泥水里艰难地翻个身，眼睛自上而下倒看着前方那棵大树。大树下，姑娘站直了身子，将头慢慢地伸向半空。

纪久成爆发出一阵撕心裂肺的嚎叫！他看见姑娘的影子一下子荡起来，像半空里一只系住了脖子的布口袋。

纪久成连滚带爬地向前扑去，却被什么重重绊倒。纪久成低头仔细一看，竟是一根门闩和一只被打碎了脑壳的狼！

滚　鸡

说是滚鸡，其实滚的不是鸡。是一种本地人称作草山鸡的鸟儿。

天一立秋，那些家伙们就成群结队遮天盖日地朝着麻村南山扑落下来。而此时，以五奎为首的麻村人就开始坐在天井里拾掇鸡笼子了。

鸡笼当然是专为滚鸡用的。一色的嫩荆条编成，比一般鸟笼大，和 29 寸彩电外形差不多，正上方拴一个铁丝吊钩，吊钩两侧是两个用柳条扎成的竹筏样的小门。小门仰天朝上，只一头用草绳系了，利用杠杆原理在下方坠两块碎砖头，名曰：坠石。这样，两面柳条小门就布成了两个陷阱。

草山鸡这玩意儿，花花离离，伶伶俐俐，个头如拳，叫声清越。一飞一大片，一落一大群。入秋时节来，过冬之前走，捉了来，用砍刀剁成碎肉，煎了、炒了，香味能飘散好几个山头。

草山鸡吃得挑剔，爱啄高大柿树上成熟的烘柿籽，也爱叼草棵里一种名叫滚珠的果子。滚珠藤像迎春，果子一结一簇，非常密集，一颗颗像坡里红透了的小草莓。如果哪年草山鸡来得早，树上的柿子尚未熟透，那这种红彤彤的滚珠就是草山鸡们最爱的美味了。

所以，五奎他们总喜欢采了滚珠系在鸡笼两面小门的内侧，专等草山鸡来啄。一旦它们扑扑啦啦从天而降，争先恐后地扑到笼门上来啄滚珠,那么两面小门就会"唰"地一声塌下去,将草山鸡们一个不剩地滚进笼子里! 这时候,它们惊恐万状欲再做挣扎顶撞,却已无济于事,因为小门早已因坠石的拉力关得严严实实了。

当然,麻村人五奎捉草山鸡还有很多种方法,比如用网拉、用盆扣、用枪点,但时间一长,它们就惊了,上套儿的少了。

在麻村,五奎之所以是一个捉草山鸡的行家。原因是他脑子活,肯费心思琢磨,还舍得下功夫。五奎怎么捉呢? 他通常在每年立秋之际,先用粘网拉住零星的几只草山鸡,再从这里面精选出一两只羽毛成旧砖墙色的,特别能跳、能叫的,当"鸟引子"。麻村人赶这类鸟叫"护子"。这护子一旦进笼,就像浑身生了刺,躁动不安,蹿跳不停,叫声也格外响亮,往往刚把它们放进笼子,天上云彩厚的草山鸡就扇棱着翅膀扑下来了。甚至,五奎还试过,不在笼子上放滚珠,单靠护子引,就能惹得草山鸡成群成片地下来就擒。

不忙时,五奎老婆也会搭把手,帮五奎用长竹竿将鸡笼挑上高高的柿树。而五奎则躺在草棵子里一睡就是大半晌。暖暖的秋阳盖在身上,就像一层绵软的毛毯。

麻村有 200 来户人家,按一半人家有鸡笼、家家 10 个算,那全村得有 2000 余个鸡笼子。如此一来,一整个秋天,麻村人要吃掉数以万计的草山鸡。

早几年,麻村人短菜。五奎家就专门拾掇了草山鸡腌起来,伺候客人。甚至乡里来了人,听说草山鸡口味一绝,都要由乡干部领着进村找五奎去。五奎的脸上就很风光,赶上时节了,他还会提起鸡笼子现去山上滚活的回来下酒。

就在去年,乡里突然来了通知,说让麻村人去乡政府领钱。

村人欢天喜地地去了。一问，才知道，钱是某个日本协会出的。日本方面说草山鸡系稀有鸟类，是属于日本国的，每年秋天南飞途径麻村南山作短停觅食，请村民们不要捕杀。

五奎第一个扭头走了。有领了钱的，回村即被五奎骂了个狗血淋头。五奎点划着那些人的鼻尖吼，狗屁！谁说草山鸡是属于日本的？领钱不是背叛祖宗吗？！被骂者恍然大悟，赶紧回去退了钱。

转年立秋，大群村人扛着竹竿、提着鸡笼再奔南山时，猛然发现队伍里少了五奎的身影。去约，又被骂个人仰马翻。五奎扯着沙哑的嗓子喊：连日本人都知道护鸟儿，咱还不懂吗？现在日子好了，眼看草山鸡也一年比一年少了，行行好，都回去把笼子挂起来，让它们安心在这儿安家落户吧！

村人哑然。年尾村委改选，五奎竟没费一枪一弹顺利当选。

五奎干村长，一改往日的邋遢懒散，而是作风正派，雷厉风行，切实尽力为村里干了不少实实在在的好事。走村串户的五奎，还有个经常爱到村人闲置的西屋里转转瞅瞅的习惯，一边指点着那些个蒙了厚尘的鸡笼，一边感叹着说，摘下来擦擦吧，扎这玩意儿不易，留着以后哄孩子玩嘛！

炸　狐

雪下了一夜，风刮了半宿。

早上起来，屋檐下悬一串冰溜儿，满世界一片灿白。

天寒地冻，对猫在山旮旯里的麻村人五奎来说，正是出门炸狐的好日子。

要说五奎也不是不想窝在热炕头，和老婆通通腿儿、拉拉呱，或喜滋滋地咪溜着几盅地瓜干儿白酒解解乏。山里人累死累活了一年，也该歇歇了。

可五奎有五奎的盘算。

五奎要忙活着出门炸狐。

麻村北山，一到冬天，野狐成患，成群结队浩浩荡荡地翻山串岭。灰狐远看像蹿动的风暴，红狐像飞翔的火焰。冰天雪地，它们是着急出来觅食呢。五奎对它们足迹的熟悉，就好像看老婆手指头肚儿上的斗和簸箕。

五奎是村里公认的炸狐高手。

五奎之所以炸狐，这里头还有个小道道儿。

五奎乃村里有名的孝子，全村数爹年纪最大，一百零六了。故五奎每次喝酒必邀老爹一块儿，上就上最好的下酒肴儿，一喝三天整。爹年纪大了，唯一的爱好就是抿点儿小酒，或由一只很老很老的黑狗陪着到坡里地头转转走走。

爹在村里是个宝呢，五奎的下酒肴儿又怎么能简略？

在麻村，别人喝一天酒，兴许只就半小碟咸菜，或一半个炸得胡里胡气的小辣椒。甚至有传得更悬的，说谁在家喝酒，屋里没舍得掌灯，下酒菜是上顿剩下的半条蚂蚱腿。那人每喝一盅，捏起蚂蚱腿在嘴里舔一舔，愣是喝了半宿。下半夜，许是醉了，手一松，蚂蚱腿掉了，赶忙趴地上摸索，等摸着了也骂上了："狗日的还能叫你跑了？明天三顿还全指望你哩！"第二天，这人嘴唇乌黑泛紫，肿得如猪嘴巴子，老婆凑近盘子一瞅，吓坏了，男人舔了半宿的菜肴竟是条蜈蚣！

扯远了。

再说五奎的下酒肴儿：二荤三素。在麻村，小葱、香椿、桔梗三样儿素，只要人勤快，都能种得收得。而二荤，炒山鸡和炖狐肉却不是人人都有口福的。尤其是这狐狸肉，冬天尤肥，扒了皮毛，用砍刀剁巴剁巴，扔大锅里添足了柴煮，香味能把人魂儿都勾没了。

可毕竟捉狐得有绝活儿！

首先雪下三尺深的时候，五奎就早早下炕悄悄出门了。五奎是外出看道儿呢，看那些花里胡哨的狐狸们夜里走的哪条道儿？将那些梅花似的一枚枚小脚印牢记在心。

其次，五奎就开始把自己关在屋子里炮制那些"炸肉丸子"。五奎先是用氮肥和硝酸铵自攒成炸药，然后用桔梗叶一包，丢进冷却的肉汤里一滚，再捞出来，放到天井里，任其冻成一个女人拳头大小的"炸肉丸子"。

最后，等雪终于消停。五奎就带着这些肉丸子迈着大步上山了。众所周知，狐狸大都沿着固定的道儿道儿走，五奎就按牢记在心的狐迹撒下颗颗肉丸子。等这道工序完成了，就迅速掉头，脚印摞脚印地往回走。不是怕冷忙歇息，而是回到炕头上专心竖起耳朵来听动静。

有时候，一天夜里，满山遍野能响二三十炮。想那饿狐见了肉丸儿，就跟见了亲爹似的，扑上去张嘴就咬，结果就被炸飞了下巴。第二天，五奎自然收获颇丰。肩上扛的，手里拖的，全是沉甸甸的狐狸。

可也有时候，撒出去的肉丸子一颗颗见少，但响声却寥寥无几。这时候，五奎凭经验就知道是遇到老狐狸了，它们有的径直将肉丸子含在嘴里，却不撕咬，直到找块僻静处扒土埋掉了。但它们记性又出了奇的好,等来年哪天饿昏了头时,会再扒出来安全地吃掉。

甚至有时,狡猾的老狐狸一见附近有人迹即会望而却步,改道儿而行!慢慢地,五奎也就摸索出了在雪地上单步行走、掩埋脚印和在雪地里滚掷肉丸子。

总之人跟狐斗,最终人还是要远远胜出一筹的。

有一年,赶上荒年,麻村老少吃饭都极难。五奎在山上冒雪猫了三天,瞅准一只狐头,一心要炸趴它回来炖肉。

五奎雪后顺路撒下好几枚肉丸子,专心回家等动静。

结果第二天,就听见野坡里一阵爆响。五奎兴奋地赤脚蹿上山去,却发现咬了肉丸子的根本不是狐头,而竟是他们家的那只老黑!

老黑默默无闻跟了五奎爹大半辈子,没想到竟就这么去了。

说来也怪,五奎爹本来身子骨好好的,却因为老黑突然没了,一下卧床不起。没几天竟也撒手而去。临走,爹嘱咐五奎,让把他和老黑埋成块儿,路上好做个伴儿。

五奎流着热泪埋了老爹。自此便断了炸狐的念头。

扫　荒

扫荒说白了就是逮蚂蚱。逮蚂蚱为何不叫逮蚂蚱而叫扫荒呢?这还得从麻村南坡疯长的油草说起。

麻村南坡,地势平缓,光照十足,每年遍地长起一种能漫人腰际的荒草，也叫油草。这种草秆细枝蔓，生得繁茂，长得密集，根茎浑黄饱满，又耐干旱、活力足，像能榨出黄油来的作物似的。麻村人最喜欢割了油草烧火做饭，旺啊！当然最神的，还是油草能"招"蚂蚱。

油草招来的当然也不是普通蚂蚱，而是油蚂蚱。油蚂蚱有人也误叫牛蚂蚱，其实无论怎么叫，人人都能仅从字面上看出这种蚂蚱一定是个儿大、肉多的美味来吧？

对了，油蚂蚱不只个儿大、肉多，而且外表青黄，喜欢油草而又跟油草相像，且不爱飞跳，十分难找。要逮油蚂蚱，不拿荆条或树枝把它们扫出来，怕很难逮到。这就好比钓鱼要提前"打窝子"，捉鸟要事先"下套子"，要逮油蚂蚱，就得先把它们扫出草棵子来才行。

所以在麻村，逮蚂蚱（其实是逮油蚂蚱），也叫扫荒。

"二狗子，干啥去？""扫荒唻，逮它几个油蚂蚱下酒！"

"三叔，扫荒去吧，闲着也是闲着！""走，上南坡！"

"扫荒去唻！走唻！谁去晚了没有唻……"

你听，你听听，村里不时就有人吆三喝五地跑去南坡扫荒。那个年月穷呢，不像现在，蚂蚱被成碗成盘地端上酒桌，筷子都不怎么想动。那时候一人逮它十几个油蚂蚱用油草一穿，到家丢锅里使油一炸，那个酥啊、脆啊、香啊！你吃过吗？没有？那太遗憾啦。

过去，一到秋天，赶上好天，麻村男女老少都要去南坡忙活。男人刨药，女人割草，老人放牛放羊，娃子们满山乱跑。不过，所有人都能忙里偷闲扫它一阵儿荒，逮它几串蚂蚱。漫山遍野里，人语喧响，笑声起伏，简单而又快乐，繁忙而又充实。此情此景若是让一个写实主义画家亲眼看见了，准能作出一幅热闹生动的好画来!

　　麻村扫荒时的故事,能有一笤筐,这里单讲五奎家里那个。五奎媳妇宝莲是从外村嫁过来的,可不容易。那时候谁家有闺女不愿往富裕的地方嫁?可五奎就有那个福分,生在穷地方,却赶集时认识个俏姑娘,一来二去,真就领回来了!

　　可麻村人也只羡慕了几天,宝莲的肚子老不见动静!在过去,这还了得?五奎脸上就挂不住了,就吵。甚至还动手打宝莲。幸亏宝莲性子好,只是偷偷躲在灶前抹眼泪。

　　有一天两人再去南坡。五奎刨药,宝莲割草,周围都是些活蹦乱跳的扫荒的光腚娃子。宝莲割着油草,听着娃子们的叫闹,心情渐渐沉重,竟觉得也有把镰刀在心底一刀刀地狠剜!宝莲眼泪就止不住地流了个痛快,眼前一片模糊,连油草根扎人钻心的疼也顾不得了。

　　突然,宝莲就看见镰刀底下猛地蹿出个大个儿的油蚂蚱!这油蚂蚱大得出奇,遍身青黄,饱满多肉,肚皮泛白,兀自在镰刀底下挣扎跳跃个不停,宝莲赶紧擦干眼泪,就手捉住了,起身去找五奎。

　　五奎也在扫荒,听见宝莲喊:"哎,我逮了个大油蚂蚱!"迈腿就往这边来,却早有一群光腚娃子急猴猴地跑上来争抢。"看!"宝莲兴奋地举起油蚂蚱,一个娃子接去却立即"哇"地一声惨叫!宝莲摇头笑问:"大吧?吓着了?"

　　五奎快步走到跟前,捏起大油蚂蚱细看,不料竟也"啊"地一声惨叫丢掉!径直拿两眼紧紧盯着宝莲。宝莲被盯得发毛,想问这是怎么了,一个大男人还怕蚂蚱?低头一看,这才发现,躺在地上的哪里是什么蚂蚱?竟是自己一根断掉的小拇指头!宝莲眼前一黑,就跌倒在地。

村人火速把宝莲送往乡卫生院,后又转院,无奈路太远,又不通车,虽经全力抢救,手指仍没能保住。醒来的宝莲却没觉得伤悲,还朝着五奎笑。五奎却在病床前捂头痛悔,大骂自己以前是混蛋!宝莲听着听着眼泪又落下来了。她忽然明白,五奎并不是不疼自己啊,他太想要孩子了!

可喜的是,这次住院并没白住,宝莲借机撺掇五奎一起查了身体。结果两人都没啥事,就是五奎有点小炎症。医生说,好治。

五奎就治了,结果回村没俩月,宝莲竟有了!

宝莲生儿子那天,五奎又去南坡扫荒逮了蚂蚱回来。五奎对宝莲说:"吃点油蚂蚱补补吧,小指他妈!"

宝莲乜了五奎一眼,笑了。

放　养

山里头,别的不说,鸟多。

比如说"哑篮子",这鸟飞得极高,高得只见一个点儿,可叫起来抑扬顿挫,能勾人魂儿;比如说"滴滴水子",这鸟极小,只麻雀一半儿大,可叫声神奇,它"滴水、滴水"地叫,那就是要下雨,它"晴天、晴天"地叫,那离天晴就不远了;再说"黄毛篓子",叫起来就更是如丝如簧,悦耳无双,恐怕要算是山里头长得最耐看、叫得最动听的鸟啦!它怎么叫?"黄毛篓子吃樱桃、黄毛篓子吃桑葚子"大体就是发这种音,长不长?好听不好听?尤其在春天,尤其刚下过雨,你若能在桑园里遇见几只黄毛篓子,听它们欢叫,说不定你都能长寿！

好了，就说那年。那年，五奎才十二。小孩儿爱玩、爱闹、爱蹦跶。有天跟着老爹上坡回家路过南福家时，突然拔不动腿了。老爹催几遍，仍是痴痴不动，老爹上去再一巴掌，直扇得他趔趄几脚，"哇"地放声哭出来。

爹问五奎："你丢了魂咋的？不快走！"五奎哭着说："鸟！"爹问："什么鸟那么好看？"五奎用手指指南福家的院墙说："黄毛篓子……"

爹就放眼望去。南福家的院墙很高，但屋子地势矮，窝在坡底下。爹这一望就望见南福老婆金花正捏了几只大油蚂蚱喂一只鸟。这鸟有瓷碗大小，浑身金黄，正乖乖蹲在院子里的一棵楂果树子上让金花喂。可不就是黄毛篓子？！

爹哈哈一笑说："我心思是啥好鸟？不就是一只黄毛篓子！不稀罕！"五奎却喊："爹，你快看，那鸟通人气儿！"爹再看去，果然那只黄毛篓子已经飞上半空，可当听到金花嘴里"车儿、车儿"地几声轻唤，又乖乖飞回来，落在了刚才的楂果子树上。

爹蹙着眉说："你要想吃楂果子那好办，我给你要去，想要那黄毛篓子，肯定没门儿！那是南福逮了哄新媳妇的！"五奎听了就很不高兴，他才不稀罕那种熟透了还发涩，必须得歪着脖子硬往下咽的楂果子呢，他就想要那只黄毛篓子！

爹见五奎继续发愣，天又擦黑，扭起五奎耳朵就把他拽回家去！

打这，五奎心里便有了那只能听懂人话的鸟。五奎曾多次趁爹高兴在他跟前哼唧着要，爹却呵斥："胡闹！你当黄毛篓子好逮？老窝专挑细枝儿做，扎得有二三十米高，你想要？我还想要喱！下酒是好玩意，只可惜爹爬不动树喽……"五奎听得直掉眼泪,一边两个姐姐却许愿说,等哪天让她们遇上了,一定给五奎逮一只黄毛篓子喂!

可许愿终没实现,姐姐们都嫁走了,轻易不回来。等得到哪年哪月?五奎就偷偷跑去了南福家。金花向来最喜欢孩子,就问五奎:"你真想要?你保准不养死了它?"五奎当即发下毒誓:"谁养死它谁是王八!"于是,金花就让五奎站到院子里看着,她张开小嘴,两手一扩,又"车儿、车儿"地唤起来。

听到呼唤的那只黄毛篓子果然就不知从哪里飞回来!还径直落在了金花手上!金花一把攥住它,告诉五奎这鸟是俩月前被南福捉住养到现在的,养长了就能通人气儿!五奎千恩万谢地跑回家去。

可五奎万万没有想到,鸟拿回去,刚一张手,就"扑棱"一下飞到了院前的大柿子树上。任是怎么叫唤也不下来。五奎学金花扫荒,逮了不少油蚂蚱回来引它,可它只是声声断叫,根本不理!

五奎急得没法,只好蹑手蹑脚爬上树把它逮住。一想起毒誓,又只得呆呆给金花送了回去。

本来,五奎以为和黄毛篓子的缘分就到此为止了,谁想来年春天他和伙伴去北坡拾柴时,又在一棵大平柳树上发现了一窝黄毛篓子!别人都不敢上,可就五奎大着胆儿往上爬!树梢越来越细,晃晃悠悠,忽然,鸟窝里飞出了一只大个儿的黄毛篓子,来回在五奎身边扑打翅膀。大鸟被惹怒了!五奎后悔爬上来却又倒退不得,眨眼间就被大鸟啄了十几下,疼痛难忍。伙伴们都吓跑了,只剩下五奎绝望地喊着"娘啊!救命啊!"可深山旷野,谁又听得见呢?

五奎终于够到了鸟窝,用手指颤微地夹出一只幼鸟来,可随着"咔嚓"一声爆响,平柳树梢断裂,五奎被重重地摔在地上……

等五奎醒来，已是第二天清晨，奇怪竟没怎么受伤。五奎睁眼第一句话就问："我的黄毛篓子呢？"娘说："别提了，一直不吃食，大黄毛篓子也跟来了，从昨天到现在一直在柿子树上叫！"五奎望向窗外，果然就看到一只大黄毛篓子在细密的树枝间急叫："黄毛篓子吃樱桃、黄毛篓子吃桑葚子"

五奎心忽然就软了，赶忙对娘喊："快放了小黄毛篓子！叫它娘也回去吧！"

五奎想，自己在最危险的时候想到的是娘，小黄毛篓子也一样啊！他不但要叫娘放了小黄毛篓子，还要上南福家去，瞒着金花把她的那只也要过来放掉！

金花站在天井里，"车儿、车儿"地一阵呼唤，黄毛篓子果然又从远处飞落到了楂果子树上。

可这一回，还没等金花和五奎反应过来，就忽然有一只大狸猫从树顶蹿下来叼住了它，飞快地逃远了。

借　鱼

过去，村里穷。穷到啥程度？现在人恐怕想破头也想不出。打比方说，有人家好几个闺女都十八九了，却连件像样衣服也没有。谁要出门，得等，等先出门的人回来把衣服替换下才能穿上出去。出去了还得盘算着快回来，否则在家里苦等的姊妹们会着急，回来挨骂；有的人家则更窘，全家住在一两间小草棚里，简陋到了极点。这种草屋晴天还好说，一赶上下雨，外面大下，里面小下，整间屋里找不出几块干地方，夏天还好说，冬天一刮西北风，外面冰天雪地，屋里照样冷得赛冰窖。就是这样的屋子，村里还有好大一片。

这个村还特别偏。偏到啥程度？距县城少说也有一百多里山路，赶个集还得走上一天一夜！整个村窝憋在小山坳里，从山顶往下看，稀落的住户就像厕下的几排羊屎蛋子，而穿村流过的小溪就像一把撺羊鞭子。这片山坳也有个特点。远看像葫芦：上窄下宽，头顶两座山峰像要拥抱似的向对方靠拢，而下面的宽阔地，就是村子和几小片薄地了。多年过去，村人渐渐习惯了单调枯燥的生活，自嘲时就给这地方杜撰了两句顺口溜："葫芦滩、葫芦滩，老鹰一来黑了天！"对了，这个村就叫"葫芦滩"。你想啊，老鹰一来翅膀就能遮住的地方，还能不偏？

以上说的是穿、住、行，接着说吃。这种地方还能吃啥？那年月，野菜挖没了，树叶撸光了，鱼虾也捞净了，人能混个半饱已相当不易。不过倒也没人饿死，靠着几亩薄地，二三十户人家婚丧嫁娶、生儿育女，多少年也就这么过来了。下面讲的这个五奎家算过得好的。五奎家里儿女少，俩闺女俩儿。大儿已在葫芦滩成家立业，二儿还小，俩闺女却都有幸嫁到了山外。所以五奎日子算过得比较"宽裕"，除了勉强混饱肚子，还额外养了两只会下蛋的母鸡。

别看葫芦滩人少地偏，可民风古朴，人心纯善。但凡有外人来做买卖、走亲戚，村人都当大事待，肯将平时的宝贝东西拿出来。那些走村串巷的生意人和老郎中、偶尔走亲戚的外村人，往往能被葫芦滩的热情和实诚所深深感动。于是干脆就把木箱里的货，赔本也或卖或换地给了村里人；就有郎中长年不断到村里走走，免费给人们抓药治病；那些嫁出去的闺女也没忘本，还常喜欢带着外头的鲜货和夫婿一起回来小住几天。

那么葫芦滩用啥标准待客呢？肉，肯定没有；青菜，不过零星一点野菜；真正的"大件"是啥？是白鳞鱼煎鸡蛋！那年月过来的人肯定都知道它，那真是一道香味能散好几个山头的佳肴啊！鸡蛋，是村人靠"屁股银行"下的，只有稀客来时才舍得打一两个；而"著名"的白鳞鱼，在葫芦滩算"国宝"了，是一个叫"豁牙子"的买卖人留在葫芦滩的。那年豁牙子做买卖经过村里，大病一场，幸亏靠了秋生一家照顾，才死里逃生。豁牙子临走，就把那条裹在箱子底能咸掉人舌头的白鳞鱼留了下来。

从此以后，这条珍贵的白鳞鱼就频繁出入在葫芦滩的各家各户。谁家有客，都能到秋生家来借，借来放进锅里，打上鸡蛋，那种呛鼻的香味立时就弥散开来，能把人的舌头馋得没了弹性。秋生的确是个好人，他的大方让他名声大噪。客人们心照不宣地面带笑容，一面吃着煎在白鳞鱼旁边的鸡蛋，一面将秋生的美德传向遥远的山外。

那年的腊月初六，五奎二闺女婿带着兄弟"回三"（当地风俗：新婚第三天回娘家，坐上岗、喝敬酒）。五奎当然不能短礼，第一次去秋生家借了鱼来。要说这鱼真是条好鱼，家家户户用过不少回数了，竟皮毛无损，盐味也不减当初，放进锅里煎上鸡蛋更是色鲜味浓香得人丢魂！一桌人喝得差不多时，五奎小儿子跑进来缠着要吃菜。五奎一高兴就赏了一筷子煎鸡蛋。不料小孩嘴馋，还想吃鱼。五奎伸出巴掌，两眼一瞪，儿子"出溜"钻进了姐夫怀里，一个劲儿哼嘤。

说来新女婿也是深知这吃鱼的"道道儿"的，无奈已喝高了，又想在小舅子面前充大，当即就拿筷子撕下一大块鱼肉塞进了小孩嘴里。五奎眼看阻挡不及，头嗡的一下就炸了。这鱼可怎么还呀?！但又不好冲新女婿发作，只好拉过儿子来照腚就搂起了巴掌。不料儿子这一连串哭吓，突然脖子一梗，没了动静。众人围上，见是鱼刺把喉咙卡了！五奎娘就扯天叫唤起来，也巧了，哭声引来一位正在村里看病的老郎中。急忙给这孩子灌上一茶盅棘针草汁，又把孩子翻过身来推压后脊梁，只几下，孩子就"哇"地一声活转来了。原来这鱼刺最怕棘汁，一见就软，一吐就出。

孩子是救活了，可当夜五奎和老婆却犯了大愁！商量来商量去，只好忍痛送回一只母鸡去抵债。天一亮，五奎就去鸡窝里掏出一只个儿小的母鸡，正要捆绑，老婆却跑过来伸手就往鸡屁股里掏，硬是抠出了一把碎蛋皮来！可蛋皮是掏出来了，鸡却扑腾了几下闭了眼！难道能还人家一只死鸡吗？五奎把死鸡劈头盖脸地甩向老婆，满嘴骂着又把那只大个的母鸡掏了出来……

自这以后，五奎竟跟二女婿结下了仇，多年里都未再走动；而五奎也从此落了个坏名声，因为是他把全村唯一一道好菜给毁了。——至于那只鸡，它怎么可能补偿全村人的损失呢？

算　卦

麻村儿不大，猫在山旮旯。没几户人家，还穷，地里也不怎么长庄稼。

但偏有不少人，开着车，骑了摩托，甚至蹬自行车，步行，远道而来。

来，是为见一个人。具体说，是个妇道人家，姓简，虽说年纪一把，风韵凋残，但其有一手令人咂舌叫奇的绝活！

算卦。

据说甭管你是想当官的，想发财的，想娶媳妇的，想生孩子的，还是想求个方子祛除疑难杂症的，只要相信"简真人"，她给如此这般一算，包管心想事成！

据说小城鼎鼎有名的药房老板谢听松，八年前落魄时就找过她，结果人家现在是拥有十几家药品连锁店，身价上千万的大董事长；还有田语鹤，孙长慷，纪汇文，这几个如今无论在商界还是官场，跺跺脚就能让小城震三震的显赫人物，都曾多次前来虔诚地问路求方。

当然，这都是据说。不过小城里好像人人亲眼所见，个个乐得传播。有说得更神的，说一个机关女人，多年未孕。去算，简真人先是命其在半米开外推掌站定，自己闭了眼，双掌对揉，嘴中念念有词，然后与女人对掌把脉，最后，简真人从抽屉里摸出一张古铜色的小算盘，双手在其上熟练地劈劈啪啪一阵拨奏，嘴里叽里呱啦激烈言语一番。末了，算盘唰地一停，嘴唇赫然张开，猛一口浓痰咋出，高吼一声"娘耶"！

女人求子心切，正欲前问，被简真人一脸愠色呵住。既然怀了，又何必来试我！女的一听，急了，说，我要是真怀了我给你磕一百个响头还不行吗？简真人，我是诚心来求方啊！说着就要跪下。

简真人却说，你赶紧走吧！早怀上了，是个男孩儿。女人恨得咬牙切齿，刚出大门就破嘴开骂，什么狗屁神算？简直胡说八道！

结果，当月，女人例假该来的时候就没来。十个月后，生了，一个九斤多沉的胖小子！

神吧？

当然,简真人发了。发大了。尽管她没盖洋楼,没买汽车,但几乎地球人都知道,简真人有钱!

简真人收费水涨船高,再不是先前几只鸡鸭能算,两袋子核桃能算,一把酸枣也能算。现在,听说,算一次,至少也得一张老人头!这价儿,忒贵,惹了不少乡里人骂:都是那些狗日的城里人给哄抬的价儿,要不怎么让老百姓算不起卦了呢?还叫不叫人活!

于是,有人把气撒在了那些远道而来的汽车车胎上。但出人意料,汽车不怕远征难,它们依然成群结队,来势汹汹。有时候,谁来晚了,还不一定能排上号,为排队打架的事儿,时有发生。有一次,听说是哪个局的一个副局长跟一个公司的总经理打,还差点出了人命。

单说那一天,一个灰头土脸的年轻人跟跄进村,逢人便打听简真人。遭人戏弄后,天擦黑了,才绕回村里来。此时,简真人屋里正清静,可她却拒不算卦。说,天晚了,不算。

男人忽然就一把鼻涕一把泪地哭起来,声音很大,像个女人。男人呜咽说,做生意赔了,赔大了,赔得不死不甘心了。他现在就剩下不到五千块钱了,想做最后一搏,就看简真人的卦准不准了!为表诚心,他是专从百里外的西县走来的。

简真人搭起腿来一摇一晃地抽旱烟袋,眼睛眯着盯住男人开了缝的皮鞋说:那好吧,你做的啥生意?看你诚心我尽力给你算这一卦。

男人一说,简真人就停止了晃动,将烟杆抽得吱吱直响。说完,简真人脸色深沉,照旧摸了算盘于大腿上唰唰唰一阵拨弹。忽然,停下,说,能成,不过,你还得多孝敬天祖一些,我算完这一卦,必须得休息一个月不能算,大伤元气!

男人眼睛亮了，当即说，只要能成，就是孝敬再多我也愿意！男人掏出三张老人头来给了简真人，见她不语，狠狠心又递了三张，简真人说，你既是做生意，凑个整数。男人这下像是中了枪，浑身乱抖，只好又递了三张过去。

男人一走，就是整整半年。半年后回来时，开着高级轿车，一身名牌。男人从怀里掏出一大把老人头来，急吼吼地对简真人说，您还认识我吗？简真人说，不管是谁，都得排号。男人说，我马上就走，不算卦，我是专程来感谢您的！简真人，我发了！

简真人真的认出了男人。她支使家里那个脸上开满菊花的男人，到门外边把门关死。然后，简真人就看见眼前男人扑通一声给自己跪下了！男人又哭了，却是喜极而泣！男人说，我发了，真发了，发大了，简真人，我是来专程感谢您的，我现在有钱了。

有钱就支援你大姨两个儿花花！简真人光脚跳下床将男人扶到床上。男人满口答应，行，小意思！我还有个心愿不知道真人能不能答应我？男人说，我想认您当干娘！没有您，我早死了，您就是我的再生父母啊！简真人说，去，干儿，把我菜橱里的烟袋掏出来，我冒一袋！

男人一连在家住了一个月，给简真人端了一个月的尿盆。简真人和男人在一个月里商定了一注生意。儿子撑船，娘掌舵，共同投资搞名牌皮鞋。男人说，娘，其实我真的不缺你这点钱，但你一下要那么多，我家里还有老婆，你好歹投一点也算是股东，年底按五五分红好了！简真人说，六五分，你孝敬我的五千块钱家底儿都投进去了，心诚才好发财！

男人笑了，说，行，知恩图报，谁叫您是当娘的呢。说完，便驾着高级轿车，带着她干娘简真人的三十万元投资款，消失在了麻村的羊肠小道儿上。

猪　血

那年,团子十二。突然想上四姑家去玩。娘不让。

正农忙,娘走不开。且四姑家住得远,隔着好几座大山。

团子就又哭又闹,缠个没完。娘这辈子生了四个闺女、一个儿,唯独最疼团子,也只好同意。临行前,千叮咛、万嘱咐,还给包上了俩窝头。

团子说:"再给包俩!"娘说:"俩你就吃不了。"团子嘴一撇:"吃不了我给我四姑吃!"

团子就背了四个窝头上路。说也怪,四十多里山路,眨眼就走了一半,团子不但不累,还一个劲唱。唱小呀嘛小二郎,背着个书包上学堂。

其实团子最厌上学,他那时最大愿望就是能天天和四姑在一起。说来,四姑家也没啥好玩的,孩子都大了,在坡里干活,家里头又穷,几人挤一张床睡,听说四姑父脾气还不好,动不动就打人。

但团子就是喜欢四姑。四姑每回回娘家,都给团子捎好东西。有时是几个窝头,有时是半包点心,有时是把木头手枪,有时还可能是只剪了翅膀的斑鸠。

四姑还喜欢摸着团子的头夸他。夸他几天不见又长个了、又漂亮了、写字又有进步了。团子很享受,每到这时,他就老往四姑怀里拱,拱得四姑呵呵笑,说这孩子不小了还想吃他四姑的奶哩!

团子也不害臊,谁叫他喜欢四姑!团子一路上就老想着四姑的好小跑,山路哗哗地向他身后倒退。

很快,团子就过了俞家梁,到了悬窝。悬窝是个小村,过了再翻一座山才是四姑家。团子就进村问路,不料一户门口猛地蹿出一条五大三粗的黑狗来,见人就扑!团子吓得抱头急蹿,一口气跑出几十米仍没躲过,被黑狗从后面"呜"的一声咬住了小腿肚子!团子舍了命地狂奔,裤腿都扯掉了一块。

等终于甩掉那狗,团子见小腿已被咬破,拉拉地淌血。可他没哭,还没到四姑家,得先憋着!再上路时,团子忽然发现窝头不见了,又急出了一身冷汗。

怎么办?团子狠下心就是被那畜生咬死也得回去找,四个窝头他走了大半天还没舍得闻闻呢。团子偷偷摸回悬窝,看见窝头包袱还在那户门前。蹑手蹑脚过去,刚提起包袱,狗又"唬"的一声从门里蹿出来了。团子紧抓包袱又跑,不料包袱露了,窝头撒了一地。

狗大概饿疯了,闻见味就住下腿,原地叼了"哇呜""哇呜"嚼起来。团子远远看着,手里就只剩下一张红包袱皮儿了。

终于到了四姑的村子,问个放羊的就直奔家门。可偏偏到这时候,团子却突然"生分"起来。他悄悄趴在门口瞅,见四姑和几个娘们正在天井里扒花生,怎么也不好意思进门了。团子一停不停往里瞅,心里巴望着四姑能突然看见他,吃惊地迎出来,像接稀客一样把他热情地让进屋里。可四姑就只顾着拉呱和扒花生,根本就没注意到他。

团子终于沉不住气,故意咳嗽了一声,当即被四姑抬头望见,惊叫起来:"这不是俺花树沟的侄子吗?嗨!你怎么来了!跟谁来的？"团子一下子跑进门，再也忍不住，扑进四姑怀里就号哭起来！

四姑不愧是四姑。一直把团子摁在怀里，摸他的头、夸他。团子则使劲把脸和眼泪鼻涕偎在四姑厚软的胸上。

娘们笑着告辞，都说："呿，家里来客了！晚上得好好伺候呀！"四姑高兴地说："那可是！一个小孩家走四十多里路来看他四姑，你们当是容易吗？"说完就给团子塞柿饼。

团子住了哭腔，吃着柿饼，心里还是委屈。尤其听到四姑说他走了四十多里山路时，他更想哭。他还没说被狗咬了呢，丢了四个窝头呢！

天不黑，四姑却开始忙活做饭。团子看得出四姑很欢迎自己，就一个人慢慢溜出院子。第一次来，他想好好看看这地方。

四姑家的烟筒汩汩地冒烟了，团子闻着真感到饿。拐过几家院墙，团子看见一个男人正在墙角卖猪血。那猪血紫红紫红的，一块块，盛在一个大铁盆子里。叫人看了直淌洌涎。

团子饿了，但他不馋，他想要是他有钱该多好！几毛也行。有钱就能买块猪血给四姑端回去，叫四姑高兴高兴，叫四姑夸他。可团子没钱，只管一个劲地淌洌涎。

男人见团子凑前就问："买猪血？"团子说："不买。""买块吧？香！""没带钱。""没钱？"男人笑了说："没钱回家要！要不就滚一边儿玩去，别挡买卖！"团子一听这话，不知怎么的就火了。他冲着男人说："我操你娘！"接着，突然伸手从铁盆里抓了块猪血就跑！

男人大怒，吼着骂着就追。团子舍了命蹿，快跑上四姑家对面的山梁时却再也没劲了，他回头看看呼哧呼哧追上来的男人，吓得脸色发白，干脆一腚坐下，等着挨顿死揍。然而令团子想不到的是,男人就在快要追上来时突然一下不见了!消失了!团子万分惊讶地四下里看,才发现,男人竟掉进了路边的一眼机井里。

团子绕着走过去,头皮生地一下就炸了。那男人身子已胖得像块猪血,浮上了机井水面。

天黑严时,团子才揣着那半块早就压碎了的猪血回到四姑家。四姑一见团子当即就哭了,她骂团子:"你上哪来?快吓死我了,叫我一顿好找!"见团子发呆,四姑又笑了,说:"快洗洗手先吃饭!等你四姑父卖完猪血回来,有剩下的我还给你炖白菜吃!"

团子"哇"的一声,哭出来。

捎　信

明子迈出地头,想找个阴凉处歇歇。大华子从远处树下抛过一句话来。

"啥时候回村儿?替我捎个信儿!"

"咋着?"

"你到刘才门口时跟他说声,下午傍黑时我叫翠叶去给他送锄头!"大华子远远举起手中的锄头晃晃说。

翠叶是大华子的新媳妇,水灵得冒泡!明子笑笑,爽快地应了:"都老把式了,连锄头也现借!你咋搞的?"

大华子有点烦:"坏好几天了,没抽出空来拾掇!"

明子抬头望了望天上雪白的日头,抹把汗,很粗野地骂了声娘就转身往村里去了。大华子不忘朝这边又喊了句："别忘了捎信儿！一定捎到啊！"

明子就势在地垄边拔根稻草，横进嘴里嚼叱着应："放你一万个心吧！不就一把烂锄头吗？"

明子焉了吧唧往回走，山坡上蹿过一拨拨的光腚孩子，明子忽然眼睛一亮，喊住跑在最前面的一个嚷嚷："秋愣子！那五块钱你啥时候还我？多少天了！"

秋愣子听有人叫，猛一个趔趄摔地上了，嘴一歪："明子哥，我现在没钱，要不我粘知了卖了再还给你？"

明子上去一把扯起秋愣子："还想抵赖？当初咋说的唻？不行，今天非得还钱！我急等着使！"

秋愣子说："那我回家上我姐那儿给你拿去！""不耍赖？""耍赖是王八！""好！"明子就放秋愣子回村儿了。秋愣子临走，明子又嘱咐他说："我也去粘点知了下酒，你回家见刘才时跟他说声，翠叶晚上给他送锄头去！别忘了！"

秋愣子答应一声，就像蚂蚱似的飞没在长丛中了。

秋愣子一口气奔回村儿里，他姐毛红正在村头小卖部里买红糖，秋愣子对姐撒谎："姐，借我五块钱，我有急事，莲子摔下坡把腿饿坏了，等着钱去医务室治哩！"莲子是毛红小叔子家的孩子，毛红一听就掏出钱来给了秋愣子，让他赶紧回医务室帮忙。

秋愣子对姐说："你别忘了见刘才时跟他说，翠叶晚上上他家。千万别忘了！"

毛红答应了往家里走，路过刘旺盛家门口时就对正在槐树下纳鞋底的旺盛他老婆说："哎，忘了个事儿呢！翠叶说晚上来刘才家玩呢，刘才家那口子不在家是吧？呵呵，你一定跟刘才说声，叫他务须在家等着啊！"

刘才是旺盛老婆的大伯头子，素来关系暧昧，她一听连忙问："翠叶来家做啥？还晚上来？不知道他老婆柳眉比母狼还凶吗！"

毛红就很有深意地笑了，笑完了就扭着腚得意地走了。

刘旺盛老婆一边纳闷就一边心思，正巧见男人推着木车子家来了，就说："你说这叫什么事啊？翠叶这死妮子非趁嫂子不在家叫哥哥晚上在家等着她来！"

刘旺盛过去追求过翠叶，听完娘们的话劈头盖脸就凶："他俩人的关系我早就看出来了！没个数！""你去跟你哥说，我不捎这个信儿。""你听谁说的？""秋愣子他姐啊！""哦，毛红？她平时不扒瞎话，假不了！"

刘旺盛吃了顿迟到的午饭，刚一出门就遇见了刘才媳妇柳眉，刘旺盛问："你晚上不在家？"柳眉说："准备上栓子家串门去，有事儿啊？"

刘旺盛考虑再三还是和柳眉摊了牌："人家叫我给大哥捎个信儿！你千万别声张也别生气啊，要不我不和你说了！""啥事你说！我生啥气啊？""说是晚上等你走了，刘才叫翠叶在河边子上约会，你说那么晚了俩人待成块儿能办啥事?!""啊?!真的？"

柳眉愣住了，眼泪也扑簌簌地往地下砸，细牙咬着薄薄的嘴唇儿骂："这个不要脸的骚狐狸精！我偏不中她的计！要是叫我逮住她我非扒了她的皮不行！"

柳眉恨恨地走了。晚上，她就注意留心刘才的举动。刘才照例要去菜园那头的柱子家打牌的，一出门就叫柳眉跟上了。

柳眉夜里不熟悉地形，刚进菜园就扑通跌进了粪池，浑身恶臭闻不得，眼睁睁地看着刘才甩下她，消失在了前方小树林的夜色里。

柳眉回家越想越气越想越窝囊，浑身恶臭直想恶心，又想两口子混了大半辈子好不容易还清账，日子开始舒坦了，男人竟然这样野心！柳眉一急一乍，居然就在房梁上悬了腰带，吐了舌头！

刘才夜里不早才朦朦胧胧回家，打开门一见柳眉死尸高悬居然连惊带吓地疯了！

第二天，公安局来调查柳眉死因时第一个先传讯了翠叶。

翠叶说："吃过晚饭天一傍黑我就去了刘才家不假，但他家没人、没亮灯，我就把锄头扔进他们家院子里了。"

另一间屋子里，大华子说的也一样："我和翠叶一起去刘才家还锄头，他家没人，我们把锄头扔进院儿里了！怪了，白天我还让明子给他捎信儿叫他等着……"

灾　难

伐树那天，父亲回忆说，是一九五八年的农历腊月初一。

那天天一亮，生产队长孙斜固就站在秃鹫头似的麦场上高声传达公社最新指示，号召大伙儿用一天时间，把神秀宫园子里的那棵古柏伐掉！树叶树墩用来烧火，枝干则运进县城修建礼堂。

大家听了热血沸腾，纷纷为自己将直接服务县城建设而感到无上光荣。很多人开始往手心里吐口水，准备大干一场。他们都晓得道观里的那棵古柏，枝干虬耸，树冠庞雄，腰身粗得要十二个大人手接手才能环抱，据说已有两千年的树龄不止了。隆冬时月，它依然枝繁叶茂，苍劲挺拔，挥发出深邃的绿意。这在那个被砸得破烂不堪的园子里，是当时唯一完好无损的东西了。

队长随即派人从队部里抬出一张七米多长的钢锯，横在柏树底部，随后在人群里精挑细选了十四名精壮小伙儿，按一头七人分列柏树左右，剩余劳力则自觉围成一圈儿给他们打气。随着队长一声浑厚的低吼"开始！"，十四名壮汉同时吼出了惊天动地的号子！"嗨吆""嗨吆"！一时间喊声震天，地撼山摇，咴咴霍霍，伐树的气势丝毫不亚于当年打土豪分田地。

怪事就是在那一刻突然发生的！古柏干枯的树皮下竟然流出了鲜红色的汁液！如同骇人的鲜血，随着钢锯的深入，愈聚愈多，简直血流成河。那种场景令所有人心崩肉跳！

父亲说，他当时很想问问队长为什么非要伐那棵古柏？它已经很老了，就是不伐恐怕也活不长久了，为什么非要拿它来建设礼堂呢？

但父亲没问。因为父亲听到队长和众人的号子非但没停，反尔愈加激情豪迈震耳欲聋。

接下来，伐树的孙尕子忽然"哎吆"一声，趴倒在地上。村里懂医的孙万年上前一看，扯天一嗓子：完啦！腰闪断了！

围观众人立即冲上去将孙尕子从钢锯下抬走。这时候队长孙斜固红着双眼冲着父亲大吼一声，小跑！你上！父亲听了，立即甩掉上身的棉衣飞扑过去！父亲说，他当时甚至很感激孙尕子，正是孙尕子给了他一次晋升为整劳力的表现机会。

父亲说，他一冲上去握住锯把就把什么都忘得一干二净了，他只记得拉锯和喊口号了，他只记得眼前有一汩汩热气腾腾的鲜红的树汁越流越浓，直到在他屁股下结成彻凉的冰。

然而加上孙尕子，父亲他们十五个人整整干了一天，却只在古柏身上刹出了一条小缝。那条小缝究竟有多么小，父亲形容说，恐怕就连一只蚂蚁也钻不进去。

队长错误地估计了伐树的形势，只好宣布散工，明天接着干。父亲说，也就是从那天开始，爷爷破例允许他喝白酒了。爷爷认为，父亲既然已经加入了伐树的行列，那就理所当然应该享受到成年壮劳力的一切待遇。

第二天，所有人一走进道观，就全傻眼了。古柏树上的那条缝隙居然消失得无影无踪！这意味着昨天一整天的工夫全白费了！队长围绕大树足足走了三十多圈，最后无比失望地冲众人说，重来！

第二天，第三天，第四天……第十四天，父亲他们足足重蹈覆辙了十四次！他们在足足十四个白天里拼命地伐树，却在十四个第二天里发现他们的辛苦全又一次次付之东流……无论他们白天伐树有多深，第二天古柏身上的缝隙依然会消失殆尽荡然无存。

无奈之下，队长发动全村人开动脑筋，还是懂医的孙万年恍然悟出了真谛：这棵古柏年岁太久，恐早已成精！你白天伐它多少，它夜里就长出多少。要想伐倒它，除非一刻不停地伐！队长受到启发下了狠心：号令全队上下男女老少统统上阵，发扬革命大无畏精神不吃不喝连续作战誓把古柏树拿下！

经过两天两夜地连轴砍伐，古柏终于轰然塌倒，拐带将道观最后的颓垣断檐砸没在荒草丛中。父亲说，仅凭此一棵柏树的木料，当年就建起了如今尚在的县城老礼堂……

令人恐怖的是，从此以后，村里的灾难开始接踵而至！父亲说，凡是参与过伐树的人，除了他自己，包括孙尕子在内的十四个人，全部在随后的几年里离奇死去！孙红星是被雷劈死的，孙进步是被坡里的野火烧死的，孙正苗是忽然全身溃烂不治身亡的，孙有名是被天上掉下来的石头砸扁的，孙卫国是做梦被吓破了苦胆，而以凫水出名的队长孙斜固，则在河里洗澡时突然悄声沉了底……村里传言，他们都是因为冒犯了树神！

只有我，父亲说，只有我参与过伐树，却一直平安活到了现在，而且儿子还破天荒地成为了一名作家。多少年以来，我一直等待着死亡或不幸的突然降临，但是什么坏事都没有发生在我头上，相反我们家的生活却越过越好，这实在让人搞不懂。

父亲说，你一定要把这件怪事记录下来，有机会向高人请教，否则，我会死不瞑目。

多大点事

事儿不大，丢了只猫。

两口子满村找，当娘的直蹦高。

猫是只狸猫，是娘整天揣在怀里的伴儿。没了它，睡不着觉。

娘就指着对门王槐的屋脊哭，我眼看它蹿进去了，怎么就是找不着？你们要是孝顺，就去给我问问！

儿子王树要去，被媳妇芦苇横腰拦住。咱可不去！猫是不是他藏了咱又没证据，你不知道那人脾气？王树越想越气，只得半夜里揣把斧子，将王槐果园里一棵 7 年生的苹果树砍歪了。

王槐脾气在麻村是出了名的不叫人喜，赛过爆仗，一点就着。40 多岁娶了个瘸子，多亏几棵苹果树维持生计。树倒了，能不挣命？可几天过去，王树没见王槐"发疯"，倒是眼见瘸子拽回大抱的苹果树枝来烧火做饭。

不久，王树就听说村西头王柳家的果树被人砍倒了 5 棵，连树枝都没剩下。王树两口子心里雪亮，但都没吱声。

一星期后，王椿的苹果树就倒了 7 棵，王桐的歪了 10 棵，王松丢了 5 棵，王杨损失最大，一下子少了 20 棵！ 20 棵是个啥概念啊？在靠种果树糊口的麻村好比塌天大祸！王杨的娘们春喜一时想不开，竟自个儿躲进柴房灌了农药。

村子一下陷入了悲痛和惶恐，但果树被毁的灾风却越演越烈。有个叫王桦的，被人砍了 3 棵果树，和老婆左思右想，推断是王椴干的！可王桦并没去王椴家报复，而是一连砍翻了跟王椴有仇的王杆家的 10 棵果树！一来二去，全村彻底乱了套，果树嗖嗖见少。最后，连王树家的 35 棵苹果树，也被什么人一晚上砍了个精光！

有人开始日夜看护果园，可事态早已无法控制。一天夜里，守园的王柏刚想熄灯睡觉，果园里就冲进来一伙五大三粗用毛巾遮脸的壮汉，他们公然当着王柏的面呼哧呼哧砍树，不消一袋烟工夫，就将 65 棵苹果树全都放趴了窝。

王柏瞪着血红的眼珠子想抓住个人问问，自己究竟跟这些人有啥仇？不料有人抬脚就将他踹翻，吼了声"谁也别想活！"就撒腿蹿了。王柏被踹得老眼昏花，觉得那人像极了屋后的王桑，可他又不敢确定。

全村最后还剩果树的是王柏家，他最后的 5 棵苹果树是他自己动手砍烂的。那个日光雪白的晌午，王柏边砍树还边对自己老婆羽花狂吼，操，自己的树还是趁早自己砍了划算！

就这样，麻村远近闻名的花果山变成了臭名远扬的和尚头。

一九八九年的蓖麻

村里狗撕猫咬的治安案件也频频高发挤成了堆儿。不知哪个报了警,村人竟又起哄呼啦啦围住了公路,将警车掀了个四脚朝天!

县里大惊。立刻派人整理瘫痪的村班子。麻村人毁了果树,参政意识也严重不足了,愣是没人愿意出头!又派工作组,还是白费。村民穷疯了,觉悟也没了,啥都不配合了。

于是麻村人外出打工,男的干建筑、搞维修,女的当保姆、做小姐。村子一下空了。

这年夏天,王树在建筑工地上被倒塌的墙头活活砸死,当娘的知道了一口气没上来就过去了。芦苇某天赶集回来,见村人叫着喊着都往村尾跑,她也跟着跑到机井边,却眼见儿子小宝肿得像块面包浮出了水面。芦苇死去活来好些回,改嫁给了本村一个鳏夫。

鳏夫再娶媳妇,恣得整天合不拢嘴,带着芦苇到处串远门。临回家时,芦苇随手将带回的几棵樱桃苗席进地里,从此不管不顾,也再没见人破坏,几年间10几棵树蓬蓬隆隆起来,竟结满了压弯枝头的乌克兰大樱桃。由于品种稀罕,芦苇家赶了几趟县城集就收入近万元!

村人原本可怜芦苇,这下开始眼红、巴结芦苇。芦苇干脆和男人贩起了樱桃树苗子。芦苇家发了,麻村人也有了新盼头。

打工的回来了,保姆们辞职了,小姐们洗手了。麻村人靠着以前的种树经验种樱桃,密密麻麻的树林又起来了,哪家哪户有个小仇小恨小摩擦的也不再糟蹋树了。几年扑扑棱棱下来,竟在全县开创了一个农业产业化调整致富的新典型!

芦苇男人就当上了村主任,还平生头一回地穿上了西装!那天两口子要拾掇拾掇去城里补套结婚像。等芦苇化好了妆问男人,好看不好看? 男人撇撇嘴说,能不好看? 脸画得跟只大狸猫似的!

芦苇当场就瓷住了,气得直吐。她就像是忽然想起了什么一样,扯起哑嗓子死命吼着男人的名字:王槐! 你再敢给我胡说八道小心我撕烂你的狗嘴!

王槐天大冤枉似地问,说你像猫咋的了? 多大点事!

枪声远去

一九四三年春天,枪声如雨漫过胡家围子南坡。

鬼子烧杀抢掠,一路开进了鲁中腹地。

路子仁正在家中转移最后一袋粮食,忽听门外有橐橐的敲门声。路子仁将老婆孩子推进地窖,手里攥紧了铁叉。

谁?

是我! 抗联老李、李忠勤。老乡,快开开门!

路子仁扒着门缝瞧见一个血头血脸的大汉,腰里别着匣子枪,正急切地左顾右盼。

赶紧敞门,将来人放进屋内。

怎么搞的?

别提了,日他奶奶,被鬼子冲散迷迷糊糊跑到这儿了。哎,老乡,这是啥村?

胡家围子! 还没吃饭吧? 路子仁说完掀去地上的破席盖子,赶着女人做饭。

女人喜春见老李受伤，忙从袄袖里扯出一团破棉絮上前给老李止血。喜春怀里始终吊着小闺女，这个娃才三岁半，灰头土脸地睡着。

老李大口吞咽着到手的窝头，问，鬼子来了，怎么还不撤？

路子仁瞅着两个小娃和病恹恹的老婆，愁得直叹气。他问老李，你那口子哩？老李突然哽咽了。唉，冲散了，谁知道是死是活？

枪声愈紧。路子仁只好把所有窝头都留给老李，带着家人向后山撤去。

李忠勤在路家躲了两天，伤势渐愈。等悄然摸出屋子，却见村里四处烧着大火，晾场上堆满了尸体。这其中，李忠勤竟发现了喜春！她被活活割掉双乳，刺烂了下阴。

李忠勤悲痛欲绝，等撤进胡家围子后山，却意外见到了日思夜挂的老婆王桂莲，两人死死抱成一团！忽然，王桂莲转过身，手指着身边的路子仁，失声痛嚎起来。

原来，鬼子杀进胡家围子，把部分村民和王桂莲包围了。鬼子骑着大马端着机关枪吆喝，只要交出女八路，其他人统统地放走！

没有人交。尽管人们一搭眼就知道谁是谁。

愤怒的鬼子拔出军刀，强行将男女老少分离，并叫嚷着谁家女人让丈夫亲自来领。结果，王桂莲泪如泉涌地说，路兄弟他领了我！却把妹子留下了！我正要往外冲，鬼子的机枪就响了，妹子死得好惨……

李忠勤听得心惊肉跳，扑通一声跪下就要磕头，却被路子仁一把抱住，互相抱在一起大放悲声……

一晃，三十年过去了。路子仁的俩娃已长大成人，儿子叫路光明，女儿叫路红霞。名字都是当年路子仁和老李夫妇分别时，由李忠勤起的。

李忠勤说,我和老王没孩子,他们就是我们的娃。如果还能活着出去,日后必有我们相见的那一天!

三十年后的路家仍然穷得经常断炊。俩娃三十好几了,还打着光棍儿。谁又愿意把闺女嫁到胡家围子这种穷旮旯里来呢?

这一年,路子仁躺在床上眼见就饿死了。路光明忽然哭着跑进家里问,爹,听人说你认识中央的一个大干部叫李忠勤?还救过人家命?去找他啊,咱没活路了!

路子仁躺在床上,用极微弱的话音回答,放屁!别听人胡嚼舌头,什么天熬不过去?儿子听爹说得坚决,只得放弃幻想,拉起妹妹外出要饭去了。

那段天杀的日子不知饿死了多少人,路家竟真的熬了下来。等光景慢慢好转,一天村喇叭里突然爆出了惊天新闻:中央军委的一名将军要来胡家围子!

将军就是李忠勤。当年的王桂莲,如今也已经是一名正师级干部。在那间破草屋里的木头床前,三双手紧紧地握在了一起。

整个胡家围子沸腾了。

随后,就有人嫁给了路光明,尽管是个瘸子,可路家很知足。路红霞也有了人家,且一生就是九个娃。

但是很快,路光明就因为故意杀人罪被逮捕入狱,原因是有人在野地里强暴瘸子,遭到拒绝后竟将其摁进水里活活淹死!路光明血气上涌,拿刀捅死了凶手。

路红霞几乎哭瞎了双眼,要爹给李忠勤发封电报,让将军来救哥哥一命。他罪不该死!可路子仁像是彻底聋了,一直静静躺在床上,片语未发,老泪横流。

路光明被枪毙后的第二年,路红霞咬碎一颗牙齿用身子给领队送了礼，可终究还是因为超龄没能被县城招工，她男人却在放羊时滚下崖去摔成了一摊烂泥。一群嗷嗷待哺的娃子眼见只能送人，路红霞再去求爹。给爹磕破了头，血流如注，可路子仁依然一语未发，无动于衷。

　　倒是又过了几年，李忠勤的一个养子，据说是名正厅级干部来到了胡家围子，逢人便打听路子仁家，听说路子仁已于前年去世，就按原路返回了北京。

掩　埋

　　县志里，发生在沂蒙山腹地的那次战斗，只有短短一行字："是夜，日军集结三千余人经沂水店北犯，我军民奋起阻击。激战，毙伤日伪两百余人。"

　　事实上，那次战斗除了打得异常激烈，还相当凄惨。

　　据黄老回忆，那天夜里，他们与日军三次交火。第一次为节省弹药，打得保守，敌人冲到跟前才开枪，结果丢了阵地。第二次，双方都红了眼，部队上到营长，下至班长，基本都打光了。到第三次交火前，他们只剩下了十二个人。

　　不能再退了，后方正在突围。黄老当时任副班长，他命令部队迅速向"奶奶顶"转移，把鬼子牢牢拖住。

　　可没想到，他们刚到山顶，令黄老感到恐怖和绝望的事情发生了。

　　鬼子根本没追上来，反而撤退了。

应该说不是撤退，而是他们进攻的方式改变了。

刹那间，黄老头顶传来一声声怪兽般的啸叫，刺目的光束随即划破浓稠的夜幕，炮弹就像急雨一样扑落下来。

整个山顶被密集的炮火覆盖、包裹、涤荡。狂轰滥炸中，黄老只觉得砂石横飞、血肉喷溅、天地倒悬、白昼错乱。整个世界像燃烧的地狱，直至死寂一片。

不知过了多久，黄老奇迹般地醒来。天上正下着雨，周身遍地狼藉。黄老发现，除了自己，其余人已全部壮烈牺牲。

黄老稍一挪动，感觉身体就像裂开了一样，肚子上有条裂缝，仍血流不止。

原来，日军已打扫过战场。丧心病狂的鬼子见拖住他们的只有十几个人，气急败坏，唯恐人没死透，又在身上补了刺刀。

黄老明白，下山找大部队是不可能了。用不了多久，也许几分钟后，他也会死在山顶的这片乱石中。

可他不想等死，开始像条即将僵硬的虫子，艰难地蠕动。

他心里升腾起一个愿望：再看看死去的战友，如果有可能，给他们收尸！

此后过程，漫长得像是一生。那种痛苦，无法用语言形容。据黄老回忆，他也不知道爬了几天几夜，才终于在战场上找齐了牺牲的战友。然后，也不知道哪来的力气，竟把尸体一一拢在了一起。

那些尸体，大都已残缺不全，有的甚至开始腐烂。可黄老像疯了一样四处摸寻，将遗失的残肢一件件找回。

最后，一个意外让黄老感到匪夷所思：在那些尸体旁，竟然多出了一件残肢。

那是一条几乎从腹股沟处就被整个炸掉的大腿，结实消瘦，像截弯曲的铁棍，又像被生生折断的树杈，露着白色的骨头，外表除了皮肤已被烧焦，大体还算完整。这条腿是属于谁的呢？

此前，黄老先后找到过十几件残肢，有头、胳膊、手，甚至耳朵、眼球，也有大腿。但凭记忆和尸体残缺，他已经将那些残肢一一归位。毕竟，他与战友们朝夕相处，不可能搞错。

退一万步讲，即使搞错了，也不可能凭空多出一条大腿来。

黄老百思不得其解，世上没有人长着三条腿。如果说这是鬼子的腿更不可能，山顶根本没有发生肉搏，对方不会被砍下一条大腿。或者说，鬼子更不可能让一个重伤员上山，然后把他的大腿丢在这里。

多出的大腿，究竟是谁的呢？

黄老以为自己会死在山顶，可命运却让他活了下来。不但活了下来，而且还活到了现在，成为了一名百岁老人。

大半个世纪后，陆续有年轻人来看望黄老，听黄老讲那些过去的故事。偶尔，黄老也会谈起那次战斗。年轻人听后，总有人笑着提醒黄老：

"您是不是当时被炸懵了，出现了幻觉，那条大腿不就是您自己的吗？"

黄老听了，总是摇摇头。一开始，还矢口否认。后来，干脆无动于衷了。就连那次战斗，也很少再去提及。

当年，黄老再次苏醒是在部队医院中。这次醒来，黄老嗷嗷大哭，他发现自己的两条大腿，已经被齐齐截肢。他成了一个没有腿脚的瘫子。

等哭够了，躺在病床上，黄老忽然想起了"奶奶顶"上的那只大腿。那只大腿，会不会就是他自己的呢？想到这，黄老一把拽住身旁的一名军医问："大夫，我的两条大腿呢？"

军医转过身，满脸都是汗水加好奇："我说孩子，你这是第五次转院，谁知道你在哪儿截的肢？保住命就不错了，还要什么大腿！"

黄老想，是，没错。可山上的那条大腿，究竟是谁的呢？

真相，已经被永远掩埋了。

一九八九年，六月二十三

一九八九年，六月二十三。陶四方一辈子忘不了的时间。

当时高考临近，村里陶四方的小表五叔陶克言为跳龙门，受不了家里乱，见天晚上往陶四方的瓜棚里钻。

陶四方很高兴。其实他比陶克言还大两岁，但一天书没念。小五叔的到来不但打破了看瓜的孤单，而且使他觉得有机会跟文化沾了点边儿。陶四方满心欢喜地端着猎枪，为陶克言放哨站岗。

陶克言与陶四方约法三章：一不能说话，打扰念书；二不能吃瓜，分散精力；三不能喊他，耽误时间。特别是最后一条，陶克言一再强调："不管是谁，谁让你喊我都不行，我谁也不见！死也不见！"陶四方听完努努嘴笑了，说："看你说的，都知道念书是大事，谁还能深更半夜地非来找你不行？你放心，凡是来找你的，不管是人是鬼，是蛇是刺猬，我统统给你赶跑！"

陶四方家的瓜田紧靠路边，以前老丢瓜。陶四方夜里偏偏又老犯困，一到下半夜就往簟席上歪，而瓜往往都是这时候丢的。

陶克言一来陶四方也精神了不少,总是端着他爹那把老猎枪,不停在地里头转。

一九八九年六月二十三日那天晚上如期而至。那天晚上天像下了火,到处滚热。陶四方浑身就穿一条裤衩却还是热起了痱子,最后忍无可忍去地里头挑了个大瓜,一掌劈成两半,自己先吃了个大概,尔后端着另一半去给陶克言送。

"克言,快吃块沙瓤西瓜解解渴吧!"陶四方边走边朝瓜棚喊。哪料陶克言毫不客气地吼道:"你吃饱了撑的?不是不让吃瓜吗?不长记性!……"

按辈分,陶克言说也说得,可陶四方热脸贴了个冷屁股,又赶上天热,心底也蹿起了火。不过陶四方到底忍住了,毕竟吃西瓜和考大学比,算个球呀?

陶四方吃了闭门羹,气咻咻回到地里,将手里的半块西瓜一下子撇出老远!然后在瓜蔓里躺下来,胡思乱想。

忽然,陶四方听到紧临瓜田的池塘里很不正常。以往,池塘蛤蟆怪叫连天,可此时刚一开叫,池塘里就"咚"的一声响!蛤蟆们立即就都哑了。陶四方猛然来了精神,攥着枪,悄悄摸向池塘。

陶四方很快就紧张起来!池塘一侧的芦苇荡里肯定藏着人,而且还可能不止一个。正是那里有人不停地向池塘里扔着石头。这肯定是偷瓜贼在试探瓜田里有没有狗!

想到这里,陶四方牙根都恨得发痒。陶四方的爹前几年就跟偷瓜贼干过!只可惜那帮外地贼人数太多,竟把陶老爹捆起来毒打,最后还当着他的面把瓜田踩得稀巴烂!

陶老爹伤虽好了,但陶四方再也没让他出来看瓜。他为爹手中有枪不开,狠狠吵了一架!

陶四方的后背飕飕地窜凉。他小心翼翼迂回到那片芦苇荡,不敢贸然进入,只凭空大喊一声:"狗贼,滚出来!"喊声未落,陶四方只觉眼前一花,一条黑影已"唰"的一声迎面擦过,向着瓜田深处急逃。

陶四方边追边喊:"停下!快停下!我开枪了!"对方越跑越快,似乎还边回过头来看,这时候陶四方手里的枪响了。

等陶四方气喘吁吁奔到前面,发现扑倒在地的人刚刚把脸转过来。不是什么外地人,是个女人!是村里的韩明艳!俊秀的韩明艳一只右眼被打成了血窟窿,汩汩地向外喷血。

陶四方转头就向瓜棚狼一样地嗥开了。

陶克言闻声跑出来,只看了地上的韩明艳一眼,就昏死当场······

事后,陶四方重新回到瓜棚时才发现:陶克言丢下的书本里,密密麻麻画满了一个人。这个人的双眼活像两汪滋滋的清泉。

他一下子醒转:原来韩明艳暗地里打蛤蟆,是帮助陶克言念书哇!

多年以后,陶四方仍觉得一九八九年六月二十三日那夜的惊心动魄。但一直打着光棍的他,早已不害怕再碰到陶克言和韩明艳了。虽然陶克言每次见面都骂他"瞎了眼"和"雷劈的",骂他毁了一个大学生外加老婆韩明艳的一只眼。但是骂完了,三个人还能坐到一张桌子上去喝酒。

喝着喝着,陶四方就高了,就大着舌头冲着韩明艳唱:"你打蛤蟆来(哪个)我打你眼,一女(不寻思)摊了俩好男,半个大学尽够使(使不了),高粱(小)酒再来它二担儿······"唱的是歪腔变调的山东梆子。

屋子里地动山摇。韩明艳坏掉的一只眼里都是笑。

第三辑

三

红尘情事

乡村凉拌

撒一把围棋子在黄土地上什么样，那群在腊月河滩里啃食枯草的羊只就什么样。

它们低着头，近看像泥塑。三三两两，围住那个驼背老头。

老头头顶旧毡帽，两鬓如霜雪染，静坐如一块礁石。忽然一挥手，牛皮鞭子"啪啪"蹿响，空气里便鼓荡起干草与羊粪的清香。

这定是你在乡间腊月，时常能见到的画面。是不是像盘山野菜？带给你一种久违的清鲜——

让我们，再加把葱花。

于是，两个女孩儿翩然出现。她们一高一矮，一红一绿，背冲圆滚滚的夕阳追逐嬉戏。忽然，就悄然伫立，像两株娇嫩的麦芽儿，用鲜白小手偷捡了石子，远远掷向背对的老头。

老头转过身，见她们喳喳地跑散，满脸褶子"哗啦"一下，花儿般开绽！

再来头蒜。

让那个灰头土脸的男孩儿，像匹野马冲进我们的视线。他一出场，就尘嚣飞扬、嘶声震天，搅乱了整个河滩。他用厚厚的棉鞋底儿，"嘣嘣"地踩着冰面，急得那放羊老头挥着牛皮鞭，囊囊向这边飞赶！

撒把芝麻粉。

她们俩，从小一起长大，好比邻里的姊妹花；他是老汉的独孙苗儿，出了名的天不怕地不怕！

三只不安分的小羊，日夜蹦跶在驼背老头的身旁。

他们过家家。他做爹，姐做娘，妹妹当闺女。采来藜蒿蕨菜鱼腥草，花椒薄荷马齿苋，将小家日子过得红红火火。

他们在冬闲的麦场里疯跑，在悬冰的屋檐下蹦高，钻进秫秸垛里睡觉，爬上光杆柿树掏雀儿；时常在一个天井里吃饭，一个火炕上通腿儿，藏在破败的墙头下、缩进屋后的小树林里嬉嬉笑笑闹闹偷偷地亲嘴巴……

他们像地垄里的玉米，嗖嗖地拔节。

该倒醋了。

他和姐姐高出妹妹两年级，一个班级学习，关系越来越密。渐渐，他和姐姐开始形影不离，直到考去乡里念中学，两人私下里发誓：一定要发奋考上大学，将来结婚成个家！

掺点香油。

于是，活村上下都知道，他和姐姐不但功课好，而且长得山清水秀早晚是一家。妹妹每回见着他们，更是大老远用手指刮鼻尖羞他俩：

"小两口儿，不害臊，

起大早，睡大觉！"

姐姐立时羞得狠命去追，他则快步如飞跑出十几里路，悄悄躲进玉米地，专等姐姐路过时唬她一跳！

她就再攒了拳头追他，他就在玉米地里奔窜。

他们摔倒在地，笑得上气不接下气。随后，就蓦然停下，互相对望，眼神渐渐迷离。

就在两张唇，将要合二为一时，她却忽然睁开了眼，紧紧攥住他的手说：不行！

为啥？他急了。就一下，还不行？

她说：不行就不行！好好念书，我给你留着……

最后，放盐。

那个高考前夜，窗外电闪雷鸣。他忽然浑身湿透了找到她说，村里捎信儿来了，爷爷死在了荞麦田里，他得马上赶回去！

她惊慌失措，一下子哭出来：你快去快回！我等着你！

他狠狠剜了她一眼，边跑边回过头在雨雾里喊，你好好考，我去去就回！

第二天，她发现他根本就没来考试。她一考完就发疯地往回赶，到了村口才听说：原来他失去的不仅是爷爷，而是全家人。

那个雷雨夜，狂风刮倒了高压线，赶羊回来的爷爷被当场电死，之后便是他陆续找来的爹和娘！她求他再去考一次，她等着他！他推开她说，别犯傻！我复读，你先去上！

她哭成了泪人，把自己深埋在他胸前。

她考去了北京，暑假回来，却得知他已外出打工，杳无音信。

拿筷子，拌一拌。

她留在了城里。住楼房，开汽车，说普通话。童年早像那片干涸的河滩，很少再有波光潋滟。

有一年，她回老家小住。临走，她忽从车窗里看到两个人。他，和她夕年的邻家妹妹，正并肩挑着粪篓往家赶。

她看见他依然宽厚的光背脊梁，日头下黝黝的泛亮。她看见妹妹的脸上，分明有幸福的笑容荡漾。他们一齐走向她，越来越近。她却忽然踩响了油门。

CD机里，就有山歌开始流溢：

"叫一声哥哥哎，你走得慢一点，

妹妹还在山这边，

叫一声哥哥哎，你等一等俺，

妹妹累了走不多远……"

哦，差点忘了加芥末——

她的眼泪就下来了。

爱恨同眠

父亲的死，对戴暄来说，简直是场塌天大祸。

那年冬天，他才十四岁。突然就被人从课堂上拉走，去医院见父亲的最后一面。

父亲五官模糊，满脸血污，正躺在冰冷的手术台上，肢体已经僵硬。

戴暄完全懵了，望着哭得死去活来的母亲，感觉就像在做梦。他一动不动地望着眼前这一切，突然一转身，狠狠跑掉了。

直到父亲下葬，戴暄都没有流下一滴眼泪。

他来不及。他还有太多太多的话想对父亲说。可是，已经永远没有机会了。

那个轧死父亲的男人名叫司长勇，是县柴油机厂的大货司机。从此以后，戴暄永远记住了这个名字。

他把这个名字，深深刻在墙角、地面、石碑、树干，以及所有他能默默发呆的地方。

他目光日渐黯然，成绩一落千丈。放学后再也不四处游逛，而是把自己一个人关进屋子里,忘我地玩一种投掷飞镖的游戏。

在那个塑料镖靶中心,有一个名字很快千疮百孔。

后来,戴暄只勉强考取了一所技术中专。毕业后,径直去了对口的县柴油机厂。这样,戴暄和司长勇就成了同事。

事情过去了好几年,知道内幕的人已经不多。但戴暄和司长勇内心里却永远有着隔膜。司长勇竭力回避与戴暄打交道,而戴暄却常故意创造机会与司长勇发生接触。

戴暄发现,因为当年的事故,司长勇早已不再开车,快五十岁的时候死了老伴,一个人干着全厂又脏又累的装卸。

可戴暄丝毫不感到宽慰,一想起惨死的父亲,他仍觉得气血翻涌。

戴暄还发现,司长勇极少参加酒场。即使参加,也总是沉默寡言,滴酒不沾。

每当这时,戴暄总会让自己喝得酩酊大醉,一边回忆着父亲的音容,一边用血红的眼睛瞪着身边那个当年酒后杀人的凶手。

两个人的较量,犹如黑暗中的潮汐,永无消停。

再后来厂子效益不行了,产品积压过剩,发工资像大便解干。同城一家机械厂前来挖人,戴暄凭技术是能跳走的,可临行前他突然放弃了。他忽然想到,如果他走了,司长勇岂非可以长舒一口气了?

接着,是已经走出阴霾的母亲劝慰戴暄:把你父亲的事放下吧? 你也该找个人过日子了。

戴暄听后冷冷地望着母亲,说:你要嫁人就嫁,别不尊重我爸爸!

母亲无言以对,反复地叹气。不久,就嫁给了一个厨师。戴暄对此并不反对,但是一次都没有迈进过那个新家。

其实有人正暗恋着戴暄，一个名叫申玫的女同事对他就格外好。他工作时眼睛发干，她塞给他两支眼药水；一听出他感冒，她半夜跑出去给他买药；他来不及吃早饭，她早已为他准备好了饼干……

戴暄感到无所适从。十多年来，在他内心深处，除了惨死的父亲，就只有那个肇事的凶手！然而，他又发现这是个自幼失去父母，纯善而又孱弱的姑娘，一股柔情不禁油然而生。他忽然觉得母亲说得很对，是该找个人过日子了。只不过，他绝不可能忘记父亲！

一天夜里，戴暄下班，正遇上一伙流氓调戏妇女。戴暄血气上涌冲上去，混战中竟打跑了那些混蛋，只是手臂被刀划破了。女孩感动地挽着他去医院包扎，第二天一早，就找到了厂里。

女孩很漂亮，但戴暄不喜欢。戴暄如实坦白，自己有女朋友。可女孩坚决并不放弃，亲自跑去找申玫谈判，并且给戴暄写了一封长长的情书。

戴暄觉得女孩实在无聊，但当他打开那封信时却结结实实地惊呆了。

女孩名叫司艳艳，竟是司长勇的独生女。

戴暄整整一夜没睡。第二天，他开始了与司艳艳的正式约会。一个月后，戴暄把司艳艳变成了真正的女人，并且带着她来到父亲坟旁，讲述了那个十多年前的事故。

司艳艳越听脸色越白，最后一头扎进戴暄的怀里放声大哭！戴暄把司艳艳狠狠推开去，大声怒吼：选我还是选你爸？现在就回答……

司艳艳嫁给戴暄整整半年，就从没见戴暄笑过。

那天戴暄一到家却大笑不止，司艳艳好奇地问，戴暄满嘴酒气地回答：今天是申玫结婚大喜的日子，你知道她嫁给了谁吗？

司艳艳满脸迷惑，她当然不知道，她只是看见戴暄的眼睛里，泪如雨下。

纯爱的丝缕

那时候，他刚刚接手班级，就有学生偷笑他的莽撞。他总是在上课铃响后，才恍然发觉忘记带图纸、试管，或是药剂，急得满头热汗。

他姓毛，同学们叫他"毛毛虫"。他听了，从来不恼，微微一笑，憨厚大度，开朗英俊。惹得好多女孩子一边说着他的坏话，一边情不自禁地失态……

他的课上得异常精彩。战火味道消失了，紧巴巴的空气舒缓了，气氛从来没有过的活泼，人与人之间，一下子出现了大面积的和谐。不单繁复陈冗的试剂、分子式被他讲得妙趣横生，诗词歌赋经棋书画竟也能张口即来。还有时事、地理、武术……在同学们眼里，几乎没有年轻的他不晓得的。大片大片和蔼的阳光、纯洁无瑕的白云和一朵朵五颜六色的花草飞进教室。于是，"毛毛虫"的课堂成了校园里的"经典"。

他是个有心人，注意到自己的大意，通常是由同一个默默无闻的女生抢先弥补。她——

她，长得太美了。美得年轻的他，竟一时找不到合适的词来形容。像樱花般娴静？像荷花般秀雅？像菊花般清傲？像桂花般珍稀？像海棠般炙烈？像兰花般低语？像茶花般深沉？……

都不是。他自己也不知道她应该像什么，就算一切美好的事物中都有她的影子吧？

他的出色和英俊果然就招致了风波。

有哪个女孩子不喜欢他呢？信件，卡片，风车，千指鹤，小小糖块、点心，一切能在女孩子们手里嘴里出现的东西统统都出现在他的抽屉里。往往，课还没上，教桌上就摆满了好吃的和各式各色的信笺……他也恍然，内心激荡不已。好久稳住阵脚，才渐渐融入他的世界里，任横扬跋扈的才情来涤荡一切的一切……

闲时，打开那些信。蹦跳出五颜六色的字迹和那些形形色色的脸。他看得一会儿笑，一会皱眉毛，一会儿大摇其头。

其实——他的心还是被一次次狠狠地揪起。

是她！

那个连自己也不知道该怎么表扬赞颂的女孩子。

令他想象不到的是，那么文静清傲的她，信，写得最多；卡片，寄得最美；偷放点心糖果的人里，也时时处处有她！

尤其她的信，不依不饶。甚至在他佯装瞪眼发火令大多数女孩望而止步的时候，来得更凶。更加炽烈、更加执着、更加浩渺无边。

他拿她没有办法。每次放学，他都用忧郁的眼神悄悄送走她失望的背影。

然后，亮一夜的灯。

有一天。是夏天来了。校园里的芙蓉树上到处绽放着粉红色的小伞。她鼓足勇气走到他面前。

"毛老师，您知道那芙蓉树上散落的是什么吗？"

他想也没想，说："是美丽的芙蓉花呀。"

"不！"她说："那上面密密麻麻吊满了毛毛虫！"

他刚要笑，却听她哽咽着说："是毛毛虫用心，一点一点吐出的丝缕……无处不在的思念的丝缕！……"

他张大了嘴巴，惊讶地不知该说什么才好。

不敢对视她汪满泪水的眼眸。

她咬着薄薄的嘴唇颤抖着逼问他："毛老师，您看到了吗？您懂不懂？！……"

他硬了口气道："不懂！"

然后模糊地看她，渐渐跑远。

几声雷过，战火燃烧了整个六月、七月……

几声燕呢，岁月更迭了数个两年、三年……

再次见她，他有些不敢相信了。她坐的是进口车，穿的是名牌衣，连笑容都是一副赛春图，时时处处溢满了幸福。而他，却成了校友会上一个令人侧目的反面"经典"。

"有什么啊？年轻时挑花了眼，运过了头，至今还是一个人过呢！"……

她听了，和众人一起笑，开怀大笑。笑得美丽的脊背在太阳底下弯成了弓形。

她们放肆地呼喊着"毛毛虫"的外号，将酒进行到深夜。

深夜。待人群散尽，他才颤巍巍地取出那些他熬了几千个暗夜，用心、用思念和血，凝成的文字。

一柱青烟，缭绕迂回，散了，淡了———

那些空气中轻舞飞扬的纯爱的丝缕。

跨越时空的爱恋

吴芬收到一封信。

打开一看，傻了，竟是封地道的情书。

"那日街头，最是难忘。天气太凉，遇见面，却如穿了皮袄。世间怎会有那样一个你呢？"

这封信，既简约，又浪漫，而且纸张竟还带了香味的。会是谁呢？谁这么多情？谁又这么无聊？吴芬笑笑，将信弃之一边。她实在太忙了。工作让她焦头烂额，无暇他顾，别说是一张莫名其妙的短笺，就是火辣辣的鲜花攻势她也未必会让自己心动。

可是，信笺还是一封接一封地来了。

"叶落知秋，你是否见到那片凋零的落叶？我在窗子里凝望，回忆你美丽的容颜和那个逝去的秋天"。

"杨花落尽子规啼，闻道龙标过五溪，我寄愁心与明月，随君直到夜郎西。你果真要走吗？我思念着你。"

文字，一如先前的凝练与婉约。如溪水里洗过，月光里浸过，微风中拂过。竟让吴芬的心头当真漾起一阵涟漪。

看来，此人绝不简单。文字里有意境，心里面有深情。该是个极富涵养、气度不凡的男子。是谁？吴芬陷入沉思。圈里圈外，并没有这样的男人呀。

这些信来址不详、没有邮戳，字迹是打印的，径直寄到筒子楼二〇六来。这里楼虽破，但门号清晰。不会错投。

吴芬感觉不可思议，立即留心所有的熟人，没有发现任何目标。

　　吴芬是去年冬天搬过来的。此前房主是位小伙子，跳槽走了。吴芬一直是一个人在寂寞而忙碌地生活着。

　　于是吴芬叮嘱门卫老赵，要他下次一定稳住送信人。她有急事找他面谈。

　　可下一次，老赵没能留住来人。老赵说，没办法，这次是个孩子，把信丢下就跑。我怎么喊他都不听。

　　吴芬苦笑着摇头，打开信笺。"月台并不拥挤，可我滑了一脚，摔了。这次回来，独独没有你。我躺在床上，思念像默哀的海。"

　　吴芬揣起信，默默走回屋子，无心做饭，却枕着冷月睡了。

　　终有一天，老赵的蹲守有了收获。他把一个三十几岁的秃顶男人殷勤地领到吴芬面前。吴芬问，是你寄来的信？男人两手一摊说，不管我的事，是梅梅让捎过来的。

　　梅梅？

　　是我们家隔壁一个腿有残疾的女孩儿，她知道我岳父住在附近，托我把信送来。

　　男人一副无辜的样子走了。老赵也在吴芬的感谢声里乐滋滋地回了屋。吴芬一个人骑车，辗转找到了城南街的梅梅。这女孩儿要远比她想象中的大。

　　我该叫你姐姐吧？吴芬开门见山。听说你一直在给我寄信？

　　不是。梅梅坐在轮椅上仰头回答，是我哥让我打印好，再托人捎给你的。我相信他不会伤害任何人，他是个好人。

　　吴芬说，姐姐你别误会，我想见见你哥。

　　梅梅笑笑说你真漂亮，就打起了电话。很快，一辆轿车鸟样的飞落门前，一个穿笔挺西装和羊毛衫的高大男人快步走了进来。

你好,我叫梅冬!男人向吴芬自我介绍说。

吴芬问,是你在给我寄信?梅冬说,是。

可我们并不认识。

我不认识的人就更多了。梅冬说,但我要坚持把信寄完。你究竟什么意思?吴芬再问。

你听我解释好吗?信的确是我让梅梅寄的,但信里内容却并非出自我手。

我一直和妹妹相依为命。十年前,梅梅因为一段感情离家出走,我发疯地找她。最后发现她趴在野外的一棵大树下睡着了。而在树下,她竟给自己挖了一个深坑……

我把她背回家,说服她不要再沉溺过去,与我共同创业。那次找她,我还从树下带回了一个她挖出的旧陶罐,小心揭开蜡封,结果发现,里面有厚厚一摞信笺,而且竟然写于四十多年以前!在陶罐里,还有两块金条。我就是靠着它们起步才拥有了今天!

可这跟我有什么关系呢?吴芬疑惑地问。

有啊。梅冬接着说,陶罐的主人每时每刻都想把信笺邮寄到筒子楼的二〇六号。在他的信里,你住的地方原来该是所大学的校舍吧?

吴芬恍然大悟,但又有些嘴硬。沧海桑田,人事变迁,事情过去了那么久,你为什么还要把信寄给我呢?

梅冬说,对不起,也许是我打扰了你的生活。但我和妹妹毕竟是靠先人的资助才有了今天。我想帮他完成那个未完的梦想!

听到这里,吴芬有些释然了。她也在想,那个人,真的是位才情横溢、多愁善感的傻瓜啊,他一直暗恋着她,为何不勇敢地说出来?

梅冬告诉她,是时代最终导致了他们的错别。那就是半个世纪以前最典型的暗恋结局。

梅冬还告诉她,信笺按季节,只在每个秋天寄出,而她是多年里那么多人中唯一来寻找答案的人。

也许你是唯一——个被信笺打动的人。

吴芬听了,直想摇头否定。可她一抬头,与梅冬坚毅的目光相对视,又忽地笑了。她看见秋日的阳光哗哗地在男人脸上流淌,让他看起来既沧桑又俊朗。

害　怕

好几天不见了,一见面两人就紧紧拥抱在一起。

女人忽然在男人的肩膀上沉重地叹了口气说,今天咱们别关灯好吗? 我害怕。

男人点着女人的鼻头笑,矫情! 我不是在这儿嘛!

不,答应我! 别关灯,我害怕。

行,行,依你。男人说着就开始动作,不一会儿就将赤裸的女人抱到床上。

显然今天女人很不在状态,男人劳而无获,开始变得沮丧起来。

你到底怎么啦? 你怕什么?

我今天特别不安,对不起,希望你能体谅我一点,我总觉得这暗夜里有一双眼睛在盯着我们,它们就那么张着,血淋淋的,我害怕!我来的路上吓坏了!

你看你又多想了!不是有我吗?难道——他,发觉了?

不是,是我的感觉,感觉非常不好!我脑子乱极了。下午我切菜时把手都切伤了。

一九八九年的蓖麻

男人赶忙举起女人的手放到灯光下查看,女人白嫩的小手指尖果然有一处明显的暗红色的刀痕。

你看你,又粗心了,怎么不好好照顾自己?你这样知道我有多心疼!男人嗔怪着。

笑,终于略带疲惫地浮现在女人脸上。女人感觉自己这一刻很幸福。在这冰冷的世界上,有一个人正爱着自己,这是一件多么美好的事。

临别时,女人用力地抱住男人,她答应他尽快把那糟糕的婚姻解除掉,再不拖了。男人轻轻地拍着女人的后背,说些她爱听的话。比如他说,也别太急,慢慢来,你急躁了容易粗心呢,我们的爱永远都在,你害怕什么?

女人感动着,显得愈发沉默,她用温柔的抚摸表达着对男人的感激和依赖。比如她还有意无意地摸了摸他那个地方,似乎要告诉他她要用日后加倍的温存和柔媚来报答他。

在这种时候,女人想要的不仅仅是一个情人,她更加需要坚强有力的鼓舞和敦促。

女人的离婚之战兴师动众地开展好多年了,那时候女人还没有遇到现在的男人,奄奄一息的婚姻几乎将她拖垮,折磨得她痛不欲生。同时期的女人们都发达了忙着奢侈,像她一样高起点的女人却永久滞留在了生活的起跑线上。

女人出走过,自杀过,起诉过,但唯独没有哭过,女人离不开孩子,女人害怕永远失去那双酷似她的眼睛的眼睛。

男人是在街面上认识女人的,那时候女人晃着身子艰难推着坏掉的木兰走着,男人看不过,硬是接过车把对女人说,你闪开,我帮你推。

就是这句有些强硬的"我帮你推",使男人像刺破浓雾的晨光一下射进了女人的生活。

全民微阅读系列

女人大男人十岁。旺盛的男人疯狂地贪恋女人成熟的柔情,忐忑恐惧中的女人则在男人怀里嗅到了久违的阳光。

男人不明白自己竟会爱上一个大自己十岁的女人。

女人想不通自己拒绝了那么多达官显贵却似乎轻易就接受了年少的男人。

男人对女人说:我要娶你,我会珍爱你一辈子!

女人对男人说:请你别说了好吗? 我害怕听到这些话,我已经不习惯这些话了,我真的好害怕……你需要的是时间。

男人不说话了。

男人和女人就热烈地吻,紧紧地拥抱在一起。

那天突然下起小雨来,窗外的世界立时呈现出一片久违的清新。法院终于在报纸发布公告后的第七十八天以男方缺席判决了婚姻的死亡,女人缓步走出庭来,走进远远的男人的伞下。

男人问,行了?

女人点点头。

男人说,没害怕吧? 我早就说过没什么好怕的。

女人说,你说得对,这次到了最后我都没怕。

男人打伞的手换得很频,伞下的距离始终有些局促。

良久,男人才鼓足勇气说出口,哎,我找女朋友了!

女人听了抬起头来，笑着问，是吗？

旧　识

回老家探亲，遇到旧时熟人，大街上便扯谈起来。

往事重提，分外感慨。

"申燕、申燕你还记得吗？她怎么样了？"我显得有点急切。

"她？咳，刚刚死了父亲！——急性脑血栓，突然就那么没了……"

"啊？"

乍一听到申燕父亲去世的噩耗我惊呆了！怎么会这样？申燕！她……

转念一想，我即刻否定了此条消息的准确性，"这一定是谬传！不可能！那不可能……"

记忆中申燕的父亲是个精力非常旺盛的人那。

熟人说："千真万确，不然你可以去问问，葬礼那天我亲自参加了。"

我惊地上前一步，情不自禁拽住熟人的袖筒问道："那申燕呢？她怎么样？"

"那天她几次哭得不省人事，在场的人看了没有不流泪的，咳，你不知道更糟糕的还在后面呢……"熟人越往下说我越心惊肉跳。

"还有什么？什么更糟糕的？"我夯住熟人的肩膀猛烈地摇

晃，"谁？申燕？究竟怎么了！"

熟人并不急于挣扎似乎也陷入了沉痛地讲述当中："申燕她因为极度悲痛外加突然受到惊吓，早产了，一个男孩儿，愣没保住。"

啊？申燕，申燕！我在心里不停地呼唤着这个熟悉而又陌生的名字，我的心乱成一把杂草，疼痛得几近痉挛。

申燕曾经是我最爱的一个女孩，她漂亮温柔，聪明贤惠，知书答礼，那年若不是我心比天高硬要独自出门闯荡世界，她极有可能已经成为我的妻子了。

当年那个夜晚，朔风凛冽，雨雪纷飞，申燕紧紧抱住我的腰求我不要走，要走就带她一起走！我激动地拉着她的手奔去火车站，然而申燕中途停下了，再也不肯挪动半步。火车马上开启了，我焦急地逼问她为什么？究竟怎么了？申燕忍着泪咬着嘴唇告诉我说："我走了我爸爸谁来管啊？他怎么办？他怎么办……"

我流着眼泪摇头，外面精彩绚丽的世界时刻撩拨着我急迫轻狂的心。我记得是我亲手将申燕用力推开去，眼见她狠狠跌倒在地，我猛转身跑远了。

时间真是个魔鬼。车祸很早就夺走了申燕的母亲，而我的自私和轻率又那么早从她身边夺走了我，现在急性脑血栓病魔夺走了申燕的父亲，悲痛竟又夺走了申燕的孩子……

不知怎的，听了熟人说的这些话我总有种重如千钧的愧疚压在心里，憋闷得难受，似乎喘不上气来，濒临窒息。

"申燕现在没事吧？身体怎么样？是不是我们一起去看看她？"我抑郁地说。

"好啊，你想去看就去吧，她这时候是最需要关心和问候的。"熟人挣脱开我的手，两手在上下口袋里摸索烟。

我见状赶紧递上一支"中华"，点上。"一起吧？我好不容易回来一次，你陪我去一趟。"

"好。"

"你看什么时间比较合适？你来定？"

"行，明后天都行。"

"那明天。我大后天的机票。"

"好。"

临走，熟人又叫住我，提醒我一句："对了，申燕在医院里查出了传染性肺结核，你去的时候小心点。"

我心里"咯噔"紧了一下，但随后说："没事，我注意点就是。"

当然，我和熟人翌日就见到了申燕。不过我们不是去的医院，而是直奔申燕她家。

申燕爸爸为我们俩热情地开了门，穿过樱花曳落的芳草庭院，我一眼就看见美丽富态的申燕正端坐在客厅沙发里喂孩子吃奶。

申燕不便起身，用点头和笑意的眼神欢迎我的到来。那一刻里，我忽然发觉申燕在我心里再也不是从前那个样子了。申燕的位置一下没了，我的愧疚和回忆统统没了。

申燕莞尔一笑说，快给客人倒茶啊。

这边，熟人响亮地"哎"了一声。

死活是爱

老七回来前给翠红打了个电话，说翠红你把家里收拾收拾，明天我和黑子一起回家！翠红听了心里咯噔一下凉了半截。

翠红心说坏了，自己跟黑子的丑事一准是叫老七知道了。老七这趟回来还不要了自己的命？

黑子是三个月前离开麻村的。临走，黑子对翠红说，嫂子，我得走了，我真得走了。我老觉得对不起七哥，我不是人啊！这辈子我俩无缘，下辈子我一定早早托生等着你嫂子！

翠红问黑子，你走我不拦你，可你得告诉我你上哪去！黑子说别，咱俩不能再继续错下去了！说完，黑子就抓起打好的背包头也不回地走了。

黑子一走，就是仨月。回来，却是和老七一块回的家。

老七身子一斜，把背上的黑子卸在炕头，大声支使翠红赶紧打水、炒菜！

翠红望着炕头躺着的黑子，眼泪噼里啪啦地砸落到鞋帮儿上。

黑子瘫了！黑子的下半截身子不知道丢到哪里去了。

翠红没动，红着眼睛盯着老七，似乎要在老七身上盯出几个窟窿来。但老七没注意到翠红的眼神，他也躺在炕头上埋着眼皮。

翠红握着菜刀傻了样地立在原地，头脑轰轰的乱成了一窝蚂蚁。翠红早就知道老七狠，每次打人下手都很重，有一次和她吵架就搋住她往死里边打。可她无论如何也没想到老七会把黑子废成了瘫子。

还愣着干啥？老七睁开眼皮不耐烦地问，去，把那只老母鸡杀了。翠红这才回过神来，慌忙端着菜刀出了屋门。

翠红杀着鸡，心里却想今天家里恐怕要出大事。心跳得忽腾忽腾的。翠红炖上鸡，又拾掇了几个青菜端上炕头，黑子醒了，老七递给黑子一双筷子又吆喝着倒酒！

翠红提心吊胆地给二人倒上酒，就见两人互不相让你一盅我一盅地喝起来。老七一喝酒就有个习惯，骂人。老七骂，操他祖宗，砌墙遇见鬼了，好好的墙头就那么塌了，黑子你这狗人关键时候把我推开，自己倒砸成了糨糊！骂完，黑子躺在炕头跟没事人似的嘿嘿地笑。翠红恍然大悟，一下子哭成了泪人。

老七和黑子眨眼间就喝高了，这回变成了两个人骂。老七骂，那个小黄毛真是个狠熊！榨干了兄弟们的血汗，卷钱就蹽了。老七还骂，说那个小黄毛不但是个蛇蝎心肠，还是个臭不要脸的色狼，不但养着小蜜、包着二奶，连工地上的女人也不放过，有本村同去打工的姑娘也叫他睡了，但最后却连声响屁也没捞着！

黑子也随和着骂，但声音不大，不知是酒管事了还是害羞，脸一直通红通红的。

翠红一住不住地炒了一大桌子菜，忙活得满头热汗。

到了后半夜，下起雨来。翠红抱来了两床被子铺在炕上，老七忽然冲着翠红吼了声：翠红你也上来！黑子不是外人，挤挤睡着暖和！黑子慌了神，忙喊，不行七哥，我睡地下！七哥和嫂子睡炕！老七说黑子，你要跟我见外我们就不是兄弟了！要不我睡地下？翠红忙阻拦说，不行，你有关节炎，地下湿气重，还是我睡地下。黑子急得直要把上身用手撑起来，嫂子你要是睡地下冰坏了身子还不如让我现在就滚蛋！老七大手一挥就把女人拉上了炕。老七说床这么宽够三个人睡了，谁也不能躺地下！

夜里小北风呜呜地吹，窗子被刮得哐哐乱响。老七的呼噜声一阵接着一阵比雷声还粗。翠红实在忍不住了，隔着老七问黑子，黑子，你个傻黑子！你咋那么傻来？你咋就那么倒霉！翠红的眼泪簌簌地掉。过了很久，黑子才悄声回答，嫂子！是我对不起七哥，我这是还债啊！不然我心里永远堵着墙！

黑子说，嫂子你知道吗，那面墙是我故意抽了底砖的，我原是想让七哥砌的墙把我砸死，谁知道又捡了条命啊！翠红听了泣不成声。

这时候，屋子里的呼噜声忽然停了。老七杀猪样的号啕大哭起来：黑子哇，那面墙是我故意砌歪的啊！自从七年前我被炸坏了下身，就没让翠红做一天真正的女人，我本是想死了成全你们的啊！

屋子里三个人顿时哭成了一片。

空酒瓶

在山顶上，李亮捉住一只鸽子，徐波揪紧一只兔子，梅红抱着一座房子泪流满面，钱小益擎起一尾大鱼跳脚高喊。而我，一直坐在离小嫚不远的地方发呆，一手托腮，一手用拇指和食指捏起天边苍茫青灰的地平线。

真没想到，十五年后，我们六个人还能再度相聚。

爬上高高的历山，偌大县城尽收眼底。抬头处，一如当年无穷变幻的棉云。

我们都喝了很多酒。可，没有人真正喝醉。

此前，在山下饭店里，李亮跟钱小益差点打起来。当年，这可是班里最恩爱的一对，他们的恋情没有因家长震怒而中止，没有因学校围剿而消熄，更没有因为钱小益的意外怀孕而收敛。那几年，他们简直就是我们中学的传奇，连我这种十足的怀疑主义者都觉得，他们上辈子就是一对不折不扣的夫妻。

可事实恰恰相反，漂亮的钱小益升了高中，英俊的李亮考了中专后，两人竟形同陌路，再毕业更是水火不容。后来，李亮去青岛混进了一家日企，钱小益留在南京教书。每次我回来无论与谁邂逅，都能明显察觉到他们彼此之间有增无减的嫌恶。

比起来，徐波与梅红之间更令人诧异。当初，语文经常不及格的徐波忽然给自己起了个笔名，并开始疯狂写诗。他的诗无一例外写给梅红，由匿名邮寄发展到在课间操时高声诵读，而梅红由最初的羞涩逐渐变得暴怒，最终将所有情诗都当成垃圾交到了政教处。

徐波很快就由落魄诗人堕落成了草莽英雄，他变得沉默寡言，特立独行，甚至还文了身，因打群架出了名。唯一不变的是，依然孜孜不倦地追求着梅红。

两年后，徐波在我们高中部北墙一带制造了著名的蔷薇丛流血事件，据说如今蔷薇的葳蕤怒放仍得益于往昔少年的鲜血滋养。那一战，徐波虽不幸丢掉了一只小指，但却酣畅地教训了那个屡次调戏梅红的街痞，更因此赢得了美人芳心。

徐波重新恢复了儒雅，并在此后的六年时间里认准了唯一一件事情，那就是风雨无阻地照顾和陪护梅红的起居饮食。足足六年,正当梅红感动和幸福得无以复加,家里也对此表示欣赏和默认时,徐波却突然消失了,只在梅红的 msn 里留言:"我只爱你,一千二百九十天。"

好了,该说说我和小嫚了。在班里,我和小嫚都属于那种沉默的大多数。当钱小益意外怀孕、徐波血洒蔷薇丛的消息传来时,我们当即惊为天书,非但难以想象,而且充满了与生俱来的畏惧和鄙夷。

但平心而论,我和小嫚,是有感觉的。小嫚的眼神和微笑,像暗夜中的烛火,照亮我漫长而枯燥的青春期。初二那年寒假,有一天天气很冷,正巧轮到我和小嫚等几个同学护校,等我按部就班把校园里的废纸捡完,却发现别人都走了,只剩下小嫚躲在楼道里冻成一团等着我,我跑过去,她二话没说抓起我手就捂进了她的腋窝。我趁势一下抱住她,抱得紧紧的,最后,在她冰凉的腮上啄了一下。

这就是我和小嫚的故事。当然如果再诚实点,我还承认,自己一直到大学毕业前始终都有机会得到小嫚的一切。毕竟小嫚对我,从来就没有改变过。

现在,该回到正题上来了。中考完的那年夏天,我们六个人因为彼此家住县城,竟心血来潮相约去爬历山。六个人,三对男女,山风飒飒,一路欢笑,费尽周折爬上山顶后,立即就被眼前的风景陶醉了。偌大县城,小如棋盘,万里长空,棉云如帆。

我们跳跃,呐喊,扔石头,唱校歌,最后小嫚拿出一个笔记本,要我们做纸飞机,说谁飞得远,将来也一定走得最远。我们兴奋无比,折腾得筋疲力尽,最后胜者为徐波,其次是李亮,我连梅红和钱小益都不如,若不是小嫚有意让我,我就是老末。

十五年后,六个人中只有小嫚留在了县城,而且离了婚。当年的飞翔结果居然与我们现时谋生地的远近不谋而合！我在想，如果当年不是小嫚有意让我，那么现实又是怎样呢？

我站起来，舒展一下臃肿的身体，借助呼啸的山风，终于把郁积已久的想法喊出来："再玩一次纸飞机吧！再苦再难，我们还是要飞！"

"没有纸，扔这个吧。"李亮指指地上东倒西歪的啤酒瓶说。

"那我先来！"徐波运足力气，将一个空酒瓶远远抛下山去。山腰间有块巨大的青石板。

"嘭"，"嘭"，"嘭"，"嘭"，"嘭"，五声闷响相继爆裂在山谷间，直到小嫚扔完，我才捡起啤酒瓶，朝着预先想好的石板位置扔去！

六个人，眼盯着最后的啤酒瓶在空中划出一道弧线，倏忽钻入云端，却从此永远消失，再也不见……

旧日余香

高三那年，我忽然爱上了写诗。那段日子，我满怀豪情地以为，自己是那种随便一写就能成名成腕儿的人物。至少写几篇东西在市报上发发总没问题吧？于是等我把几篇"分量"极重的作品寄给几家报社后，就开始了迫不及待地守望。我几乎天天跑到校收发室里查看信件。哪怕他们给我来一封热情洋溢的退稿信呢？我想。可没有，什么都没有。我的那群青春小鸟从此一去不回头。

面对堆积如山与我无关的信笺，我渐渐无地自容又恼羞成怒。我开始不再从家里偷烟给收发室的老头儿，开始当着他的面骂很嫩的粗话，摔打他那把破旧的暖壶，甚至我还扬言，谁要下季度还敢订那几家报纸的话，我就扎破他们的自行车胎！

一个人要做起文学梦来，那大概不折腾个半死不活是不会善罢甘休的。挫败使我不再挑灯夜战，而是把写作地点改成了课堂自习。有一次，我绝对不是瞎吹，在政治测试时我在最后一道问答题的空白处写就了一篇激情四射的科幻小说，名字叫作《四大星球》，人物皆用真名实姓。只可惜试卷留白太少，即使用完了反面，我仍是没能写完最后的结局（理科大都视该科为鸡肋）。结果三天后的政治课上，我们柔弱的女政治老师，竟然当着全班六十五名学生的面嘤嘤地哭了起来。她说我们班里出现了建校以来最大的奇闻！随后，她即命我走上讲台，手持试卷将这篇小说向全班同学高声朗诵一遍。我见势不妙，坚持不读，却见她气得花枝乱抖。而当我无奈地投入地读起来后，她却再也控制不住情绪，大哭着跑出了教室。

我的成绩一落千丈。全家惊慌。而我却仍旧沉浸在自以为是的作家梦中，啸傲文坛，横扬跋扈。我仍旧执着地往校收发室跑。

那个夏天的守望终于迎来了意想不到的收获。有一天，我在信堆里竟发现了一封写给我们班长杜平的信！信封上的字歪歪扭扭，像遭了风吹，统统偏向一个方位。关键信皮右下方的地址居然是我们班级！奇怪啊？会是谁给自己班的同学写信呢？我把信紧紧握在手心里，偷出来，飞跑到操场里悄悄打开了它。这其间，我充满了自责和愧疚，感觉像做贼，但我又实在按捺不住那些活蹦乱跳的好奇和多疑。

信，真的是一个女生写来的！我的直觉一点都没错。但令我吃惊的是,写信人根本是班里一个很不起眼的女生。外号叫"豆芽"。她成绩一般、长相一般、身体极瘦,平日里沉默寡言,怎么看也不像是"那种人"呀——看得出,她在暗恋班长!

我不只觉得惊讶而且觉得不服。凭什么豆芽只暗恋班长呢?班长又有哪里比我强呢? 尽管我根本不喜欢豆芽!

说来也怪, 此后很多个夜晚当我反复揣摩那封月朦胧鸟朦胧的信时,都有一股股酸流涌遍了全身。

我决定给豆芽写信! 信不署名。但我把所有的文学才华都倾注在了这个恶作剧上。我惊奇地发现,豆芽很快就变了一个人。她会微笑了,嘴角露出那弯浅浅的月牙时,竟很好看! 甚至一个周末,豆芽从老家回来,竟破天荒地穿了一件连衣裙!

我清晰地记得,在我写完第八封情信的时候,我喜欢上了豆芽。这是多么的不可思议! 可我就像中了盅,经常盯着豆芽消瘦的背影出神,迫切想看到她的一举一动。我发现她的眼睛原来是那么明亮,腿是那样修长,刘海是那样俊秀⋯⋯每每她情不自禁地颔首微笑, 都像在我阴郁的心间划亮了一根火柴⋯⋯我想我的信她全都读到了,她喜欢那些水粼粼的诗句和热辣辣的抒情。她也一定深深地爱上我了!

更叫绝的,我每一封信几乎都让豆芽成绩提升一个台阶! 眼看我的成绩举步维艰,她反而一举冲进了班里的前十五名。有一次,我俩居然考了并列第十名! 能和日新月异的豆芽并列真让我兴奋! 我当时就想,要是我们俩能考中同一所大学该多好啊! 到那时,我就向她勇敢地表白,请她原谅我善意的过错。我们一定要手牵手做一对真正的恋人!

高考"唰"的一声就结束了。我、豆芽都考上了大学,班长还进了名牌。不过,我还未来得及高兴就获知了一条十分不幸的消息。我沮丧极了！想死的念头都产生过好几次。那简直就是我一生当中最黑暗的日子了。大一暑假，我和班长在母校篮球场上邂逅。很快，豆芽也来了，她远远站在场外，冲班长挥挥手，班长扔掉篮球，跑上去一把将她抱起来！我看到这时的豆芽已经蓄起了长发，美得如画中仙子。

柳　笛

春色正浓。会议，在一家景色秀美的度假山庄举行。

女孩儿们三天前就开始筹备了。从服装、餐具、桌椅、饭菜，到床单、枕巾、洗漱用品、通信设施。

时时精心布置，用尽心思，以迎接那队来访的客人。

是个笔会。要来几十名作家。宾馆中有好些位女孩儿就是读着他们的作品长大的呢！她们个个儿彤红的脸蛋儿，高挑的身材，统一着装，怀揣心跳，急于一睹那些著名作家的风采。

柳笛最幸运了，就因为平时爱看几本文学读物，就被经理安排在前台，负责来宾咨询和接待。

柳笛简直是在姐妹们艳羡的目光里走向前台的，那感觉，很模特儿。很幸福。

客人们陆续到了。柳笛始终绯红着面颊，轻声回答着问询，摆动起柳枝一样纤柔的腰身将他们款款引进客房。

她见到了长发披肩的男子，衣饰前卫的女士，气宇轩昂的老者，英姿飞扬的少年。他们相互快乐地寒暄，爽朗地微笑，投入地交谈,使山庄空气里也处处弥漫了一股书香墨浓的气味。

柳笛穿梭于会场斟茶倒水,听作家们高谈纵论,那些陌生而又令人肃然起敬的话题,竟让她心里也时时澎湃着激流。

会议间隙,作家们散步、游览、联欢,柳笛则忙着换洗床单,不停奔忙于各个房间。她惊讶地发现,随便哪个作家的床铺上都杂乱地铺排着手机、手提,还有砖头厚的著作。

柳笛痴痴望着,常常陷入了幻想。

柳笛依稀听人说过:"写小说的人都是情圣!"柳笛的脸,腾地一下红了。她想起了这几天梦里常常见到的那个人。

那个她一见钟情的年轻作家。

他健康、英俊、浑身充满阳光,谈吐幽默而风趣,歌声深情又动听。柳笛从登记簿中查到他的名字,原来他就是那个经常在报端挥洒风花雪月的人呀!

怎么办? 柳笛的心,好乱。

也许人就是有默契和感应的。那天深夜,楼廊已鲜有行人。年轻作家走出房门,径直来到吧台前说:"来一杯红酒好吗? 我想喝一杯。"

目光是真纯的,诚挚的,又是深沉的。辉映着莹莹的蓝,波漾着晶晶的亮。

柳笛心中慌乱又幸福。就在她倒酒的时候,忽然又听他压低了声音说:"小姐,有句话不知该讲不该讲?"柳笛心中一惊,还未来得及反映,又听他说:"通过这几天观察,我发现,你是这座山庄里最美丽的女孩儿……"

说完他将手中红酒一倾而尽,冲极度紧张的柳笛笑笑。转身去了。

柳笛就一个人瓷在吧台里,失态地看他一步步走远,手中还紧攥着那只温热的酒杯。

从这天开始，柳笛每天都注意装扮自己了。可少年自那晚喝过红酒后，却再没光顾过前台。他失忆了吗？再不记得有个姑娘，在他的夸赞中第一次品尝到了人生怀春的甘甜和痛苦。

他总是很忙，耳边的手机也总是很热。他熟练而自信地游弋在作家队伍里，像条自由快乐的鱼。

柳笛目光渐渐黯淡，心里又酸又涩。她将自己偷偷写好准备求教的两篇文稿撕得粉碎，独自躲在前台里伤心地哭了。

再去收拾房间，柳笛就将那部天蓝色的手机狠心装进了口袋。从少年房间里出来，她像变了一个人，套裙湿透了，紧紧地箍在身上。

一直到会议结束，柳笛都在焦急和愧疚中观察。甚至在梦中，她看到自己被警察抓上了警车。而少年就在车下冷冷盯着她，用亮晶晶的眼神解剖着她……

可一切都没发生。他依旧风度翩翩，谈笑如故。柳笛心在滴血！

作家们离开那天，照例在山庄门前合影留念。大客车来了，女孩儿们列队欢送。少年迈起矫健的步伐越上车梯，恰好就坐在车窗前。

车窗下，柳笛泪眼婆娑地凝视着少年，他见后大惊，打开窗子，冲柳笛使劲儿地摆手。

柳笛拼命地摇头，眼泪横飞。车开动了。柳笛忽然从口袋里掏出那部手机高高地举过头顶，追着跑着喊着，递给少年。

"对不起！对不起……手机是我偷的！我是小偷！……"柳笛的哭声近乎嘶哑，脚步踉踉跄跄。

少年大为惊讶，但仅是一瞬，便灿烂地笑了。他将半个身子伸出窗外,接过手机,对追来的柳笛大声喊着:"柳笛,柳笛,谢谢你! 我喜欢你! ……再见啦……"

"再见……"

窗外,破涕而笑的柳笛,多像一株婀娜含羞的碧柳。

篮球场边的女孩儿

女孩儿究竟何时来的,我一点都没察觉。

当时我和所有人一样,正懒洋洋地奔跑在生硬的水泥地面上。投球、抢断、投板,都像在打太极拳,有气无力,形散神也散。

八月的下午,即使太阳偏西,温度依旧生猛。我们篮球场上的几个哥们像被晒蔫了的鱼,经过一番折腾都已奄奄一息。可女孩儿和红 T 恤的出现,即刻像一场从天而降的大雨,浇醒了所有萎靡不振的人。

不得不承认,红 T 恤的球打得可真不错! 因为被分成对手,我几乎使出了浑身解数与之周旋,结果还是被他身高上的优势和出奇的速度抢得先机,投篮频频命中。

红 T 恤不时朝场边的女孩儿挥着手, 动辄还高叫一下她的名字"韩旭"! 我看到女孩儿正擎着一把浅粉色的太阳伞,脱掉了银色高跟凉拖安坐在场外,微笑着望向这里。我的心刹那间像那个充气过足的篮球,蹦跳得有些失控。我可以发誓,我从来都没有见过这么漂亮的女孩儿。她脑后扎一个羊角小辫儿,额前秀发从一侧随意倾斜向另一侧,大眼睛、高鼻梁,小巧的红唇,上身一件麻纱的飘逸红白花短袖衫，下身穿一件短小精悍的七分牛仔裤，露出一截白藕似的脚踝。整个人看起来青春、清纯、时尚、乖巧，还有那么一点点性感。

我的心情随着女孩儿的眼神跌宕起伏，我能感觉到她无时无刻不在全神贯注地观看着这场并不精彩的球赛，甚至连我跑出场外捡球或发球时，我竟看到她的微笑同样向我绽放。我觉得了前所未有的兴奋和甜蜜，球技也有了超水平发挥！我开始热衷于跑圈、远投，一次次飞身经过女孩儿身边，让我脚下的风惬意地扇动起她额前的发。比赛这才真正进入了高潮。

意外是突然发生的！红 T 恤在一个跳投时被我拼抢倒地，我还没反应过来，女孩儿早已飞身进场，一脸焦急。红 T 恤面色扭捏而痛苦，被我们几个搀扶着下场，却用普通话大大咧咧地告诉女孩儿自己没事，受点伤不值一提！女孩儿却脸色彤红，眼睛里落下泪来。我发现她刚才竟是扔了伞赤脚跑进来搀扶红 T 恤的。此时的我浑身像过了一道酸楚的电流，整个人几乎立时麻木了。我把球胡乱地摔向篮板，不知所措地站在原地。

红 T 恤一下场，所有人又恢复了萎靡和懒散。我低头环视，发现所有人也都对红体恤艳羡有加。我们气力全无，干脆都歪坐在水泥地上，不时扭头望着女孩儿和红 T 恤……

骄阳似火，口渴难忍。我那时，是多么羡慕那盏小小花伞下的那 ·小片荫翳，羡慕他们的喃喃私语。后来，红 T 恤开始拿出相机为女孩儿照相，继而他竟把相机递给了我，让我为他们合影。我手里端着沉重的海鸥牌照相机，从调景框里久久地端详着女孩儿。我猜测他们一定是放了暑假的大学生，女孩儿八成就是本地人，而红 T 恤则来自另一个城市。

八月的天空出奇的湛蓝，似乎并不真实，八月的中学操场荒芜而又喧闹。在经历了连续几场假期的雨水后,远处偌大的足球场上野草肆虐遍布积水, 练体育专长的孩子们像一群蚱蜢飞驰在另一侧的跑道上——"喀"! 随着相机一声脆响,我平生第一次被别人的爱情击中。这从此也拉开了我长久偏爱篮球场边的女孩儿的历史性序幕。从此以后的许多年里,我打过无数场篮球,接触过形形色色的球友,看见过不少静坐篮球场边的女孩儿,我对她们都无一例外充满喜爱。喜爱她们特有的安静,喜爱她们的盲目崇拜,更喜爱她们的真纯甚至对篮球运动的无知——我抬起头来望向天空……我想我永远也忘记不了这个夏天了,我永远也不会忘记这个让我怦然心动的女孩儿了。她像一阵柔和的微风,轻轻吹过我年少的心头。虽然时至今日我仍无从知道她的名字,她是哪里人,多大了、是做什么的。但她对男友用情的真挚和热烈,让人记忆深刻。

也许,她只不过是一个再普通不过的女孩儿,但因为有了她,我记忆里的那个夏天就是永远的懵懂和羞涩,美丽和飘逸。她几乎是我成长的一个标记。

——数年以后,我偶然读报看到一个女孩儿因杀人而被执行枪决,报纸上有案件报道和嫌疑人的几幅照片。我愣愣地看着它们,对自己轻轻地说,不,这不是她。

兴发渔行

我们这里,离海很远,本是个纯粹的内陆小城。

可没办法,现在流行吃海鲜。其实也不是流行,海鲜虽贵,但确实好吃。

于是,兴发渔行火起来。

原来的兴发渔行,只批发海米、咸鱼、虾酱等等干货,大老远就闻见一股呛鼻子的腥味,屋子里暗得不行。

可渐渐,黄老板开始运营纯正的海鲜。他是先委托朋友出差捎带,后来干脆贷款买车,每天专门长途跋涉去海边拉鲜货。

现在的兴发渔行,早已今非昔比。不但扩了地牌,换了门脸,装饰了格局,就连存海鲜的装备都先进上了。

有一种海鱼叫真鲷,又俗称红加吉,体色艳丽,肉质细嫩,味道鲜美,属于近海暖水性名贵底层鱼类,具有很高的经济价值。黄老板用来养它的家伙,就是一方伪造的岩礁海水区。为解决海鱼易死亡、肉质易变疏松等问题,黄老板还专门在水底安装了一个五颜六色的拂尘样的装置,时刻不停在水底转动,搅得海鱼们片刻不得安宁。所以,黄老板的鱼做出来的味道真是蛮不错的!

黄老板有钱了。

可有钱的黄老板一直没有续弦。

大概有七八年了吧,黄老板的老婆甩下他,跟着小城一个司机走掉了。那年头,黄老板过得拮据。屋子里终年冷冷清清,除了死鱼就是烂虾,日子充满了霉腥味。

因此,黄老板每次回忆那个雾蒙蒙的黄昏,总免不了要黯然神伤、唏嘘叹气。

当初究竟怎么回事?每当有人关心地问起。黄老板总是低下头,搓弄着两只戴满了大金戒指的手,久久不语。等到人们起身要离去时,黄老板偏又用湿漉漉的话语把人们挽留住:

都怨我不好啊!

原来当初,女人是受不了清冷孤贫、黄老板又不能生育,而决绝离去的……

不是没人劝过,黄老板,你现在有钱,再续一弦嘛,现在的女人就崇拜你这种男人! 黄老板听了,摇头苦笑。

不是没有人介绍,黄老板,"绿源"饭庄梅老板的小姨子,怎么样? 人家对你印象可蛮好! 黄老板仍旧只是笑笑,转身离去。

甚至,还有人将姑娘带来,任黄老板好奇地观察够了。再问,黄老板,人家还是大姑娘呢。长相比你那个黄脸婆强过百倍吧! 谁知道,黄老板当即黑了脸。你们要来买货,我给全城最低价,别的就不要瞎扯了!

人们就都竖了大拇指,说黄老板真是个重情之人!

人们也都想知道,黄老板的女人现在是什么光景了?

终于有那么一天,黄老板的女人走进了兴发渔行。

人们顺着黄老板惊讶的眼神望去,却实实在在失望了一把! 这就是传说中的她? 真不敢相信。

是啊,就是在目下小城,女人的长相穿着也很有落伍的嫌疑了。

可黄老板,整整一天都兴奋着。他通知服务员,下次女人再来买廉价品,就把最好的鲜货装给她,还要把价格不动声色地压到最低。

女人不但亲自来买海鲜，而且开始跟黄老板讲话了。女人开口向黄老板借钱——五十八万。老天爷，这简直是黄老板的毕生心血！

人们知道内情的时候，已经晚了。黄老板把钱全部借了出去，毫不犹豫，条都没打。有人急问，黄老板你傻啊？万一……黄老板干咳一声，打断问话，没事，没事。兀自一脸轻松。

事后，人们依稀听说，原来女人的现任丈夫得了尿毒症。女人之所以来兴发渔行，实在是走投无路了。

好事人终于又有了新话题。尿毒症的治愈率很小，黄老板和女人岂不是又有了复合的希望？黄老板多年的夙愿，看来要实现了！

可这只是人们的一厢情愿。生活总是现实而残酷的。那同样是一个雾气蒙蒙的黄昏，兴发渔行门前突然发生了一起严重车祸。黄老板被轧在一辆大货车下，成了一摊血红色的虾酱。

第二天一早，女人又来买鱼，一个女服务员哭着告诉她，黄老板出事了，黄老板死了！

女人听了，并没有显露出何样的悲痛，付了钱走出门外，却一头栽倒在路边。

以后的日子，兴发渔行并没有歇业。相反，却越做越大，直到省城都开起了分店。兴发渔行的老板，就是当年黄老板的女人。

原来女人的丈夫早就病死，跟黄老板借钱也只是个幌子，她是不想让黄老板的后半生过得太逍遥太舒服……

当年女人之所以走，是因为在老家曾和黄老板定过亲的女人找上门来，趁她不在，跟黄老板睡了一觉！

也是直到这时候人们才知道：原来黄老板和女人，都是漂泊在异地的外乡人。

茉莉的婚事

消息不知怎么传出来的。

我们知道时已经很晚了。父亲表示怀疑,母亲也感觉不可思议。至于我,更是羡慕得红了眼睛。

我说,这怎么可能呢?不是茉莉她们家编的谎言吧?

可母亲出去一趟,带回来的,依旧是令我难过的消息。

真的,茉莉真要去美国了!

事情是这样的:我们从小一起玩大的伙伴茉莉,一个毫不起眼的瘦姑娘,竟突然收到一封从美国寄来的信。写信人说他爱上了茉莉,爱得不能自已,但因为远隔重洋,见面困难,所以他大胆在信中向茉莉求婚,让茉莉去美国做他的新娘!

这该是何等的幸福?

而事实上,茉莉亲口说出的话更令我们吃惊。茉莉说,也许你们不相信,那个人我根本就不认识!我们大吃了一惊,连忙追问,难道这是一场恶作剧?

茉莉摇摇头,又有点害羞地说,不,是真的。那个人是我一个表叔的儿子。我表叔跟我爸是二十多年前的干亲,已经好多年没有联系了。可上个暑假,他忽然带着那个人来我家,其实我并没注意那个人,谁知道他会莫名其妙地给我写信呢?

原来如此!我们酸溜溜地打趣茉莉,那你不愿意嫁给那个人喽?

茉莉低了头,用手指缠弄着辫梢,说,我不知道,我又不认识他。

我们开始起哄，用不满的口气责备她，啊呀！为什么不嫁呢？我们这些没有好运的人，恐怕努力一辈子也嫁不"出去"啊！茉莉你傻不傻？

茉莉茉莉，不要再犹豫啦！

茉莉茉莉，要抓住机会呀！

围绕着茉莉，我们像群叽叽喳喳的麻雀，好像马上能嫁人的不是茉莉，反倒是我们。

茉莉没了主意。茉莉给我们的印象，向来就是没心没肺，成绩一塌糊涂。那个人怎么会那么巧地爱上她呢？她甚至连你的样子都不知道！

后来，学校里也都知道了。茉莉很快成为焦点。说实话，我还是不能理解，就凭那一封美国来信，茉莉就轻而易举地成为宠儿了？

甚至老师也在课堂上公然议论这事，只不过她是在讽刺和挖苦。老师说茉莉同学的成绩就像古诗里面写的那样，飞流直下三千尺，疑是银河落九天！到底怎么回事？嗯？是不是以为能嫁去美国就不用学习了？如果真那样想，那就大错特错了！

可我们却宁愿认为，这是老师对茉莉的嫉妒。

果然，那个学期还没结束，茉莉就退学了。退学的茉莉，依然让我们艳羡。

有人说，茉莉又收到了很多来信，还有美国的贺卡呢！

贺卡算什么？因为同住一个家属院，我还知道那个人给茉莉寄来了美元！

美元，这是美元！这上面是美国总统华盛顿！我们曾亲眼看见茉莉的母亲，在小院里跟几个上了年纪的老人比画着，介绍手中的钱。

也正是这副场景彻底改变了茉莉母亲给我的印象。多年以来，这个口音很像外地人的女人，像她窝囊的男人一样很少跟外人讲话。可现在，她终于可以扬眉吐气。

茉莉给我们的压力好大。不知从哪天起，我们在小院里看见她，会很快低下头走掉，形同陌路。

后来，茉莉就去了唐大鲁的发廊。唐大鲁在我们小院里开店多年，从未收过女徒弟，他很紧张，我们都看出来了。

再以后，茉莉的变化就更令人惊讶。她的衣着和穿戴一天天斑斓起来，发型也变得成熟而又妩媚，像一条热带鱼。

这一切，都为她去见那个人做好了准备。

是的，那个人短暂回国，家住北京，一定要茉莉"飞"过去见面，机票都订好了！

可当时我正忙于高考，直到放暑假，母亲才把这一消息告诉我。我心里再一次酸酸的。

不过，仅过了几天，茉莉就回来了。茉莉依然在唐大鲁的发廊里忙碌着，她已经能剪出许多样式的发型了。

有一次我去理发，本来唐大鲁给我披好了发衣，可茉莉突然进来，把唐大鲁赶到一边去。剪刀喀喀，我们却始终没有说话。直到临别，茉莉忽然从背后叫住我，哎，考得怎么样？出于礼貌，我回过头来说，还行，你呢？啥时候去美国？

茉莉嘴角一翘，没有回答。我忽然从她眼睛里，发现了细碎的泪花！

那真是一个漫长的暑假。谁能料到比我的通知书先来的，竟会是茉莉的喜帖呢？茉莉在我们卑微的落寞的小院里结了婚！嫁给了矮倭瓜一样的鳏夫唐大鲁。

那些天，小院里到处都是碎盘子碎碗的吵嚷声。

父母没去参加茉莉的婚事，他们更害怕得罪茉莉的父母。他们和我一样，听着不远不近的吵骂，长久地陷入沉默。

来年大学暑假，我第一次带男朋友回家，在小院里看见茉莉母亲正怀抱一个胖娃娃跟我父母聊天。旁边，是高挑又丰满的茉莉。

我情不自禁跑起来，远远冲那边喊着，茉莉！

差一秒钟的爱情

晚了。太迟了。

还未进门，他就听见筒花爆碎的声音。沸腾的喧闹席裹而来。

他心一沉。接着，就看到了她。她穿一件蓝白相间的毛衣，茂密的黑发上扎一只煞蓝的蝴蝶结。身材像婀娜的仙子。虽然面貌并不完美，但聪慧、可爱，是他喜欢的那种。

他几乎一眼认出，那就是她。

男友将她紧紧拥住，而在她怀里是怒放的玫瑰花。

晚了。太迟了。

一秒钟前，精彩极啦！朋友跟他诉说着当时的情景。而他与她极快地对视一眼，旋即离去。

他们是在网上认识的。过程毫无新意。他是东北来此经商的异域漂泊者，她是南国深夜踯躅在音乐里的孤寂魂灵。他们渐渐开始信任，依赖。也曾相约见面。但大抵因这样那样的事情错过。

谁身边没有抹不开的琐事呢？况且，若是网恋，多么恶俗。

本来那次聚会，他是打算准时到的。可是，一点点意外阻隔了他。

他很快就接到了她的 Email，她感觉同样精准。她也认出了他。她的信很短，但可以看出，她并不快乐。甚至情绪低落，推荐他听的大都是低沉的曲子。

他不再登录 QQ。为自己的失魂落魄感到好笑。本想彻底忘掉这一切，却又禁不住在工作间隙，一次次地刷新油箱。终于，他还是忍不住回信给她。却忽然感到了巨大的酸楚。

他要约她见面，去那座城市边缘的咖啡厅。他们像老朋友一样相互对坐，绝少说话，默默盯视，却都感到放松和惬意。其实，无论是她红肿的眼睛还是抽动的嘴角，都生生撕扯着他的内心。

他送她上的士。夜色已浓，忽又不忍。遂上去坐在她一侧。她似乎很困，不觉就依着他的肩头睡去。颠簸中，醒了，连忙说着对不起。可是转而，再次同样沉沉睡去。

他侧身盯看她苍白的脸，疲惫的双眼和柔顺的长发，心里涌现出无限温情。

快到家时，她醒了。车继续开，她忽然说：前面站在楼下的人好像是我男朋友。他忽然就慌了，像矮下去。像做了什么见不得人的事情。见她下车，忙催司机快走！生怕自己被看到。

可是，这真太荒谬了。自己错在哪儿？害怕什么呢？难道是不喜欢她？想到这，他大声叫司机转头，恨不能马上生出翅膀飞回到她身边去！

车还没有停稳，他便跳下。一把抱住了她，吻她，亲口一遍遍地告诉她：我爱你，我要你嫁给我……

这次以后很久她都在想：要是那天站在楼下的那个人真是男友就好了。那样会省却多少麻烦！那样的结局岂不是还好？可那个人不是。

她陷入了慌乱。对男友实在无法启齿，男友拼命追了她多少时日，她才肯在那个混乱的聚会上莫名其妙地接受了花束？而她又万万不能拒绝他，因为她知道自己已经深深深深地离不开他。原来在三角恋当中，最感痛苦的竟是那个中间那个啊。

他一直都在等。好多次都想问她，还犹豫什么呢？到我这里来，我多么爱你！可他说不出口，他认为这理应是一场公平的竞争。

他希望她能很快回答他，同时又不想很快知道答案。如果她选择的是他，那就是说是他亲手拆散了一对情侣？而如果她选择的是男友，那自己是否能够接受？他爱她爱得几乎要发狂。

不久，公司派他出趟远差。他极不想去。但必须去。临走他与她约好一定要常发短信，常打电话，常常彼此思念。可是一旦出去，他就在时时怀疑她是否跟常男友在一起？是否已放弃了选择？而她在遥远的异地频繁地发送着短信，孤单的思念像天边的云翳飘来荡去。他不在的日子，她忽然变得那么娇气、脆弱和任性，泪水流淌得无声无息……

后来的后来，她还是选择了与男友分手。男友感觉很惭愧，想不到在一次次争吵过后，这一次她居然彻底放弃了努力。在她心里也有亏欠，但终于能够坦然。原来在这场痛苦的恋爱当中，受伤最轻的反而是这个始终真相不明的人。

那时候，他早已离开了南方。其实，是他先跟她提出的分手。就是那次出差回来，他忽然下定了决心。在下飞机前打电话给她。她在电话那头一直哭，一直哭。他宁愿这样，也不想再让彼此深受折磨。

这是一个听来的故事。下笔前我在想,如果当初让他早一秒钟走进房间,事情又会是什么样子呢?

有爱无痕

由于航班延误,到达越南岘港时已经午夜了。

陈青枫刚把行李拖进房间,十岁的女儿已趴在床上沉沉睡去。

这时候,有人敲门。

陈青枫透过猫眼,望见是同团到达的铁心兰——这名字,他曾在过边检时从对方敞开的护照上读过,心中一动。

当时留意,未必完全无心。无可否认,这是个有魅力的女人。人到中年,安静和优雅,常常胜过漂亮和性感。

陈青枫抬腕看表,抛开些微时差,此刻已凌晨三点。但落腕的同时,还是大方地开了门。

"能不能,陪我出去走走?"对方望着他,目光乞怜又温柔。

为什么?为什么是他?

陈青枫回头望望和衣醋睡的女儿,再转头时脸上的疑虑和担忧已消失过半。

"这么晚,去哪?"

铁心兰低头不答,神情尴尬又羞赧。

陈青枫转身阖上门,却又犹豫。这可是国外,是午夜,孩子睡了，手机不通，与陌生异性出去，太冒失了。

岘港的夜，无法只用美来形容。

韩江上仍灯火辉煌，船只往来穿梭，拱桥溢彩流光，霓虹倒映闪烁；天穹布满硕大的星子；街边棕榈树下簇拥的茶摊和咖啡店，如漫长海岸线上随处可见的贝螺，散发着神秘和浪漫。

空气像洗过一样，夜风轻柔得像纱。

他们一前一后，走了一程，在一隅清净的茶摊边落座。

几杯微苦的清茶，让陈青枫彻底放松下来。

这一夜，他们面朝远处的椰林和大海，再无对话。只在天亮前的走廊里分别时，相互看了一眼。陈青枫给女儿脱掉鞋子关掉空调后，脑海里只剩下淡淡氤氲的茶香和连绵白头的海浪。

第二天，旅游团乘游艇去占婆岛。陈青枫坐在最前排迎着海浪大呼过瘾。偶尔，他回过头看一眼铁心兰。后者的长发被海风吹散，茶色墨镜下的眼睛始终望着海平线。

整个白天，他们鲜有交集。陈青枫带女儿玩得尽兴，直到午餐吃海鲜时，他才留意到铁心兰坐在距离他们相当远的一张桌台边。

这天夜里，女儿依然睡得很早。然后，轻轻的敲门声再次响起。

陈青枫躺在床上，有点矛盾，考虑该假装睡了，还是再等等。但当敲门声一停，却倏地跳起身跑去开门。

门开处，铁心兰背对着他，肩膀耸动。等他迅速想好怎么措辞，她却转身破涕而笑。这次，他们沿海堤并肩走了很远，才在露天咖啡店坐下，一个意大利女孩为他们端来甘甜凉爽的椰子冻。

陈青枫忘记随口调侃了什么，铁心兰咬着勺子强忍发笑。也不知是她的牙齿好看，还是海边的夜风柔软，陈青枫竟然有些微醺的感觉。

白天，在古朴幽深的会安小镇，他们再度像陌生人。可紧接而来的夜里分别时，两人却有了一个绵长的拥抱。

到第四个夜晚，刚出酒店两人的手就不时靠在一起，偶尔手拉着手，走出了比白天巴拿山索道更远的距离。

第五夜，他们去酒店露天泳池游泳，俯瞰街道上蚱蜢一般飞驰的摩托车流。陈青枫回到房间后第一次开始失眠。他想不到年龄稍长的铁心兰，卸掉了防晒袖套和长裙，身材竟然如此精彩。

第六夜去咖啡店，即将离别，两人都心有戚戚。铁心兰边啜咖啡，边递给陈青枫自己的手机。那上面，拍的是这些天他和女儿流连各处的照片。陈青枫发现，在铁心兰的镜头里，自己不只忧郁，也很快乐。

"不好意思，照片都传给你，我不会保留。"铁心兰话音有些泥泞，接着语气一转，"青枫，给你讲个故事：十五年前，有个女孩来越南开会，她玩得很开心。可没想到这期间爸爸突发重病，家人无法联系上她，等她回去时，爸爸已经走了。因为见不到她，爸爸临终前一直不肯合眼……"铁心兰讲到这里，发现陈青枫正愣愣地望着自己，眼中的霓虹明明灭灭。

"这次来越南前，某人问我为什么出来玩却看不出激动，其实……"铁心兰顿住，与陈青枫凝视。"对不起，第一晚我都不知道为什么去敲门，也许只是想去看看你女儿……"

陈青枫似已听得痴了。他承认就在这一瞬，他爱上了眼前这个女人。或者说，他爱上了这个凄美的故事。此刻，她眼里也分明是盈盈的爱意。他多么想站起来把她抱住，深深地吻她，从她浓密芬芳的头发开始。

可，一切都来不及了。巷口传来嘹亮的叫卖声，天色即将大白。

　　陈青枫索性闭上眼,压抑着内心的激越,试着把自己在晨风里打开。他想象着多年前那个痛不欲生的女孩是如何舔舐伤口走到今天,回忆起几年前他又是如何费尽心血没能保住抚养权却最终把女儿留在了身边。

　　他们在走廊里分别,拥抱的时间极短。铁心兰打开房门前回望,看见陈青枫用右拳贴住胸口冲她点头。

　　"爸爸,我们就要出发了吗?"陈青枫开门,女儿已经醒了。"为什么你每晚都丢下我出去? 爸爸,我害怕,我好想你!"

　　陈青枫心中一凛,上前紧紧搂住女儿,眼前模糊一片。

爱　杀

　　他早已习惯,接收她的电话问候。

　　常常,他开会、出差、应酬,悠闲或繁忙,得意与失怀,她的电话总会恰到好处地打来。或者,只是一两条简单的短信。

　　但,都足以温暖他日渐冷木的心田。

　　"好吗? 云南降温了,在那边出差记得加衣。"

　　"还在喝酒? 胃不好,别老逞英雄。"

　　"寄去的书该收到了吧? 那是从西藏八角街上邮走的,记得将读后感伊妹儿过来,否则……回去罚你给我买一打丝袜!"

　　对她善意的问候与略带蛮横的索求,他总是笑笑,并不多话。"啪"的一声合上手机,心里荡起一阵涟漪。

他结婚多年,业绩斐然,身处沉闷机关;而她旅游学院刚毕业,豆蔻年华,青春烂漫。

他不想玩火,又不忍拒绝。至今,还常回味起那次巧绝的相识:她带团去鼓浪屿,中途唯独不见了他。其实他在远离人群的巨礁下睡着了。等他归队,见她眼睛已经哭肿。他满怀歉意,正不知如何开口,她却破涕而笑,硬是要了电话号码,警告他:"如果再敢掉队,追到月球上也要抓到你"!

于是,彼此悠然一笑。形影不离走完了下半程。

此刻,他掐指算来,相识竟已年余,可双方仍保持着单纯而友善的异性关系。关掉手机,半躺在飞机头等舱里的他感到一阵惬意。真不容易,有点意思。他开始珍视起这份起初并不看好的情谊。

她一定很喜欢自己。

可相比过去的斑斓经历,她太普通了。脸蛋既不天使,身材也不魔鬼。不同的,也许只是她自然、率真,阳光般的健康和可爱。

还有,她从不过问他的身份与家事。

厚厚的铅灰色云霭从舷窗前掠过,他的心因为她,却轻爽无比。

他贪恋起这种互有好感,却绝不急功近利的交往。

下了飞机,工作进展神速,他破例主动给她短信:"如果此刻你也在西湖断桥,我会紧紧地拥抱你!"

转身,他却张大嘴巴,十二万分吃惊地发现,她就在身后!手摇小红旗,吃吃地浅笑。

他激动地跃步上前,一把就将她抱起!

晚上,她要让他退掉机票,陪她度过自己的二十二岁生日。

可他拒绝了。他说:"傻瓜,这不挺好吗? 我会在午夜的飞机场为你祝福……"

他分明看到她黯然充盈的泪眼。

到家,妻儿不在,暗夜汹涌。他忽然发现自己特别想念她。想念那个夜色四笼的西湖之畔,一个豆蔻少女用一双泪花晶莹的眸子凝视着自己。那一刻,多少动人的千古传说化作他们情涌心驰的绚丽景深……

几天后,他迫不及待打电话给她,约她去一家五星级酒店见面。她在那边焦急地问道:"怎么,出什么事了?"他激动着:"我想见你!"

于是,他们相聚。她一进门,便被他抱住。吻,像密集的雨,直扑而下。她笑着躲闪,问他:"别闹,出什么事了?"他喘着粗气回答:"没事,我想要你!"

她忽然敛了笑,顽皮又略带些警告:"乱说话,像个色鬼! 还是去零点厅喝咖啡吧? 我带了新礼物给你。"

他不放弃,再次按住她,摸她的脸、乳房,将她抱起来,摔在床上。

她碎花朱粉的衣裙高扬,突现的梨白晃花了他的眼睛。

他将她牢牢压住,亲吻她。她奋力挣扎着。终于,她软下来,不再反抗,像是被粗暴的吻所融化。可当他再欲突破,她却骤然爆发了全身力气挣脱,甚至掏出了包里的水果刀来横在胸前!

他想不到会遇到这种场面,站在地毯上脑子发蒙,大声喊着她的名字,让她放松,说他喜欢她,他爱她!

她一直一直摇头:"你醒醒! 我们不这样行吗? 你今天究竟怎么了?"他一步步走上来,打掉她的刀子喊:"难道你不爱我? 把你给我! 我爱上你了!"

说完,他再次扑上来。在这一刻,她终于闭上双眼,想去紧紧回抱住他。可他的动作太猛烈了,两个人双双向着地上摔去。

然后,他突然发出一声凄惨至绝的嚎叫!无法相信她的后颈深深插入了地上的尖刀!他浑身乱颤,双手紧抠冰冷的下牙,盯着抽搐痉挛着渐渐窒息的她,发出压抑的恐怖的嘶吼。

随后,他环顾左右,迅速擦干眼泪,将她拖进洗手间去。

用刀,一刀一刀将她的头、胳膊、腰肢、大腿、脚趾,逐一肢解,打开套房内的电烤箱、电烫煲,将她支离破碎的躯体塞入。最后,装袋、清刷。完成这一切,他用了整整十个小时。

站在郊外一座大型水库边,他面对恢复沉寂的水面凝视良久。然后跪下,深情款款地说:"对不起,我爱你。"

第四辑

都市心事

错　位

"爸！"他猛地惊叫一声，吓坏了身边的女友。

女友颤颤地疑问道："什么，你叫他什么？"

他即刻羞红了脸，像个做错了事的孩子低下了头："梅子，对不起，我欺骗了你！我爸爸根本不是什么局长……他，就是我爸爸！"

女友慌张地捋起额前被风吹乱的秀发："他？你不是在开玩笑吧……"

眼前的这个人，衣衫褴褛，蓬头垢面，一双失神的眼睛呆滞地凹陷在枯树皮一样的脸上，皲裂的嘴唇微微地抖着，不时流下肮脏的涎水。这老人显然也是惊呆了，慌忙将手中的麻袋往身后藏去。

女友痴痴地站在原地。不知所措，像是呆了，又像是傻了。

他紧张地晃晃女友，沉重地说："梅子，你果真那么在乎吗？难道我们的爱情不值得你留恋？我向你坦白了，我们也是不是要……要结束了？……"

女友闭口不答，她仿佛在震惊中还没有反应过来。

突然，他诡秘一笑："呵呵，梅子，好梅子，我只不过是逗你玩呢！谁又能真的不在乎?！"

他搂起女友纤瘦的肩："开开玩笑，一个游戏，好了好了，别再想了！"

这时，老人已经背负着麻袋默默地走远了。

女友眸子里肆意地流出泪水："那是我爸爸……"

看　天

行喜欢看天。

从小就喜欢。一个人，独独地，默默地，远离人群，无限贪恋地凝视着头顶湛蓝的天幕。有时候天上舒卷着云朵，行看着看着就笑了。笑像一圈小小的水纹从嘴角甜甜地荡漾开去。那笑像是行在说话，呵呵，天上有好看的云朵呢。

伙伴们喜欢弹弓、泥巴、水枪、洋娃娃，行却喜欢看天。行只喜欢看天，不喜欢别的。伙伴们就不愿意理行了，有时候还说行的坏话。说行其实是个弱智的哑巴，要不他怎么不说话老喜欢看天呢？新伙伴就恍然大悟似的点点头，给行投去一种同情的眼神。时间长了，行的老朋友们也在自己编造的故事里朦胧起来，以至于全部孩子都以为行就是个只喜欢看天的傻哑巴。

行好像听不懂伙伴的讥讽，行漠视着那些热闹的饭后片段。行喜欢看天。

行只喜欢看天。

什么样的天行也喜欢看。行往往一看就是很长时间。刮风的天，倾雨的天，阴沉的天，爽朗的天，飘着白云朵朵的白天，缀着繁星点点的夜天……行常常看得痴迷，忘了时间。

很快，行上学了。行在课堂上学得很刻苦。成绩很好。有一次一位新来的老师提问行一个问题,行你长大了要做什么? 行站起来,望着许多讥笑的目光,想说老师我长大了喜欢看天。但行没有说出话来,行猛的发现自己说不出话来了,行使劲地在喉管里挣扎,可是不行,行真的说不出话来了,那些咿咿呀呀的动静将行自己吓了一跳。行说的是,我去看天。而老师和同学们听到的是却只是喑哑的呜咽。

业余时间,同学们该玩的玩去,该用功的用功去。行就静下来看天。行的座位原来是紧靠窗台的,但有同学报告老师说,行经常看天,都把同学们的精力吸引过去了,所以还是不要让行坐在窗台边。老师说该同学说得很对,不能叫行一个人把大家学习时间和精力分散了。就给行调了位置,到教室最后的中间。

行似乎并不在意这些。行还是喜欢看他的天。行有时候就在想,真的,我长大了就做看天的工作吧? 看天有什么不好呢? 行将这写成作文,就遭到飓风般的嘲笑,有人问行,行你那么喜欢看天你见过宇宙飞船吗? 你能分辨天上的北斗七星吗?

行摇摇头,大家就笑得捂肚皮的捂肚皮,擤鼻涕的擤鼻涕,还有的眼睛里笑出了泪花。行心里想,我只喜欢看天哩,你们问的什么问题。就拿眼光再去看天,天空里飘着丝丝好看的白云。

大学时同学又换了一批。行还是喜欢看天。有个同宿舍的帅小子问行说,你整天看天,视力一定很好,真羡慕你行,我女朋友因为我高度近视把我蹬了。行从窗台下摸出写有自己名字的隐形眼镜药水给他看,帅哥轻蔑地"切"了一声,就回头走了。

行确实是近视眼。还很厉害。不知道怎么近视的。总之行要是不戴隐形眼镜看天,天就总是模糊的。模糊的一片蓝、灰、黑、红、沉重的铅。

行在大学里本来默默无闻,没想到却因喜欢看天出了名气。

同学们都知道了行很怪,喜欢看天。就有好多人认识行,好多不认识行的人想找碴认识行,跑来看行,看行怎么看天。行也觉得很奇怪的,但自己顾着看天,没时间和他们啰嗦。好多人不走,就和行一起看天,于是校园里的阳台上都站满了看天的人。远远望过去,已经分不清楚哪个是看天的行了。

有个教天文学的教授听说看天的热潮是行引发的,就想动员行选修自己的专业。教授去偷偷观察了行,跟大家预言说行只要在他的培养下刻苦努力,行将成为二十一世纪最有可能改变人类生存状况的伟大科学家。同学们听了纷纷咂舌。而行听了,不以为然,行没有选修教授的专业,行一次也不去听教授讲解的蓝天。

渐渐的,没多少人再跟行看天,表面摆出那些痴迷陶醉的眼光了。眼看就要毕业,只有一个女孩留了下来。女孩还和行一起看天。天天看天。好像什么样的天女孩也跟行一样地喜欢看。毕业时,女孩就成了行的女友。女孩随行去一个城市工作,业余时还是到郊外来看看天。

郊外人很少,凹地里长满杂草。行忽然叫女孩一起趴进长草丛里。女孩问行要干什么? 行说,来,躺下,透过这些斜长的茅草看天。女孩仰头看天,天上竟有白云,树林,人群,红色的楼房,奔跑的汽车,女孩一下子觉得这天好大好宽,宽大得没有边沿。

女孩温柔地笑着,从坤包里掏出一盏火红色的鸭舌帽来。女孩将鸭舌帽猛地扣在行的头上说:行,以后,我不准你再看天了。

行从女孩眼神里看得出自己此刻很帅, 而且觉得幸福正像天上蓬松的云朵一样涌来。于是行朝女孩笑笑,说,好啊,我以后不再看天了。

到楼顶去

行发现，在机关里，自己像只孤独的鸟儿，没有澎湃的激情，缺乏拍膀儿的兄弟。多年过去，欲望的翅羽早已退化成记忆，整日神思恍惚，暗淡地蹴在某个角落里。

直到那天，行去十楼某科室办事，办完事的行没有回去，而是好奇地沿着锈迹斑驳的铁梯攀上了楼顶。

行就像一只刚刚钻出地面的幼蝉一样，刹那间视线豁然开朗，心胸荡然辽阔。行鸟瞰到地面远远近近的行人像可怜的蚂蚁一般缓缓蠕动；汽车像细小的虫子艰难地蜿蜒；花儿草儿树木像汪汪绿色的积水荡漾在城市腹部；行还听见了城市上空有各种各样的声嚣从四面八方汇聚而来——舒缓的乐音，细微的人喧，淡淡的鸟鸣……若有若无，空旷飘缈，让行有了一种如梦似幻的感觉。

行有些眩晕，一阵清风拂面而过，行揉揉发胀的眼睛，索性惬意地躺了下来。

天上正飘着大朵大朵的白棉花，秋阳软软绵绵地笼罩大地。行长久地望着头顶那片瓦蓝瓦蓝的天空，在清风中不知不觉地睡了过去。

那天，当行醒来，夜幕业已降临。行悄悄下楼，走在静谧的楼道里，内心始终充斥着一种巨大的幸福。行觉得自己脱离了那种长期以来濒临窒息的约束，身心清爽。行觉得自己就像只真正翅羽丰盈的鸟儿,愉快地飞进广袤的旷野里了。

从此以后,到楼顶去便成了行莫大的隐私和兴致。行不止喜欢攀上自己单位的楼顶,行还对自己说,这个城市有多少座高楼,我就要依座爬到它们的头顶上去!只有在那里,我才是轻松的、愉悦的、骄傲的、快乐的;在那里,有任我思绪自由驰骋的梦场……令行十分惊喜的是,在许多楼顶上行都找到了那种"海到天边天作岸,山高绝顶我为峰"的感觉。行的生活充满了前所未有的洒脱和幸福。

去得楼顶多了,行就有了一些形形色色的经历。比如行曾在一家银行楼顶捡到过满满一口袋钱币,竟还是古钱,袁大头,让行心里也跟着沉甸甸的喜悦;比如行在某公司楼上捉住过一只被枪打伤翅膀的白鸽,行把它带回家,给它敷药疗伤,精心喂养,不久鸽子伤势痊愈,却只在行家阳台附近的天空上盘旋飞翔,最终在行的家里长住了下来;行还在一卫生院的楼顶见到过上百条晾晒在空中的肉色长筒丝袜,那简直是一种奇迹,一道靓丽的风景,一片诱惑的汪洋,行尽情徜徉其中,任微风吹拂起千百条丝袜拍打在脸上,竟让他有了一种后宫佳丽三千的幻觉;行在某影院楼顶高声吼过他一句歌词都记不得的歌曲,朝楼下大声痛骂过上司的名字;甚至某个夜晚,在一幢高耸入云的写字楼顶,行带着女友也攀爬上去,将珍贵的初夜经历永久地留在了那里……

有一天,行吃过晚饭就径自出门了。行的心情糟糕透顶。就在前几天,行的女友给行扔下一封分手的短笺,决绝地消失了。女友在信里说她已经不习惯清贫的生活了,请行忘了她。不仅如此,行因为把情绪带到单位,还受到了上司狂风式的训斥。

行不觉走到了一座静雅的学院楼下,熟练地攀上楼顶。在楼顶,行将女友的信撕得粉碎,朝楼下一扔,纸片就像千百朵绚烂的梨花,飘飘洒洒,凄然而落。

行正沉浸在悲痛中,忽听到楼梯口那儿一阵急促的响动。行就见有一个半裸的男孩身披毛毯冲上了楼顶。

男孩一见到行,眼睛里立即放射出恐惧和绝望,"扑通"一声,竟给行跪下了。行大惊。就听男孩苦苦地哀求说:"求求您放我一马吧老师!我再也不敢到六楼来了!求求您再给我一次机会吧!"男孩边说边哭,样子十分悔痛。

行纳闷地想,你去六楼与我何关呢?我可不是学院的老师,这男孩不是神经有问题吧?行正想着,听楼梯口处又是一阵喧哗,纷乱的脚步声杂沓而至。楼顶上又多出了一伙手拿电筒气喘吁吁的男人。行身边跪着的男孩突然间跳将起来,一边退缩至楼顶边缘,一边声嘶力竭地高喊:"都别过来!都别过来!"

男人们无声地笑了,步子犹在缓缓移动。有个男人还嘀咕道:叫你们男生住四楼,你偏跑到六楼女生区,学校严禁早恋看你还往哪儿跑?!行终于明白是怎么回事了,急出了一头热汗。行对着男孩老远就伸出手来,想把男孩拉回到安全地带来。

但令行意外的是,男孩只惊恐地望了一眼行的大手,便迅速抓起毯子纵身向楼下跳去!行跑至楼沿儿往下看,男孩两手抓着毛毯的四个角在半空中短暂地划出一道弧弦,然后如一块泥巴摔在了地上。

行正看得惊心动魄,就被一群粗重的男人死死地压在了楼顶。

如风的旋律

我说过，在我们小院里，弥徽的爸爸是个人物。

因为他不但是名解放军连长，同时还吹得一手好口琴。

你不知道弥徽的爸爸穿上军装有多帅！在三十多年前，他每次回家探亲，都能彻底把我们破旧的机械厂家属小院掀个底儿朝天。那时候妈妈就常常对我们讲，你们要是长大了有弥徽的爸爸一半帅，那就算我没白养！

那可是个到处崇拜军人的年代啊。

直到现在，每当有人在卡拉 OK 里重温《血染的风采》，我还能想起那个英武的弥徽爸爸来。

你也不知道弥徽的爸爸口琴吹得有多棒！想想在三十多年前，文艺生活空前匮乏的岁月里，他坐在高高的门槛上给你随意吹一首《外婆的澎湖湾》《莫斯科郊外的晚上》，那种如泣如诉的颤音，那种飘散在风中的旋律，不把我们崇拜得五体投地才怪！

于是弥徽爸爸的探亲假，简直成了我们神魂颠倒的时光。那时我们人人立志长大了要当一名光荣的人民解放军，并时刻梦寐以求能得到一把像弥徽爸爸那样的"敦煌牌"口琴。

有一次，弥徽爸爸临回部队前，把口琴留了下来！

我们争相聚集在弥徽身旁，渴望能摸一摸并亲口吹一吹那把口琴。可弥徽拒绝了。理由很简单：口琴是他爸爸的，他只是保管，乱吹一气还会传染疾病。

伙伴们失望地散去,同时对弥徽也产生了很大成见。尤其是我,太不甘心了!因为我从小就是个不达目的绝不善罢甘休的家伙啊。

于是,我想方设法拿玩具跟弥徽交换。但弥徽仍然拒绝。

最后的最后,我只得使出撒手锏:把我爸爸出差青岛买回来的两盒压缩饼干送给了弥徽。

那个年代,这代价够疯狂了。

我终于战战兢兢地从弥徽手中接过了那盏小小的乐器,小心翼翼朝它吹一口气,立时就有一阵清脆的音符飞越而出!

我真不敢相信,那样美妙的天籁竟是从眼前这个冰冷的家伙里发出的!我把它横在口中,来回抽拉,像啃西瓜一样吹出了一排排或高或低、或清新或低沉的音调!

我兴奋地扬起它在小院里飞跑,恨不能立即将我的得意传递给每一个人。

——我的招摇,却很快得到了报应。谁不想玩口琴呢?但弥徽除我之外就再没答应过任何人。

我和弥徽被孤立了。

看得出,弥徽比我更加害怕孤独。我知道那是因为,他的连长爸爸已经远赴越南前线。他比任何人都需要陪伴。

可他坚决拒绝再借口琴。

没办法,又是我想出了那个鬼点子。而弥徽,痛快地答应了。

我们俩一致对外宣称:口琴一不小心弄丢了!

消息一宣布,果然引起强烈地震。我和弥徽一口咬定,是有人趁我们不注意,偷走了口琴!为了证明自己清白,大家必须一起寻找口琴!

于是为了自己的清白,伙伴们又重新一起玩耍了。但从此,我们玩耍最重要的一项内容，就是寻找口琴。

我们在李老奶奶的鸡窝里发现了建国丢失的弹弓。

我们在春华的床底下发现了希梅的头绳。

我们在常明爸爸的抽屉里发现了许多能吹气球的套套。

我们在东海妈妈的首饰盒里发现了增利爸爸写来的信。

甚至，我们还在和梁的家后面发现了一个恐怖的死婴儿……

我们的搜索搅得小院鸡犬不宁，但就是没有口琴的半点线索。

终于妈妈还是发现压缩饼干不见了，迫于追问，我只得跑到弥徽家去索要。弥徽当然不给，我一时理亏气短，跑出门去就将口琴根本没丢的秘密说了出去！

这下可算捅了马蜂窝。从此小院里，再也没人肯理弥徽。每当我看见弥徽远离人群灰溜溜的样子，心里就充满了愧疚。但我已无力挽回。我以自己的卑鄙，再次使弥徽被孤立。

索性那个寒冷的冬天，弥徽还有口琴。我们亲耳听到在那些凛冽的风中，弥徽一个人躲在家中吹奏他的口琴。开始，那只是一些单调的重复的音符，渐渐的，它们变得生动鲜活、张力十足，并且溢满了忧伤和凄楚，伴随着呼啸的北风，迸发出一种撼人心魄的力量。

我承认，我嫉妒了。因为我，被征服了。

我眼前再次出现了那个英武的解放军连长，他坐在高高的门槛上，给我们吹奏那些如风的旋律。

一个大雪天，弥徽家中传出撕心裂肺的哭声。我们也都得知了弥徽爸爸在前线牺牲的噩耗。听到那些哭声，我俨然觉得是自己失去了爸爸，从此将要面对永远漫长的孤独和寒冷……

待到天晴，我踏着厚厚的积雪去看望弥徽。却见在他门前，正有一把口琴镶嵌在高高耸立着的雪人嘴边，闪闪发光！

伞

再次穿上羽绒服的一瞬，伞忽然发觉自己来这个城市已经整整一年了。

伞回忆起去年此刻，自己为来这家公司所费的种种波折，伞笑了。伞觉得自己好累，但是这累，应该是属于成功后的骄横炫耀式的累。其实又有什么呢？伞觉得现在的生活正在沿着自己美好的构想顺利前行着。

伞常常想家。常常想起家乡的那个小镇、小镇里众多的伙伴以及和伙伴们一起在闲置的麦场里看雪、打雪仗时的情景。夕年的流光碎影常常是伞在空荡无人的夜里赖以慰藉心灵的温暖。

城市的节奏比小镇快得多了，伞得卖命地工作，午饭就常常是在公司外面随便吃点便当了事。有好几次家里说要来看看伞，看看她信里面大公司的模样，伞赶紧回信不让他们来。工作时间是不允许会客的，再说，家里人那点穿着，到城市里这样的公司里来，会不会……还是寄钱回去吧。

伞的朋友很少。虽然伞长得标致，但是城市里怎会缺少模样标志的女孩呢？伞每次从邮局里出来后都将剩余的钱买了好看的衣服。伞在镜子中反复盯看自己一会儿，呵，确实漂亮多了！但唯独还是少了街上那成群女孩儿们脸上的笑容，身体里散发出的气质。

伞在公司整一年了,没有男朋友。

伞就把业余精力和兴趣都放在观察城市的景色之中。说心里话,伞喜欢用一双大大的眼睛和敏感的心灵来触摸和感受这座大得几乎没有边际的城市。伞的工作间紧靠 27 楼上硕大的窗台,工作累了,伞就放眼望向窗外。

窗外的景色尽收眼底。白天是川流不息的大小车辆,高低不一的商厦楼宇,形如蚁状的路人,各种莫名其妙不知道从哪里汇集而来的声响;夜晚是富丽堂皇的灯火,远近模糊的妩媚的乐音歌声,永远淡红色的天幕……伞觉得它们靓丽华美,绚烂辉煌,这是与小镇完全不一样的感受,这是城市里特有的景观和味道。

伞每次工作累了,就把秀发靠在椅背上,慵懒地看着窗外,渐渐地将自己融入车辆的喧嚣声中去,在铅色的天幕下,休憩一会儿,遗忘一会儿,再接着努力地工作。

时间久了,伞的业绩得到充分肯定,伞也察觉到了年轻老板对自己格外的赏识。

第三个冬天的时候,伞做上了业务主管。

第四年冬天的一个夜晚,老板从在窗台前伫立凝神的伞的背后走上来。日光灯关掉的一瞬,老板拥吻了伞。伞奇怪自己竟然连一丝一毫的挣扎、慌乱和羞涩都没有。老板微微喘着粗气盯问着伞:伞,我爱上你好久了,嫁给我吧?伞不知道该怎么回答,伞说,你陪我去看今年的第一场雪好吗?我喜欢看雪,轻轻地落在掌心里。

老板面色因激动而变得红润,爽快地答应下来。

吻过伞后的老板在此后很长的一段时间里唯一要忙碌的,就是去看房子订家具、买钻石项链和衣服化妆品了。老板的脸上总也洋溢着成功者的笑容。

可第一场雪总像跟伞和老板捉迷藏似的。冬天快要过去了，迟迟不来，杳无音讯。

伞的老板很着急，每次用眼神乞求伞，伞也用眼睛回答他：等落雪了……再说吧。

落雪了！落雪了！老板在清早的电话里激动地说。伞，我在"黑咖啡"等你呢，这里看雪很美。

伞从床上爬起来，伸展身子，拨开厚厚的窗帘望向窗外。

真的，淅淅沥沥地落雪了。

端坐在"黑咖啡"的雅座间，伞静静地望着窗外。窗外是条平整光洁的街道和鳞次栉比的店铺，冲着"黑咖啡"的街对面是一式的洗脚美足房，几棵幼小的法桐在店门边默默地伫立。一辆辆出租车从玻璃窗外急速驶过……

雪落得不大，开始只是雨点，中途又是小小的冰雹，快到中午了才变做了薄薄的雪片。一片、两片、三片，雪落在地上，尚未来得及积蓄，便被飞快的车轮碾过，化作了一团团的污水……

伞跑出咖啡屋，在宽阔的街心用手掌接那些飘散下来的雪。太阳却从铅色的天空中露出了端倪。

背后的老板悄声地问伞，伞，你说过一起看雪后嫁给我的？

伞不回头。将手心里化掉的雪捂在眼睛上，说，好啊。

听 课

那天本是节体育课，但班主任周老师突然走进教室里说："同学们,我有一个重要消息向大家宣布！下周一,校长要来我们班听课！"说完满脸绽放出灿烂的微笑。同学们见状,纷纷热烈地鼓起掌来！

周老师声音越发洪亮："校长来听课,既是我们的荣幸,又是对我们的挑战！所以我今天特地要了课,咱们来做一下准备！"

周老师又说："首先我向大家透漏一下,校长要听的课文是《春》。下面给大家五分钟时间,仔细阅读一下课文！"

讲台下,立即泛起朗朗的读书声。五分钟以后,周老师说："既然课文都已读过,我们马上来熟悉几个知识点。首先,我要找一名同学回答,该文的作者是谁？小红！"

学习委员小红唰地一声站起来回答："朱元璋！"声音又甜又脆。

可同学们的嘲笑声却像爆米花一样喷溅而出。

周老师难以置信地问："小红你是不是开小差了？作为班干部,要时刻起到模范带头作用才行！——让大家来告诉她,作者究竟是谁啊？"

"朱自清！"另外五十五张嘴巴异口同声地喊到。

"很好！小红你一定要记住,到时候这个问题还是由你来回答！可千万不能再错了,明白吗？——现在请大家再翻到课文最后一页,找到生字表,看看本文一共有几个生字?"

"五个!"

"很好。给大家十分钟熟悉一下……"

十分钟后,周老师说:"大家的记性一向都不错,下面我找几个同学来听写。谁会的,请举手!"

白嫩的小手立即像雨后春笋,唰唰地冒起。

"都很积极!但我只能选五名同学上讲台来,小刚、小云、小超、小东、小华你们五个,其余的在下面写。开始……"

五分钟以后,周老师开始为大家做点评。"大家看,班长小刚都写对了,是不是很棒?接下来副班长小云却只写出了前三个字,而小超的字写得像什么啊?大家看——对,太小了嘛,简直像蚊子!而成绩最差的就是小华了,身为宣传委员,竟然连一个生字都没写对!……"

又有笑声,海浪一样翻滚起来。

"你们几个今天的表现令我很失望,马上将生字表抄写三十遍。听课时可千万不能再出错了!"周老师温和的脸上明显泛起了严厉。"其他同学,让我们接着分析课文,看本文到底应该分成几个大段?中心思想又是什么呢?"

同学们越发踊跃。但周老师只挑选了卫生委员小南和劳动委员小林作答。"不对,不对。"周老师边为他们纠正边说:"该文正确的划分应该是三个大段,而中心思想呢,是作者通过热情地讴歌春天以表达对自由人生的向往和追求!你们两个都记住了吗?……"

"最后,我还要找几位同学来向老师提问!究竟还有哪些地方不明白的?"这一下,竟没有人举手。周老师摇着头启发说:"我们要懂得不耻下问,一篇新课文不可能所有人一听就都明白了。

要诚实！要勇敢！真正提出你们内心的疑问……"

说到这里，班长和学习委员等几名同学犹豫着举起了手。接着，是所有人。周老师顿时又有点不快。"哪里来的那么多问题！难道每个人都有疑问吗？还是定下来，到时候由纪律委员小方和音乐委员小玲来提问。你们可以这样问老师：作者创作《春》的历史背景是什么？《春》中的比喻一共是多少处？到时候，我会再点名让体育委员小北和美术课代表小凡来作尝试回答……"

丁零零！……下课铃声急促地响彻校园。周老师一脸疲惫地走出教室，整个背影都是湿漉漉的。

校长听课那天，一切都在计划中进行，可没想到最后还是出现了失误！不过幸好我发现，校长根本就没有听出来！所有的老师竟都没有听出来！

周老师在最后的提问时，并没有喊小凡的名字，而是叫起了我！那天小凡临时请了病假，于是周老师让与她同桌的我来回答那个问题。

我当然不记得该怎么回答，只是慌忙从武侠书里拔出脑袋来，委屈地想，我根本就不是班干部嘛！

一九八九年的蓖麻

一九八九年浓夏，我六岁。正是无恶不作的年龄。

我们住的机械厂小家属院儿里，从北往南数第三排巷子最东头是李老奶奶家。李老奶奶其实年纪并不大，却一连死掉了三个儿子。老大是得了不治之症；老二在自卫反击战中牺牲；老三则是正走着，被突然从天而降的石板活活砸死了。

噩耗使李老奶奶过早花白了头发，额间皱褶像怒放的秋菊花。多少年以后，我在报纸上见过一副获奖的摄影作品，内容是一副老妪的脸部特写，取名为"沧桑"。我当时真以为那片中的人物就是李老奶奶，可惜我错了。我发现原来这个世界上，与李老奶奶有着相同面目的老人，其实还大有人在。

李老奶奶只剩下一个年龄比我稍大的四儿子牢巴，天天半步不离地跟着她。"牢巴"的意思就是乡人所说的"结实、稳妥"，我是很多年后才忽然明白牢巴为何之所以被李老奶奶叫作牢巴的。

牢巴不被送去上学，极少说话，脸长而尖，头脑歪斜，嘴边永远挂着涎水，显然有些傻。没人愿意搭理牢巴，却都很嫉妒他。因为牢巴是小院里第一个吃上烧鸡的孩子。那个下午，牢巴一个人撕扯着李老奶奶刚从卖烧鸡的秃头手里接过来的热气腾腾的烧鸡，当着我们面，毫不嘴下留情地吃掉了那只油花四冒的烧鸡。

我们从此恨透了牢巴。

李老奶奶对"死"极其敏感，恨到极致嘴里便整日离不开"死"字了：什么吃了老鼠药会死，吃了土坷拉会死，别喝林子里的那汪臭水会死，别偷掏屋檐下的鸟蛋吃会死，摘了夏天的蓖麻子吃也会死……大人们听了摇头一笑，我们却听得一愣一愣。

可我们毕竟还小，时间一长，就质疑起那些奇怪的死亡警告了。

李老奶奶门前就种了一大片蓖麻。葱葱郁郁，蓬蓬隆隆。站在蓖麻的荫凉下，我们上下左右地打量。吃蓖麻真会死人？那干吗要种呢？即使不是李老奶奶种的，她怎么不铲掉呢？

作为早熟的孩子头,我毅然决定:去吃蓖麻,看看到底会不会死!

伙伴们在惊叹之余崇拜地望着我。在那个有着金色夕阳笼罩下的傍晚,在鸟群不安的啾鸣声中,我毅然摘掉李老奶奶门前的一颗蓖麻籽,英勇就义似的吞了下去。

我静静躺在蓖麻树下,等待死神的降临。那一刻,我忽然确信自己要死了,躺在坚硬的土地上瑟瑟发抖。我对着伙伴们说了一声:"我死了!"就闭上了双眼。

伙伴们一哄而散。

很快,就有伙伴在远处跳着脚喊:"东子死了!东子死了!"

很快,我身侧就聚满了人。我甚至觉得单薄的眼幕一下变得沉甸甸的,上面压满了人影。

"爸,东子显能吃蓖麻毒死了……""这孩子一动不动,脸色窘白,怕是死半天了……""咳?吃蓖麻怎么死了人呢!""别上前啊,他家里来了,不好交代……"

我听见李老奶奶也出来了,她嘴里嘟囔着"那嘛米那米宫"之类的话,而紧跟在她后面的就是牢巴。

我将眼睛睁开一条小缝,想站起来溜掉,可一时腿脚发麻,根本不能动弹。只盼望父母快来,看他们是不是也着急?

很久,父母都没来。我越来越怕,越来越怕,积攒起全身力量,忽然直挺挺地坐起来!

周围人吓得轰得一散,我趁机爬起来窜了。

我以为这事就这么完了。怎么样?我对伙伴们骄傲地说,我没死!

可我无论如何也没想到:

一周后,牢巴死了。

牢巴是先吃了蓖麻籽，后觉得没什么意思，又吃了老鼠药死的。原本在牢巴的意识里，那些一直曾被奉为真理的死亡警告被打破了，牢巴亲眼看见了我那天的死亡游戏后，就天真地认为李老奶奶的话全都是假的，而且一旦尝试都很好玩，至少可以赢得盲从和惊诧。牢巴家里只有蓖麻和老鼠药。于是牢巴都试了。

牢巴死了。

牢巴死了。李老奶奶却活了下来，至今没有离开这个世界。但我从牢巴猝死、挨了父亲一顿痛彻骨髓的皮带后就再也没有见过李老奶奶。

搬家后的多年里，我一直回避再去那个童年小院儿。

我不知道李老奶奶和那蓬据说一直还在的蓖麻，现在，又是何等光景了。

涟 漪

轮到杜陈青枫了。他弓下身子，紧攥玻璃弹，眼睛眯成一条直线。但随即又停住了，像只兔子，重新直起身子，转头望向操场的另一边。

操场另一边，有高高的六棵大白杨树。远远的，一个头扎白色小花，身穿藏蓝色裙子和白色长筒袜的女孩儿，跟一个又矮又胖的男人走过来。

姚栋第一个喊道："杜陈青枫，你看上柴小絮了？！"

杜陈青枫撇了一下嘴，没说话。仍然望着那边。

这时候，顾建东也等不及了，问："杜陈青枫，你到底走不走？"

杜陈青枫极不情愿地发出玻璃弹,情绪明显低落下来。

他用眼睛的余光注意到,柴小絮走到这边时,似乎朝这望了一眼,步伐明显慢下来,她几乎是被大人拉着拽着回家去的。

杜陈青枫沮丧地抬起头来,望着操场上静静伫立的六棵大白杨树。看起来,它们是那么安静。可实际上,它们头顶上的树叶,却在耀眼的夕阳里哗哗地翻转着。

姚栋的声音再次高起来:"我又赢了! 杜陈青枫,你还敢玩吗?"

杜陈青枫一反常态:"不来了,没意思!"

顾建东讥讽说:"柴小絮来了就有意思? 她们只会跳皮筋。"

姚栋说:"就是!"

杜陈青枫站起来,用力拍拍膝盖上的尘土,转身前狠狠地扔下一句话:"我最烦柴小絮那个胖爸爸了! 没意思!"

杜陈青枫背着书包,慢腾腾地踢着石子往家里走。猛一抬头,却见柴小絮正从前方不远处朝自己走过来。

"杜陈青枫,我想借你的作业本看看。"

"不借!"杜陈青枫看也不看柴小絮。

"不借拉倒,我借姚栋的!"柴小絮说完,并不急着走,仍拿眼睛瞟着杜陈青枫。杜陈青枫置之不理,三步并作两步地跑掉了。

奶奶还在厨房忙活,爸爸陪妈妈去省城看病还没回来。杜陈青枫望着作业本久久发愣,他其实刚才很想问问柴小絮,为什么半周都没来上课? 在三年级二班,还有他班长不能知道的事情?

还有,杜陈青枫最烦见到柴小絮那个又矮又胖的爸爸。他从来都不会笑,看人的时候直盯得你心里发毛。

奶奶终于做好饭菜了,可杜陈青枫还一个字都没写。恰在这时,门口有响动,是爸爸妈妈回来了!

爸爸回来后的第一句话,竟对杜陈青枫说:"先别急着吃饭,我们去趟柴小絮家。"

杜陈青枫嘟着嘴说:"我不去,我做作业。"

爸爸一脸凝重:"必须去! 很快就回来。"

杜陈青枫没办法,只得跟在爸爸屁股后出了门。他一路低着头走路,很快穿过不远的街道,来到那有两棵梧桐树的家门前。

门没锁,杜陈青枫跟爸爸一进去就感到异样。四处静悄悄的,没有人说话,甚至连油烟和饭菜的气味都没有。

越往里走越黑,穿过狭窄的过道,走进堂屋,杜陈青枫一眼就看到那个又矮又胖的男人,深深埋着头,正望着交叠在腹部的两手,陷在一张旧沙发里。

透过卧室漏出的一点光亮,杜陈青枫望见柴小絮正背对着自己,趴在写字台上做作业。

爸爸默默地走过去,拍拍柴小絮爸爸的肩头。杜陈青枫以为这一下,会把那个几乎睡着的人拍醒。但他错了,柴小絮爸爸依然保持那个动作,只是将低垂的头木偶似的晃了一下。

杜陈青枫觉得自己就像个累赘,他实在搞不懂风尘仆仆的爸爸为什么非要带他来这里。他站着没动,等适应了光线,一抬头,竟将自己吓了一跳!

就在他正前方的墙壁上,赫然挂着一幅电脑屏幕大的相框。相框上是一节两端绾着大花的黑绸,里面正有一个好看的女人张开嘴巴朝着他笑。这笑,他太熟悉了。就跟柴小絮的,一模一样!

是柴小絮爸爸送他们离开的,杜陈青枫临出门前特意又看了一眼那个又矮又胖的男人。他的脸，非但不会笑，而且白得就像个鬼。

第二天，杜陈青枫一连从操场上那六棵大白杨树下走了五个来回。每一次，他都有意无意地望着跳皮筋的柴小絮。柴小絮也不时用余光看着他。最后，杜陈青枫终于走到柴小絮面前说："放学后你来我家，我把作业本借给你！"

说完，杜陈青枫掉头就跑。

放了学，杜陈青枫甩开姚栋他们，一个人跑回家里。大气还没喘匀，柴小絮已经跟来了。

杜陈青枫搬只椅子，踩上去，将藏在立橱上的一把瑞士军刀摸下来，用袖子仔细擦干净，双手塞给柴小絮说："拿回去给你爸爸，我送他的！"

柴小絮盯着这把瑞士军刀，迟迟并不伸手。

"不要！"她忽然喊道。

她眼睛里，迅速涌出两团泪花。

月光下的榆钱树

为了省钱，林是步行回村的。

十五公里山路，林一个人背着沉重的书本却健步如飞。

从一上路开始，那种久违的温暖的感觉就始终萦绕着林，让他步伐坚定有力，心情喜悦豪迈。

高考前，学习紧张，周末能回趟家可真奢侈。

林刚一迈进家门，就见爹在天井里呼呼啦啦地伐那棵粗壮的榆钱树。林顿觉大脑轰地一下蒙了，眼前金星四闪，脚下的步子跟跄凌乱，险些一头栽倒在地上。

林大声喊："爹！别！"晚了，榆树直挺挺地倒下来，顺带砸毁一边空荡荡的鸡窝。

林的眼泪大颗大颗涌出，朦胧中再看蹲在地上的爹，爹的那双眼也红得吓人。

爹问："林，你回来了？我估摸着差不多也该回来了……快进屋歇歇吧。"林不解地质问："爹，你怎么把咱家的榆钱树伐了？它碍着咱们啥了？"爹不看林的脸，不接林的话，语气硬着说："你给我进屋！你娘在屋里摊煎饼哩。"

林不情愿地进屋，见了娘，吓了一大跳。才几个月不见，娘瘦得没有人形了。娘见林回来，抹把额上的汗，朝林笑笑，算是打过招呼，就又埋头忙活。

林把背包扔在床上，坐在漆黑的屋子里发起呆来。林的记忆让他更加忧伤了：从前，当林还是个孩子时，就非常喜欢爬树，尤其是院子里这棵榆钱树，不但给林的童年带来了无穷的快乐，还让林一家人在粮食匮乏的年代里度过了饥荒。那时候林还很有些顽皮，经常一放学回家，就跑到天井里跟这棵树搂搂抱抱亲热一番。林差不多就是跟榆钱树一同长大的。

稍后几年，日子好点了。林的两个姐姐还没出嫁，只是初步确定了人家。夏夜里，一家人不用抓蒲扇，只将院门轻轻一合，摊张清凉干爽的竹席在榆树下，五个人就可以轻松惬意地躺在上面尽情地嬉笑拉呱了。乡下的月亮似乎特别大，特别圆，水灵灵圆滚滚的招人喜欢。夜里清风徐来，月辉就抖颤颤地溅落一树，榆钱树上的叶子因啜饮了恬淡馨香的月光，而开始了欢欣快乐的舞蹈……

娘一直在树下讲着林爱听的山狐娶美的故事。姐姐们躺在一边让纷纭的心事氤氲弥散，往往，爹就在头顶精灵似的树叶哗啦哗啦地翻响时，心满意足地嗅着晾晒在院子里的麦粒芬芳，打起如山的鼾响……

有树的时候多美！有树的时候多好啊！

可是现在，爹竟亲手把树给伐了。把那棵亲人似的树拖走了！仔细想想，过去村子里茂密的树木现如今已经少得可怜了，难道爹也想做一个屠杀树木的"刽子手"吗？就不能把那棵陪伴了家人十多年的榆树留下吗？林实在很伤心，也想不通。

吃饭的时候，娘好几次问林念书学习吃力不，能跟上趟不。林见爹也抬着头巴巴地望着自己，就自信地实话实说："还行，年级前三名。"娘听了就笑，但笑出来的模样却还不如不笑好看。爹听了很满意，也笑，将手心里的酒盅哑摸得极响。

临返校时，林对爹说："这次回去，考试之前就不家来了，考完了再回。"爹送出大门，说："考完了再回就是。"娘也说："快了，快了，割完麦子就家来了！"

林就低着头往庄外走。走了大半晌，拿水喝的时候，才发现，包里卷着把透着盐花的钱。林恍然大悟！一次次红透了眼圈，长久地回望着村庄，最后狠劲咬着干裂的嘴唇，甩开大步向学校跑去……

这一年，高考作文要求学生写篇人与大自然的故事，林腹稿都没打，开笔刷刷地写，将他生命里的那棵榆钱树第一次写在了纸上。

林考上了名牌大学。去学校报到后，在给爹的信里不忘说："抽空咱家再种棵树吧？别空了院子。"爹没种，回信说："树倒了就倒了,重要的是儿子起来了!"

林再回家,就见到满天井里奔走的是牲畜和家禽,早已没有种树的空了。

再五年,林在美国深造,接到爹的信:"林,咱们村现在靠近县城的中心河,已响应号召搬迁。原址被县里开发成了漂亮的水景公园。现在绿树成荫的地方,就有当年咱家的天井……"

异乡月下的树荫里,林的脸上一片欣喜,一片湿滑。

光板球拍

一中汪宗玉老师,练得一手好球。

每次去校活动室,眼瞅满屋人头,宗玉撸把袖子一登场,简直所向披靡!任你耄耋老者,抑或垂髫小儿,统统三下五除二,稳拿!不足挂齿。

宗玉打球,那是有渊源的。

六岁拜师,八岁打比赛,十岁领衔小学乒乓球队,他曾先后摘得全县少儿乒乓球赛单打桂冠,勇夺地级初中组单打第一名和双打第二名的好成绩,成功五次蝉联县少年组单打比赛冠军。

宗玉打球,横、挡、推、削、劈、砍、杀,一招一式,一点一拨,那皆是明门正宗,风范归整。练家子领教了,嘴上虽不说,心里头却是服服帖帖的;业余玩家每每吃到了苦头,总也免不了脸红心跳,退至左右,频频拾球,以避尴尬。

多数像我样的球盲,只能驻足傻看,任脑袋摇成拨浪鼓,平空里爆出声声"好"字来。

要不是宗玉母亲早逝，对他打击过大，说不定，宗玉早被某名牌大学特招了。而不是像我一样，中专毕业，来这所乡镇中学当教书匠。

就有一天，二中的几位老师慕名前来，指名点姓要与汪宗玉老师"绝一死战"。我们听了，寒毛直立，随即自发组成啦啦队，浩浩荡荡拥向活动室，要为宗玉呐喊助威。要知道，素日里，我们一中与二中的各项竞争都进行得异常惨烈，那些日子，他们刚刚在一场数学竞赛里输尽颜面，这次八成是想在打球方面捞回丢掉的自尊呢。

宗玉还在上课。但已有老师按捺不住，先期上场与二中选手较量上了。没想到，在我们山呼海啸的呐喊声里，他们迅速接连败下阵来。最后，我们竟亲眼看见王副校长被对手一球击中眼角，顿时，眼泪、汗水和着彤红的鲜血流满了王副校长雪白的衣衫。

就在我们惴惴不安时，宗玉终于昂首阔步冲进大家的视线里。

——看过那场球赛的人一定还清晰地记得，那真是一场空前绝后的好戏。宗玉出神入化的精湛球艺，在那次生死籁战中发挥得登峰造极、淋漓尽致。那二中自诩的几位乒乓好手，别看乍一上来耀武扬威，扫、扇、敲、吊，耍得有模有样，可一旦跟宗玉短兵相接，立马就变做了呆瓜，几乎没来得及有任何抵抗，就被宗玉密不透风的快削和暴风骤雨似的扣杀灭得晕头转向、气焰全无，狼狈鼠窜。

整个赛程历时之短，斩杀之干净、利落、轻松，让我们都不禁反过来，对二中老师产生了些许怜悯之情。

活动室里沸腾了。我们把英雄似的宗玉团团围住，高高抛将起来，偌大的屋子里，荡漾起欢腾的海浪。

转眼，又是一年金秋。学校分来几位年轻教师。其中一位，名唤尚庆义，这人塌鼻小眼，五短身材，论外表比起身材高挑、浓眉大眼的宗玉来说，差得太远了。可偏偏应了"天外有天，人外有人"那句老话。宗玉的球技，遇到对手啦！

起初，年轻的尚老师只是轻声走到宗玉身旁，号称"学两招"的。可谁能料到，尚老师一出手就打了宗玉一个措手不及呢？而尚庆义用的，仅仅是一副光板。

也就是说，尚老师手中的球拍上，根本没有橡胶。那是一副赤裸的三合板！那他是如何轻松接住宗玉刁钻的来球，并在电石火光的瞬间里一一拆解、回击的呢？没人晓得。这在大家眼里，迅速成为一个科研难题。

宗玉脸色遽变，与对方互换场地，再比，还输，输得更多，屡战屡败，几乎气疯了！尚老师不但完全不吃他千变万化的旋球，而且每每擅长在关键球的处理上高人一筹，使得比赛峰回路转，柳暗花明。有一次，眼看宗玉的杀球已击到对面的墙壁了，尚老师倏忽一个转身，整个身体立时倾斜九十度，双腿蹬踏墙壁，半空中一挥手将球击个正着！

那一球的风情，着实迷煞了不少观众。许多女孩子当场就失声尖叫出来，一点都没顾及宗玉的面子。从此，校活动室墙上的一双鞋印，成为终结宗玉风光的一个标志。

而两位正式结下梁子，还在尚老师接过宗玉教过的两个班后。说来也怪，那两个班的成绩像插了翅膀，嗖嗖上长。潇洒的宗玉，从此陷入沉默。

不久，宗玉父亲竟查出了胃癌！宗玉痛不欲生。学校师生纷

全民微阅读系列

纷捐款,只有尚老师除外。更糟的,因为宗玉一时疏忽,没把钱及时带回,一夜之间,抽屉里的五千捐款,竟然不翼而飞!

风波扬开,全校震惊。宗玉自然把嫌疑对象指做了尚庆义。

直到有一天,出乎所有人意料,宗玉居然在临桌谢敏老师的抽屉里发现了钱款!原来,宗玉抽屉太满,抽拉时将装钱的信封由中缝挤到了邻桌抽屉里,而谢敏老师吓坏了,一直未敢吱声……

消息传开,无不唏嘘。宗玉更是羞愧得无地自容。他多次想托我们几个帮他向尚老师道歉。无奈,他死要面子,我们也实难开口。

不过,我们倒是帮宗玉谋划了一场特殊的比赛。这场比赛,没有掌声,没有观众,没有纷扰,只有他们两人粗重的呼吸和铿锵的击球声传遍了大半个校园。

不多日,我们就看到,那把残破的光板球拍出现在了宗玉手上。询问之下,宗玉笑着对我们说,我有两个好消息要向你们宣布:第一,我打赢了尚庆义;第二,你们知道吗,尚老师以前是个孤儿,可他现在,有一个亲哥哥了!

说你爱我吧

近日,警校同学苏莉突然打电话来。

"富强,真的是你吗?我终于找到你了!"阿莉柔柔地说道。

也许因为太过意外,我竟一时慌乱起来。

苏莉是我警校时的女同学，人长得非常漂亮，当时追求她的人足有一个加强连呢。说实话，我那时也曾失魂落魄地暗恋过她，可我没有公开的胆量。毕业三年，意外听到她的声音，我内心既兴奋又甜蜜。

"富强，真想不到你能发表那么多文章，稿费拿到不少了吧？真为你骄傲！要不是我前天无意中看了《警界》上你的一篇回忆性文章，我还真不知道……你原来……"

我仿佛看到电话那端的苏莉羞涩地低下头，欲说还休。

我是写过一篇警校回忆录的。她看到了？那上面还真有一段我对苏莉痴情的描述呢。

"哦，其实那也没什么的……"

"不！"苏莉斩钉截铁地打断我说，"我从中看出你有那份真挚的深情，是的，那就说明你……你是个好人！其实你鼓足勇气说出来，又会怎么样？没人会……"

啊？！我惊喜得呼吸都变了节奏，汗水涔涔，爱恋的火焰似乎一下复燃，急忙单刀直入地问她："那你呢？"

"我？我当然不会介意……其实我们彼此想的都一样！"

这可是我做梦都没有想到的啊！毕业整整三年了，幸运女神和丘比特之箭竟突然光顾了我？！

"富强，在我看你文章时我就在想，说吧，说吧，你为什么不说呢？错过了一次机会，以至于你现在都在后悔，这多么遗憾啊！毕竟我们一毕业，就各奔东西了……"

我的眼睛不知不觉潮湿了，心在急剧战栗。平日的灯下苦读和奋力笔耕，终于打动了我梦中的女孩！

"阿莉，你……我……谢谢你真心告诉我这些，我真想你！说吧，说你也爱我吧！我……"

"你说的什么乱七八糟啊？想我？真心？爱你？你扯到哪里去了！开什么玩笑！"苏莉急急地打断我，嗓音也陡然亮了，"我照直说了吧！你在回忆录上不是说还欠着伍大海两千块钱吗？他是给忘了，你当时也因为家庭拮据不好意思提，直到你们毕业失去联系——这么跟你说吧，我明天就要和大海举行婚礼了，你把钱直接寄到我这儿来吧……"

狼　狗

　　我们那个镇，吃狗肉是出了名的。

　　无论普通酒席，还是风味佳宴，甚至是招待过外国友人的豪华套餐，狗肉都历来是一道必不可少的名菜。

　　于是有很多人不顾路途遥远，骑着摩托、开着小车就呼呼啦啦地来了。来了就直奔主题，急吼吼地冲店内喊一声："老板！快，上狗肉！"

　　于是狗头、狗尾、狗肠、狗胃、狗肾、狗鞭、狗脖子、狗蹄子，大锅炖狗肉、爆炒狗肉丁、狗肉冻豆腐箱儿、小葱凉拌狗肉丝儿就陆陆续续端上桌来了……名目那个齐全，花样那个繁多，食客们总能乘兴而来，满意而归。

　　所以，我们开的那家老字号店生意就特别得好。整天人不断，钞票大把大把赚，没过两年我们家买上了富康小轿车！

　　但是人们越吃越挑剔，狗源却越来越成问题。养殖场里的肉食狗已渐渐不能适应食客们的胃口，他们更青睐的是家狗、山狗。确切点说是他们更喜欢吃自然成长、吃五谷杂粮长大的狗。

他们可真会吃啊！——这样的狗，肉太香啦！

可想而知，那天我和二哥开着轿子出镇四十多里路，愣没见着半条狗影儿！远近的家狗早已经被吃光了，现在要寻一条正宗的家狗难比登天！

终于，我们在城区一个住宅小区附近发现了目标！那竟是一只品种一流的德国黑背狼狗！它脊背上的黑毛油亮亮的活像闪光的缎子，身侧的皮毛则金灿灿的像肥硕的麦浪。它两耳直竖，双目圆睁，四肢矫健，动作敏捷，一看就是满满一大锅喷香的狗肉啊！

我们兄弟看见这只狼狗就把车子停下了，我们仿佛看到了大把的钞票在向我们招手，要不是在它旁边还有一位步履蹒跚的老太太，我们真想立即就把它放倒、拖进车里、剥皮、掏肺、洗肠子……

二哥就满怀信心地下车跟老太太谈判。十分钟后，他哭丧着脸回来了，他说不但生意没谈成，还差点让老太太用拐棍儿戳烂了命根子！

谁不知道二哥是有名的巧嘴啊，他谈不成的事儿我是连想都不敢想的。于是我们俩就商议着跟踪老太太，为了钞票，明取不行，那我们只好来个暗夺！

那天傍晚刚上黑影儿，我们就得手了。狼狗虽然机灵，但它一闻到我们特制的药馒头就晕死过去，我们迅速把它拖进车里。二哥飞舞着方向盘，我在车后当即就给狼狗做了煮前大手术。嘿，这狼狗肚子里竟还怀着三只小狗！

说实在的，那狼狗挣了大钱，光狗皮就卖了八十块，狗肉招待了一伙外地考察团，净赚一千二！

如果不是良心上实在过不去，我们也不会知道狼狗背后的故事。

那天我们去给老太太门底下掖钱，结果碰到了她家邻居。邻居说你们俩还不知道吧，老顾住院了，丢了狼狗她疼疯了！

一条狼狗值得吗？二哥小心翼翼地问。

值得吗？你们不知道那狼狗可是老顾丈夫留下的遗产！老顾在我们传达室干了好多年了，去年她过生日时正赶上单位加班，我们都劝她提前回家过生日她不听，结果一大家人开车给她送生日蛋糕时，路上出了车祸！

车祸？我和二哥大声地问。

对。车上七口人，无一幸免！

我们倒吸了一口凉气。

那狼狗是老顾丈夫从刑警队退休时特准带回家来的，老顾死去活来好些回了，全靠那只狼狗支撑着。你们想想，没有了那狗，老顾还怎么活？

我们如同遭受了电击，愣在走廊里发傻。直到邻居觉得可疑对我们进行盘问，我和二哥才撒腿跑出了小区。

那天我和二哥灰溜溜地转了好几家医院都没见着顾老太。回到店里，我们把事情跟大哥一说，大哥当场举起石头把煮狗的锅给砸了。

我们兄弟仨在镇上开起了出租车，却绝不拉拖狗的生意人。我们无数次地穿梭在城镇之间，妄图有一天能寻找到那位失踪了的老人。

你跑什么

八年以后,吕新回来了。

家中变化让他目瞪口呆:爷爷脑中风死了,奶奶自杀了,父母长年卧病不起,唯一的妹妹远嫁内蒙古。就连原先住在机械厂的老房子也被城改了,取而代之的是一套六十平米的单元楼房。

吕新双膝跪地,一步步蹭进门里。头磕如捣蒜。

"爸!妈!不孝儿子回来了!……我对不起你们!我不是人……"吕新声嘶力竭,泪雨奔流。

"新啊,你咋还知道回来?!我们都以为你死了……"母亲声音嘶哑,满头都是愁白的银发。

"作孽啊!……孽种!"父亲情绪激动,悲愤中老泪纵横。

吕新痛苦地薅住头发,使劲将脑门往地板上撞。往事像条毒蛇,忽然从时间的长草丛中射出,咬住了他。

八年了。

人生能有几个风华正茂的八年呢?吕新就是在梦里都想彻底逃离这黑暗耻辱的八年!他多么希望那只是一场恶毒的梦。

"我刚去上海的第一年,真挣了不少钱!可为了救立伟,全用光了。"孤儿立伟是当年随他一同去闯上海的。"我们哪知道是得罪了黑道呢?……立伟被人杀了!我留下一条命,给他们在地下工厂半死不活地打了六年工!直到最近才被公安解救出来……"吕新红着双眼,断续地哭诉。

谎言像条鞭子,抽得他浑身痉挛。

两位老人实在听不下去,颤颤上来拥住吕新。"儿啊!""我的亲儿啊!""你可回来啦!""你没死啊!呜……"

吕新咬破嘴唇,眼里泪流如注。

第二天,吕新给家里拿回一沓钱来,不多,整两千。并对父母说:"治病要紧,咱下午就去医院查体,我要你们把身体养得好好的!以后享福的日子还长……"

吃中饭前,房门一响。楼下酒店的服务员抬上满满一桌子丰盛的酒菜。父亲刚一迟疑,吕新就险些大发脾气:"八年了!我请自己父母吃顿饭还不行吗?只要你们喜欢,以后咱们天天吃!"二老就笑,笑得泪花飞溅。

几天后,吕新把饮水机搬进家里来,真空热水器也很快差人装好。给父母穿换上新衣,煎好中药,扛着煤气罐忙进忙出。

家里很快焕然一新。

妹妹打电话回来时,得知吕新在家,电话那头忽然就哑了。之后很久,才听到冲天而起的一声哭叫,电话被"砰"的一声挂断了。

"妈,辛芝呢?"吕新给客厅换吊灯时问。

"这几年县城征地改建,小院儿的孩子们全都长大搬走了——辛芝等了你五年,最后实在没办法才嫁给安才了,辛芝那孩子……"母亲说着,掩饰不了内心的巨大遗憾。

"妈,替我把这东西交给她好吗?"吕新强敞开手心,那里面躺着一大颗钻戒。

"这,哪来的……"

"你儿子现在有钱了。妈,算我求你一次,妈!"

……

吕新的归来让父母有了脱胎换骨的精气神儿，家里到处充满温馨。从前的不少老街坊也都闻讯而来，纷纷揣了惊喜嘘寒问暖。

大家亲切地跟吕新交谈。吕新的高谈阔论不时引起一片惊叹。

那天，吕新正在楼道口跟人聊天，突然看见一辆警车远远驶近了，停下。从上面飞速跳下两名警察向这边猛冲过来！吕新的大脑"嗡"的一声就懵了。他撒开两腿没命地跑起来。

大概也只跑出一二十米，吕新便被人从背后扯住。猛转身，见是警察，吕新痛苦地两手抱头，慢慢地蹲到地上。

警察薅住吕新的衣领子，猛地将他拽起来呵斥："你搞什么搞！我们在抓路口那个卖豆浆的敲诈犯，你跟着瞎跑什么？"

吕新忽然近距离地认出了眼前这人，大叫一声："是你？安才！"

你究竟想什么心事

妻子进门的时候，张三正一个人坐在沙发上抽烟。

妻子匆匆放下坤包，快步走上前来吻一下张三的脸，怎么啦亲爱的，想心事？

张三吐出一个优雅的烟圈笑笑。没，我能有什么心事？

鬼才信你！那你好好的发什么愣呀？妻子半蹲在张三面前耐心地研究张三的脸。

张三觉得好笑。——自己昨晚不是熬夜看球了嘛，今早睡到快十点钟才起床，肚子不饿，饭也没吃，就想抽支烟呢，妻子提前回家搞起"审问"来了。

你这么早回家干吗？有事你就忙，我抽支烟歇歇。张三懒散地说。

歇歇？妻子忍俊不禁。刚刚起床还没歇够？

妻子轻轻起身坐在了张三身侧，温柔地捏着张三的肩膀。说吧，究竟想什么呢？

张三惊讶地侧过脸来看着妻子。你这是怎么了？

妻子纤细的手指按上了张三的鼻头。好了，好了，跟我还玩什么深沉？我知道我最近只顾忙工作，对你关心不够，你在心里怪我了吧？

张三摇头否认。

难道你在猜疑我对你不忠？做了对不起你的事？

张三愈发觉得好笑，"叭叭"地抽着烟，也不弹弹，烟灰都弯成了一条钩子。要我怎么说你才相信呢亲爱的？我真的没事，我就是坐着抽支烟！

没事？妻子神秘地笑着。那你干吗不吃我给你扣在桌上的早饭？干吗不打开电视看？你昨天新买的那套爱不释手的《藤泽秀行名局精选》又放在哪了呢？还想骗我，你以为你是谁啊？我可是你妻子。我才是全世界最最懂你的人！哼。

张三傻了。张三想解释自己不想吃早餐，不想开电视，不想看藤泽秀行，可"不想"能算哪门子理由呢？为什么会"不想"呢？——难道自己真有心事不成？可笑。问题还是没有解决。

为了不冷落妻子关切的眼神，张三还是略带烦躁地回答，老婆，我没事就是没事，没事不需要理由。你去忙好不好？

妻子竟开始怪怪地打量张三，好像张三是个陌生的天外来客。

你从前可不是这样的！你有话从不瞒我，我一直都以为我们之间无话不说没什么好隐瞒的呢。

张三烦了,求求你老婆,别闹了！你觉得这样有意思吗？我不想再跟你说话了。

你还敢说自己没心事？妻子仿佛终于捉住了张三的把柄,声调徒然高起来。你明明是有一肚子心事无从发泄还硬要瞒我！你究竟安的什么心呐？我真没想到你这人这么阴险！

阴险？张三将烟蒂狠狠地摁进烟灰缸里,抬头猛盯妻子,眼神里充满了疑惑、失望、疲惫甚至恐惧。张三一字一句地问,你提前回来就是为了跟我说这些？

妻子听了拼命地摇头。眼泪迸溅。

看来这个家是过不下去了！妻子话一出口,张三惊得险些从沙发上跌下来。这是怎么了？张三的倦意在这一刻彻底消失得无影无踪,脑袋却像遭受了一记重拳被打蒙了。

我早该猜到你另有心事。妻子哭诉着。这些年来我有多么爱你,可你这样对我公平吗？我也是人！我也需要与人交流被人理解,有什么事不能坦然摆到桌面上谈呢？你从前就开过"离婚试试"的玩笑,难道你早有准备？

张三哭笑不得,记不清自己何时何地开过这个玩笑。

说吧,对方是谁？我不是一个脆弱的女人,至少不像你想象中的那么脆弱。

张三伸手去摸烟盒,却被妻子抬脚踩住。张三只好哀求说,求求你别闹了,你还想让我说什么？

你究竟想什么心事？妻子斩钉截铁地问道。

没有。真没有。我拿人格担保我没有心事行不行？张三一字一句回答。

好吧！妻子绝望地闭上了一双泪眼。谢谢你终于让我看清了你的真实面目，我终于明白我在你心目中是什么地位了！也请你以后别再随便作践自己的人格，我们该结束了！

于是，妻子不顾张三强烈地阻挠决绝跑出了门外。妻子消瘦颤抖的背影让张三感到无限凄楚和悲悯……

屋内又恢复了平静。张三回到衣架前时无意中发现了妻子忘记带走的坤包。

打开，里面赫然放着一张已经签过妻子名字的离婚协议书！

娱乐演出

张萍接完电话，心里跳跳的。小时候，张萍做梦都想上电视、当电影明星，她长得太漂亮了，可她没那个命。现在，机会终于来了！刚当上电视导演的男友桑晓华特邀她参加一档娱乐节目。

张萍被告知，该节目共有十对男女参加，每对都是夫妻或恋人，他们要在灯光绚丽的舞台上，表演和比拼谁家的男人最怕老婆！也就是说，十个形形色色的男人要完全靠硬实力，来竞争一个叫作"最怕老婆先生"的桂冠。

可后来张萍发现，桑晓华根本没说实话。他作为节目导演，根本就上不了台。假如不是临时救场，他才不会这么大方呢！张萍既有些意外，又因此暗暗兴奋。于是面对男友，她将失望在脸上无限放大,任由激动在心底抽芽开花。

果然,只有张萍这一对是冒牌选手。在偌大隐蔽的后台,那些真正的情侣都在耳鬓厮磨絮絮切磋。只有张萍和高大尴尬坐在一角,沉默着。这时候桑导百忙中回过头来喊,喂,你们俩怎么回事?过来!快!熟悉一下,节目马上直播,待会儿你们可一定装得像一点!高大你听明白了吗?别砸了我的饭碗!

高大身材并不高大,却壮,一脸胡子,有种粗犷美。作为桑导手下的兵、张萍暂时的恋人,他悄声对张萍说,你可真漂亮……张萍笑着问,真心话?高大说,我从不说谎,你的眼神能让男人彻夜失眠。张萍听了直吐舌头,肉麻,不愧是电视台的,状态来得这么快!

一阵迫击炮似的重音乐后,镭射灯光像探照灯轮番打在十位男性身上。他们按号出场,依次在大十字形舞台上摆出各种夸张的表情和动作。同时,男主持人用极富磁性的话音分别介绍着选手的怕老婆经历。

"现在大家看到的是一号选手武闽川,有天夜里他因超过十点钟回家,竟被老婆林紫儿关在门外的雪地里站了整整一夜!""现在走到台前的是二号选手黄端,别看人家是高富帅,可在家里却常被老婆当成战马,他说老婆骑着自己玩耍就是他一生中最幸福的时光!""四号选手王准,大家请注意他的左脸,摄影师给个特写,据说这就是他曾被别的女生吻过、回家后惨遭毒手的地方(此处有惊呼)!""五号是个标准型的居家好男人,据说他今生唯一的愿望就是能替老婆生孩子!"……

鉴于前七名男选手的出色发挥,八号高大有些紧张,张萍竟心跳得直想呕吐。就在临出场前一刻,张萍狠狠攥了一把高大的胳膊,高大来不及回头就伴着强烈的鼓点跳了出去。张萍万没想

全民微阅读系列

到，像高大这样敦实的男人，居然在场上跳起了太空步！而主持人的介绍就更加离谱："是谁带走了地球的空气？是谁让你感到难以呼吸？是谁让眼前这个优秀的男人泪眼迷离？现在让我们把话筒交给八号！"张萍亲眼看到高大居然真的流出了眼泪。他动情地说："当然是我老婆，世界上独一无二的安妮！"

张萍化名就是安妮。第一轮，他们轻松领先。第二轮，再次所向披靡！每当高大一出场，他的那些肉麻话就像春天里的细雨一样洋洋洒洒，打动了台下少男少女的心扉；而装扮得像白雪公主一样的张萍每次出场，更是引起了台下的阵阵骚乱。他们在广大观众狂热地追捧下，配合得精妙绝伦天衣无缝，一度将现场气氛推向了新高潮。

第三轮，才艺大比拼。节目要求男女选手同时出场，由男方表演，女方协助完成。张萍眼见其他人亲密无间地联袂出场，表演一个比一个精彩，动作一个赛一个泼辣（其中不乏当众搂抱、亲昵、海誓山盟、执手相看泪眼），心里急躁起来。此前他们夺冠呼声最高，难道要眼看优势化为乌有吗？张萍状态正佳，于是在高大演唱到一半时，猛的跳起来用大腿夹住了高大的屁股。

"广告之后更精彩！"随着主持人话落，选手们暂时集中到后台休息。桑晓华并没跑到张萍和高大身边来。他双眼通红，满场吼来副导演："不行，节目得改！我突然有了新创意，高大和张萍不是假的吗？咱直接告诉观众有假，让他们猜！场外还可以拨打热线或发送手机短信！"副导演听了直皱眉："这能行吗？"桑导狠声说："要收视率就得冒险！听我的！"

在"痔疮一贴灵"广告结束后，主持人突然现身宣布，台上十对恋人中有一对是假的！场上场下即刻一片哗然。张萍和高大想不到演出发生了遽变，只能在惊疑中随波逐流。话筒在观众席上频繁传递，热线热得导播前言不搭后语，观众猜测最后集中在"一号""三号"和"八号"身上。主持人立即造势:假的正在其中!所有观众立时分成了三拨儿,剑拔弩张,拭目以待。最后主持人隆重宣布:谜底最终将由三对恋人亲自揭开!

意外就是在这时候突然发生的:主持人话音一落,三对恋人竟不约而同面向彼此,投入到激烈深情地热吻当中!桑导和整个节目组都被这场面震懵了。他们不敢相信,此时此刻吻得最野最狂的一对男女竟是张萍和高大这对假情侣!他们疯了吗?

现场沸腾起来。

骂人不对

表哥一下长途汽车就撇着哭腔问我:还认识我吗表弟? 我搂住他膀子说,自家兄弟,啥时候能生分了?

表哥忽然开始放声大哭:表弟啊,二姐出车祸了!

表哥说,二姐前天带儿子来市里看他打工的爹,今天俩人出门买菜时被一辆大货车撞了,听说现场连块囫囵肉都没剩!

我的头哄一声炸开了。原来表哥来是为了这事。

我们火速赶到出事地点,可现场只有一大摊浓稠的血迹。

听不少目击者说, 二姐和孩子是正常走路时被突然抽风的大货车碾死的,那场景太可怕了!

我们又去交警队,听一个交警说车主留下了两万块钱葬仪费,下一步处理要等鉴定结论。他还说,车主是个市里的个体老板,很有钱,就是赔再多也没问题!

表哥当场就吼起来,咱要的不是钱啊!俺从小没爹没娘,是二姐把俺拉扯大的,怎么好好的一个大活人一下子就没了呢?俺心里像被剜了块肉啊!咱不稀罕那几个臭钱!

一周后鉴定结论终于出来了,二姐竟占百分之八十的过错!我们全都傻眼了。可鉴定如此,还附带所谓的证人证言。表哥冲上去就要和警察理论,我们被七手八脚地轰出来。

我说可能是车主找关系了。表哥说那咱也找啊!你不是在市里干吗?我说我还远没混到那份上。我又问表姐夫呢?你让他也出来想想办法!表哥却狠狠地说,以前在家就净打二姐,这次听说出了事,连头都没露,说快过年了工地上忙,简直畜生不如!

表哥跟我回家,像截枯死的木头。慌乱中他问我老婆,弟妹,你说该咋办?不能让二姐就这么冤死啊!

我老婆也悲愤难抑,说有些人真该枪毙!不行你回去雇几个泼妇天天到他们单位门口骂,骂他们收受贿赂徇私枉法!看他们怕不怕?管不管!

表哥听了唰地站起来问,这真能行?我老婆吓了一跳直喊,我一个女人家发发牢骚,你还当真啊?!

可表哥真当真了。他竟然把耿二奶奶和彩芹奶奶请出山了!

在这里我得先交代一下:耿二奶奶和彩芹奶奶是我们村里年龄最长的老人,当年无论是谁都能对着镜子骂上一天一夜不歇息。有一次她们曾双双对着仇家的天井骂了三天三夜。从那人祖宗八代骂到转世投胎;从天井里一棵酸枣树,骂到堂屋内一根绣花针;从那家人的吃穿拉撒,骂到夫妻俩睡觉打呼噜磨牙……无一不骂了个七七四十九遍八八六十四回合。直骂得那家人举家外逃。事后听老人们说,她们骂人时扶过的一棵大花椒树,第二年就枯死了。

我把她们迎进家门，跑进厨房沏茶，可刚出来就见二老跪倒在地，哭天抢地地骂开了。她们眼泪鼻涕交加，嘴里狠狠咬着二姐的名字，紧紧围绕交警徇私枉法的主题，直骂得山呼海啸悲痛欲绝天崩地裂。

这场空前绝后的预演，似乎一下子让我看到了希望！可老婆害怕，她多次问表哥，难道就没有别的办法了吗？表哥塌着脸说，车主留下五万块钱遛了，交警说如果接受调解就拿钱回家，不接受就去法院起诉。表哥说着又哭起来：起诉就能赢吗？那得等上哪年哪月……

死马当成活马医。我们只得开始了详细计划：表哥翌日一早带二老打车走，中途下车注意观察事态；耿二奶奶和彩芹奶奶则在交警队大门口下车开骂。如果骂得顺利，估计很快有人请她们解决问题，表哥随之加入；如若遭遇"不公正"待遇，则尽可施展打滚、撕扯、撞墙等等手段，得不到满意答复就坚决不撤。

第二天，我就像一具浮尸漂在公司里，耳朵里全是二老惊天动地地叫骂声。等终于熬到下班，我心急火燎向交警队赶去。

然而那个气派的大门口处空无一人，整座办公楼也一片漆黑。

难道他们真被领导接见了，经过一番义正词严地据理力争后，最终得到了满意答复，正坐上出租车向我家驶去？

可我空等了一夜，第二天又找遍了市区所有拘留所，连个人影也没见着！直到一周后，我终于想起来该给乡下去个电话，这下，竟然找到了表哥！

因为焦急，我劈头盖脸上来就骂：回去也不吱声，急着回去奔丧吗？！表哥的回答泥泞得很：我就是回来奔丧的……表弟啊，耿二奶奶没了！

什么？这不可能！那天去的时候不还好好的吗？

表哥说，甭提那天的事了，我在村里快被唾沫淹死了！那天她俩到了大门口根本一句话都没骂。耿二奶奶刚坐下就断了气，彩芹奶奶直到现在还下不来床！

究竟怎么搞的？你快说啊！

表哥说，我问了，她们俩下错地方了，是在人家后门下的车，彩芹奶奶下来就喊晕，她说她一辈子也没见过那么多人开着汽车从那个大门里头出出进进。

她晕！

乡下一夜

上路时，刘乃川说，到前面商店停一下，咱买点东西给沙尘暴。

沙三坐在副驾驶上，攥住司机的手说，不停，不停，给他买个狗屁，他能请到你们，已经是祖坟上冒青烟了，可不敢！

刘乃川还想坚持，但听到司机杀猪样地嚎起来。司机说，大哥你饶了我吧，不买就不买，你想把我腕子废了啊？

沙三慌忙松开手，一边不停地道歉，一边催促司机快点开车。说完还不忘回过头来对刘乃川等人强调，今天五子没来，是在家杀羊呢，大锅全羊香啊，我每回吃都能咬到舌头！

说完，还真得伸出舌头来让众人看。

蓝馨夸张地叫起来，说，讨厌，沙尘暴龌龊，你比他还恶心。

沙三就厚着脸笑，说，坏了，蓝老师把俺的舌头当成口条了。

所有人就都笑趴了窝。

车子在午后的羊肠小道上扬起一路黄沙。

直到傍晚，车子才进村口。村里几十户人家的狗几乎同时咬起来，把夜幕咬得金星四冒。

车还没停稳，沙三便扯起破锣嗓子朝向村里直吼：五子！来啦！五子！一片小树林后的哪户人家立时有了回应。

紧接着，众人就看见又矮又结实的沙五跟跄着向他们跑来，与此同时被他挟裹而来的还有浓重的羊腥味。

蓝馨再次抗议说，搞什么嘛，沙尘暴，我不喜欢吃羊肉的。沙五听了立即吩咐沙三，快去，把六家的狗牵过来！

沙三半是犹豫，把脸望向蓝馨。蓝馨没再说什么，倒是刘乃川大声说，算了算了，城里不缺肉，吃点青菜就行！

众人徐徐走进沙五家准备落座，忽然发现这个家几乎没有能坐的地方。房是盖了毡的草房，地板是又湿又松的泥土，一盏度数极低的灯泡让几位近视眼谁也看不清谁的脸。幸亏天不算凉，沙五就在天井里的羊肉大锅边支起了几张矮凳。

众人围成一圈，话题立即开始文学。刘乃川专门从腋下皮包里抽出一张十六开的小报，还未打开便被沙五一把夺去，用眼上下来回地刨。然而沙五眼神很快黯淡下来。刘乃川觉出了不对，忙又包里掏出几张，展开，这才微笑着递给沙五。

沙五眼睛登时放亮，随即就像被点了痴穴。刘乃川在一旁咳嗽了一声说，念出来嘛！沙五就颤颤地念道：

对岸的秋天

对岸的秋天,老牛的眼

最是你一滴金黄的泪,掬起我满心的思念……

读完,沙五眼眶湿了。刘乃川问,怎么样?我只做了稍许修改,这毕竟是你的处女作啊!

沙五说,刘主编,我都激动地不会说话了。我终于在县报上发表作品了!在我们村,我可是第一个啊!

蓝馨补充说,不止你们村,在你们乡,你也是第一个。

沙五将眼睛久久地贴在报纸上,良久才醒转了高喊,老师们都饿了吧?快,他娘给老师们端羊肉!

人们这才注意到墙角蹲着一个蓬头垢面的女人,飞快地站起来为众人舀羊肉。羊肉炖得稀烂了,众人狼吞虎咽。只有蓝馨委屈地问,有没有青菜?我不喜欢吃羊肉的。

沙五立即吆喝女人去弄青菜,女人步子迈得慢了些,沙五就吼道,磨蹭啥,熊娘们家没见过世面!这时沙三拖着死狗正好进门,女人大吃一惊问,三子你疯了?六家的看门狗你也敢动?

沙三说,五子叫拖的。人家蓝老师不吃羊肉。

沙五的喊声又响起来,三哥你快去剁了狗炖上,我去小八家提桶酒。这时候,刘乃川叫住了沙五,说沙尘暴,我们反正要住下体验生活,先别忙。你也算是我县较有潜力的青年诗人了,现在报社经济方面比较困难,你看能不能给我们赞助几个?

沙五说,我一定好好写诗,好好赞助。蓝馨说,是叫你出几个钱支持报社。沙五说,那要多少?先拿两千吧,我们看你也不容易。众人附和说,这么苦的条件坚持创作,很不简单!

沙五说,那我试试,大不了先不给孩子看病了。有人问孩子咋了?沙五说,肺结核,我没敢让他在家,送他姥姥家了。刘乃川听了说,算了,这么困难,少拿点,一千?沙五说,谢谢刘主编,我一定办!

这夜众人喝了两桶白酒,吃光了半锅羊肉和大半锅狗肉,倒是后来端上的几碟蒜苗、炒辣椒、炒蒜瓣都剩下了。

喝大了的人们径直躺在沙五潮湿的通铺上,沙五将女人赶到别家,自个在床下烧炉子,他们热烈地讨论着诗歌的现状与未来。

下半夜,下起雨来。窗外电闪雷鸣,屋内呼噜山呼海啸。沙五正在火炉边打着瞌睡,突然被冲进门来的沙三吓了个半死!

快,五子!你老婆上了吊!

沙三哑着嗓子吼,不过救得快,又活过来了。

沙五一时反应不及,上前扯住沙三,忽然又见他手腕上正往下滴血。

沙五问:你的手是咋了?

沙三一笑,露出满嘴的黄牙说,没事,那会儿杀狗时叫狗咬的。

负　责

老刘生前,有个特点。做任何事,总喜欢负责。

老刘有句名言:"负责有种非凡的成就感,党的任何一项工作都需要有灵魂人物!"

起先,老刘还是小刘时,接班分进厂里干清洁。老刘有想法,去找领导。领导说你一无学历,二无特长,还想挑肥拣瘦?

老刘赶紧说,领导误会了,我是觉得厂里的清洁工作有问题。现在搞清洁的三个人,连我在内,素质不高,一盘散沙。源材料多贵啊?您要让我负责,我保证能干好,还能为厂里节省开支!

领导听了,嘿然一乐。敢毛遂自荐?好,这个责我就让你负,但我从今天起看你的表现。

老刘就负起个小责。

老刘所在的厂子是家机械厂,生产各种机器配件。老刘一负责,当即任命手下的两个人为组长、副组长,自己任主任。从此并不理会背后的讥笑,硬是头年就为厂里节省废料一吨半,年底成了劳模。

时间一久,老刘不但对车间的旮旮旯旯门清儿,工人业务也学了个大概。赶上厂里那几年缺干部,未出三年,竟被提成车间副主任。

当副主任待遇就高了,工资每月多出二十元,福利也好。赶上工人有个头疼脑热,还能向他老刘敬根烟、请个假。

可老刘还有想法。嘴上不说，夜里却睡不踏实。不行，去找领导。

领导说看把你烧的，一个清洁员，都提成车间中层了，还闹意见？不愿干滚蛋！

老刘委屈，说领导有领导的远见，下头有下头的想法，领导如果是位好领导，就请让下边把话说完。

接着，老刘就将把车间一分为二、使模具加工与淬炼定型完全分离，增加企业竞争力和工人积极性的想法和盘而出。

领导被吓了一跳。那时政企尚未分开，领导要想跳出去，缺的就是创新和实绩。老刘撞上枪口了！于是，车间就分了，厂子立马火了。领导也很快被冠以"改革先锋"，升了。

老刘的责，又到了手。

结婚以前，老刘曾扬言将来要在家里负责全盘。可事与愿违，结婚后他只能负责洗盘。两口子就干架。惊天动地过后，老刘依旧顽固不化，老婆更是寸土必争。最后两人只得签字画押：500元以上家庭花销归老刘负责，其他归老婆支配。

可那时，两口人一个月的工资加起来还不到300元！

老刘在厂里工作多年，陆续干过车间主任、供销科长、服务公司经理、厂办残疾人福利企业负责人……不管何时何地，走到哪里，老刘对上总是一句话：让我负责！而对下，老刘更是事无巨细，事必躬亲。大到进料卖货、组织培训、来人招待，小到添把桌椅、批包茶叶、买个杯子。

可也别说，老刘虽倔，但因能扎实苦干，负责的地方还真都出了点小成绩。大家有目共睹，凡一提他，皆是竖了大拇指夸：老刘啊？有魄力！

有一年，老刘出差省城遭遇车祸，右腿被卡在方向盘底下。

外地治疗半年多回来,位子就没了。厂长也换了。去找,领导说,先去工会干吧。老刘去了。但又回来了。

老刘说,你让我干我就干,但工会仨副主席一个兵,我还是个残疾人,明摆着不公平。领导皱了眉,这样? 那你也当副主席。

老刘还不走。说那得让我负责,主持工作。领导脸色就暗下来。老刘见状忽然鼻子发酸,有点哽咽地说,我在厂里干了30年,下来前好歹也是个负责人吧? 车祸是工伤,又不是我故意出的,天底下谁愿意出车祸呢? 你愿不愿意? 老刘指着领导的鼻子问。

领导就出了一身冷汗。说你想负责就负责吧,但原职级不变!

拄条拐杖的老刘,终于又负责了。

老刘到工会后,并不闲着。别的副主席年事已高,班都不怎么上。可老刘天天拄着拐杖,按时上下班、读报纸、出黑板报,隔三岔五组织工人开展书法、象棋、够级等文体比赛。每有比赛,其他几位副主席也被老刘一一喊来,享受一下评委待遇。慢慢地,老刘的威信又上去了。

不久,老刘得了一场大病,卧床不起。自此,厂工会也基本歇业。其实并没耽误啥事,谁都知道。可老刘偏偏急得上火,工友们去医院看他,他逮住问起厂里的事就没完。老婆嫌他"咸吃萝卜淡操心",老刘当即发开了火:"这个家到底谁负责?"

老刘最后一次负责是在半年前。那时老刘刚出院。厂里连发几起盗窃案,想联系公安民警来做几场法制报告,震慑一下。原本厂里安排一名副厂长负责接待的。可老刘听说后火速找到领导说,这事还得让我去,其实我真不是抢功,只是这种事原先都是我负责,现在让别人去,外人会以为我出了什么事呢! ——

"难道老刘不行了？""难道老刘一把年纪犯错误啦？"……

　　领导哭笑不得，只好改派老刘全权负责。

　　于是，老刘就在那次生动的法制报告会上，永远离开了我们。

迷路的女孩儿

　　闪海新识的女友汪梅，在一所乡镇中学教书。

　　汪梅每有晚自习，闪海都要骑摩托车去二十里外的学校接她回家。

　　接送虽然辛苦，可闪海喜欢汪梅轻轻揽住自己后腰、小鸟依人般模样。再者乡下美丽的星空和清新的空气，也常让闪海感到心旷神怡。

　　饱受爱情滋润的闪海，爱上了这跑夜路的感觉！

　　可最近，他们俩遇到麻烦事儿了。

　　闪海的摩托车，总在半道儿上被莫名其妙地扎胎。

　　这很要命。摩托车夜路上被扎，前不靠村、后不着店，根本就没法儿修理。两个人摸着黑推车，一步步艰难前行。那滋味，实在遭罪！

　　闪海就觉得这事儿蹊跷：为何车总在回来的路上、差不多同一地点被扎？而且扎进轮胎的锐器总是玻璃碴或图钉，显然不合常理……

　　闪海下定决心，非要查个水落石出！

于是,在一个汪梅没有夜辅导的晚上,闪海仍然骑车来到了那个经常"出事"的土坡附近,将车推入小树林,自己委身藏进草丛里。

　　适值初秋,花草葳蕤,百虫啾啾,月盘朝开阔的野地里散下大片银辉,不远处溪流在山坳里淙淙流淌。这一切都让闪海觉得陶醉。

　　但那个可恶的目标却很快出现了!

　　那是个个头不高、十五六岁模样的女孩儿,忽然就从野地里奔出来。距离较远,借助月光,闪海只能隐约看到她双手平端一张薄儿木板,鬼鬼祟祟向公路跑去!然后她警惕地四下张望,迅速抖动木板将一些杂物撒落在公路上!

　　谜底揭开了。闪海禁不住大吼一声:"哎,你站住!"随即像头跃起的猎豹,向着女孩儿方向飞扑过去。

　　女孩儿被平空的断喝吓得几将跳起来,丢下木板急忙撒腿就跑!闪海紧追不放。

　　女孩儿箭一样钻进玉米地里,跑不多远却忽然被盘根错节的枝蔓绊倒在地,闪海喘着粗气奔上前反剪住其双手,像提小鸡似的将她押了出来。

　　"说!为什么在路上搞破坏?"闪海气喘吁吁,怒声逼问。

　　女孩儿早就哭了,只是没有哭出声,淡薄的月光下,满脸湿亮。任凭闪海怎么晃她、问她,就是不回答。

　　"小小年纪就不学好!"闪海继续训斥:"知道半路上给车扎了胎,别人多难受吗?"

　　这时,女孩儿却开口了:"我就是要让他们难受!"一边眼泪,汹涌而出。

　　闪海越发气不打一处来:"看来你是故意的!走,我送你去派出所！"

女孩儿听了拼命地扯住草棵，像一小滩泥巴，怎么也拉不起来。

"好，只要说清你为什么这么做，我就放了你！"闪海有点心软了。

女孩儿一听，哭声忽然开始放大："是你们杀死了我爸爸！你们赔我的爸爸！……你们都是凶手！我要给爸爸报仇！呜……"

闪海感觉讶异，这孩子该不会精神有问题吧？"不许撒谎！慢慢说……"

女孩儿继续哭喊着："十天前的晚上，大约九点钟，我爸爸，呜……被一辆面包车轧伤了……我拼命喊人，拼命喊救命……就是没有一个人来理我！轧伤爸爸的汽车也逃走了……我喊了整整两个小时，都没有一辆车肯停下来帮我……"

"所以我每天晚上九点钟都来路上撒钉子……我要给我爸爸报仇！他死了，你们所有人都是凶手！……"女孩儿歇斯底里地怒吼着。

闪海当即愣住！他无论如何没想到，在这弱不禁风的女孩儿背后，竟有如此凄惨的经历。

"那你现在还上学吗？"闪海试着温和地说话。

女孩儿的哭声却再一次放大："我想！可妈妈早就改嫁，我没有钱交学费了……"

闪海的泪水一下子冲出了眼眶。"给！"他慌忙从裤兜里掏出两百块钱来往女孩儿手里塞去。"先拿着！好妹妹，大哥刚才是逗你玩呢！别害怕。"

女孩儿仍旧抽泣着，坚决地摇头。

闪海忽生一计："要不这样，好妹妹，你先拿着钱交学费，明晚大哥我也来和你一起撒玻璃、抓坏人怎么样？"

女孩儿用瘦弱的胳膊抹着眼泪，将信将疑接过钱，深深地望了闪海一眼，突然爬起身来跑掉了。

接下来的几天晚上，闪海和汪梅一早就来到那处土坡附近，等那女孩儿再次出现。可每次，他们的等待都落空了。

闪海直后悔没留下女孩儿的住址。

站在广阔的星空下，闪海想，但愿那女孩儿是迷路了吧，她再也找不到这个让她噩梦开始的地方了。

收　获

秋天一到，老陶的院子里热闹起来。

门口是夹竹桃、百日红和大鸡冠子花，开得泼辣；墙角是丝瓜，一路奔袭，出了门外，吊满条条吐着黄芯儿的绿蛇；走廊两侧是青萝卜、小白菜，跃跃欲试，长势撩人；临近门槛，挤满了星星点点迎风招展的"朝天吼"小辣椒；南瓜们则完全占据了制空权，将胖身子在小南屋上肆意舒展；最后剩一棵甜石榴树哪甘寂寞？直蹿得十几米高了，引一伙聒噪的麻雀前来筑巢。

偶尔风过，院子里欢声笑语不寂寞；俄而雨落，小院里清新舒怡不落魄。秋高气爽，老陶就经常坐在这充实而丰盈的院子里，笑眯眯，乐滋滋，捧一本闲书，沏一壶龙井，直坐到落霞横斜，天光黯淡。

邻居们就羡慕老陶，夸他精细、赞他勤励，羡慕他心态好，赋闲生活过得悠闲自在,趣意横生。老陶也乐得与邻居相交,常打打扑克、下下象棋,关系不远不近,从容和谐。

老陶的小区住得多是老人。这里地处城郊,交通不便,但房子却是村里开发的二层小楼,价格便宜,环境幽雅。对于退休爱静的老年人来说,这绝对是块安度晚年的妙地!

老陶他们就是这样搬过来的。

但也有年轻人来住——老陶在和邻居们打牌时就认识了一位,小陈,三十冒头,机灵善谈,学识丰厚,也懂得享受生活,最喜欢往人堆儿里扎,专爱凑老陶他们的场子。老陶他们下棋他就站在一边支招,老陶他们打牌他又想方设法入伙。大家都喜欢他,老陶更是格外欣赏,每次打牌总跟小陈搭档,几乎是攻无不克,所向披靡。

老陶听别人说,这小陈可不是个一般人,据说是某家企业的副总呢,年收入突破六位数! 就有人当面打趣老陶,说老陶你过去也是一厂之长,人家小陈才是副总,你挣多少,人家又挣多少? 大家同在一个小区里住,差别怎么就那么大呢?

老陶听了,就乐,就说,我巴不得现在的年轻人都比我强呢,这说明时代在发展,我们的日子越过越好啊!

不知不觉,一件轰动性事件却突然发生! 小陈于某天被县检察院的警车带走了,罪名是涉嫌挪用公款! 过了很久,竟被判了缓刑放回来! 一时间,小区人人唏嘘谈传,有人为小陈叫屈,有人为小陈遗憾,也有人说小陈活该! 谈论归谈论,人们从此再也很少见到小陈的影子了,更少有人去主动敲开他那扇紧紧关闭的尴尬之门。

等事情渐渐烟消云散,人们又见到久违的小陈,他明显瘦了,脸上颧骨都凸了出来。人们小心翼翼地与他招呼,他反而主动热烈回应，还跟先前一样去凑合老陶他们的场子。

时间一长，小陈就变成了牌桌上的常客。可曾几何时，老陶却变了脸。每次只要小陈一来，老陶起身拔脚就走，该下的棋立即扔了，没打完的牌干脆一把丢掉。

人们就觉得蹊跷。有人当面质问老陶，老陶啊老陶，人家小陈当官时你和他打得火热，现在遇到麻烦了，你就那么看不起人家？是啊！牌友们七嘴八舌地问。

老陶就苦笑，忽然却正了色道，你们这帮老家伙，小陈人还年轻，一点点挫折能算什么呢？他的路还长，怎么能老跟着我们打牌下棋呢？玩物丧志会毁了人一生的！

人们听了顿觉有理，小陈现下整天没事干，净跟他们这些老头子瞎掺和什么呢？

于是小陈再来凑场，所有老人都一齐摔了扑克、推了棋盘，匆匆走人！小陈脸上的嬉笑就忽然僵得结结实实，整个人如一截木头傻傻地戳在了原地。

如是几次，小陈再也不去凑场，心头恨死了老陶！从此见面，总是怒目相对，愤愤难安。

那是一个清凉的早晨，小陈忽听见门响，叫妻子开门。门开了，走进来的却是笑容可掬的老陶。老陶手上满满都是些好东西：肥胖的葫芦、苗条的丝瓜、修长的萝卜、烫过发的小白菜、救生圈样笨重的大南瓜、一塑料袋探头探脑的小红辣椒、一口袋扎着长辫子的大白葱……

小陈愣愣地迎进院子，不解地望着老陶。老陶笑着说，小陈啊，这些都是我自己种的玩意，收获了，给你尝尝鲜。自己下力气种的东西，香着哪！

小陈的眼眶一下就潮湿了，老陶的话似乎让他醍醐灌顶清醒过来。只有脚踏实地下力劳作，才能有真正的收获啊！他一时竟找不到话来开口，只是紧紧攥住了老陶的手。

就在同一天，不知道是经过事先商量的，还是因了老陶感染，小区里很多很多的老人都来到了小陈家里，把自己类似的心意纷纷送给了小陈。面对他们的热情，小陈的眼睛几乎哭成了两只桃子。

这年初冬，小陈重新找到了一份薪水不错的工作。天一冷，小区里人们已经不再外出串门、打牌了，小陈却忙活着进进出出，为各家各户送去了盆盆娇滴滴、红艳艳的百日红。

小陈逢人便说，收下它吧，自己种的可好看啦。

做一回别人的老公和老爸

半夜，我忽然接到一个电话。

是个女人打来的。女人在电话里哭着问，是你吗？我好害怕！

我没听出是谁，连忙安慰她说，别怕，怎么了？

女人说，女儿现在正在手术室里，我好害怕！我怕失去她，你知道我有多么爱她吗？如果她出了事，我简直不想活了。

呀，她是打错电话了。

可我的同情心空前地膨胀起来。看看身边熟睡的妻子，我用尽量轻柔的话语劝告说，你坚强点，什么困难都会过去的，相信女儿不会有事！

女人呜咽说，谢谢你，这个世界上也许只有你还在乎我们，你知道女儿最近的成绩吗？她又考了全班第一名！可是她的病，她不让告诉任何人，她不想让老师和同学们来看她。

我说，女儿好样的。

女人听了，情绪似乎稍稍有了些放松。女人说，女儿现在不但学习刻苦，生活上也学会俭朴了呢，不再像以前一样喜欢乱买新衣服，还有，她还知道整理家务了，知道帮我做这做那，乖得像一只小猫，我现在真是一刻也离不开她啊！

我说，女儿真棒。

她十一岁了！女人口气变得自豪起来。在同龄的孩子中，她是最高的。像不像你？

我连忙说，不，我个子不高。

我以为这下女人该听出来了，可她仍深深地沉浸在叙述当中。其实，女儿能长一米六五就够高了，你说呢？

我不置可否。

女人的哭泣声小了下去，话语里充满了慈祥。女人说，可女儿再懂事也还是个孩子。前几天，邻居张叔叔给她抓了只鸟，她见了喜欢得不得了！每当我看到女儿和鸟玩耍的样子，我真感觉开心，感觉身上所有的疲劳统统都没有了。

你说，咱们女儿像不像一只美丽的小鸟？女人再次轻声地发问。

我该怎么回答呢？女人究竟把我当作了何人？是远在异地的丈夫？还是未能见面的情人？我开始为自己冒失地应答而感到尴尬。

再者，如此深夜，与一个陌生女人轻言细语，若被妻子醒来听到，岂不是一件很难解释的事？

于是，我选择了沉默。我不作声，是希望女人有所察觉。可事实上女人非但未察觉，反而话语仍像潺潺的溪水一样流淌个不止。

女人说，女儿最怕打针的，你还记得吗？她小时候一听到打针，嗓子都哭哑了。她 7 岁那年冬天，一天晚上磕破了头，去中医院缝疤，女儿的哭声搅得整座病房楼上的灯都亮了，身上棉袄都湿得透透的。

女人说，女儿在家里淘，可在学校里是出了名的乖，你记得吗，每一次我去幼儿园，去学校里，她都是老师嘴里的乖宝宝，学东西最快，最爱帮助别人，被男孩子欺负了也总是回家才掉泪，小小年纪就知道孝顺老人，爷爷在的时候，她从来都是他的开心果。

女人说，但我还是老担心她长不大，心太善良，怕被欺负，我奇怪孩子为什么长得那么慢？可是这几年来我明显老了，我都成了单位上的老太婆了。有时候我的心情特别糟糕，我就会拿着女儿出气，我用尖锐的嗓子骂她，有时候还打她。有一次，她把书包忘在外面了，我陪她去找，找到天黑也没找到，情急之下我就打她，打得我的手都麻了，她却没哭一声！邻居们看到了都来劝我住手，可我不知道是怎么了，就是疯了一样地打她，她那时才是个 10 岁的孩子啊……

我怎么那么狠呢？我怎么那么毒呢？说着说着，女人又开始了哭泣，一点一点，声音不大，却像冬夜凄冷的雨，滴滴下到人心里面去。

身边的妻子不经意地翻了身。我开始心慌意乱起来。女人的讲述和抽泣到何时才是个完呢？我可不是喜欢撒谎的人。这样的情形，不如委婉地告诉女人吧，是她打错了电话，找错了人。

于是，我在女人断续的哭泣中，委婉地进行着解释。可话刚一张口,女人突然回答说,很对不起,其实我知道我们并不相识。实际上,我欺骗了你,我女儿手术失败已经走了两个多星期了。可我实在不敢相信,我无法控制自己,她的父亲和爷爷奶奶几年前就因为车祸离开了,我身边再也没有一个亲人。今晚我是随意拨打了一个电话,想不到竟打通了,是你给了我一个放肆的机会……

我愣住了。想不到,事情竟是这样。女人在电话里说,谢谢你,谢谢你肯听我的电话,而没有很快揭穿我,我真不知道该怎样……突然,不知是那边手机没电,还是她扣机了,电话没有了信号。

我轻轻躺下来,却惊异地发现侧躺着的妻子脸上一片湿亮。我忙问,你怎么了?妻子说,你的电话还是老样子,周围三里远的地方都能听得到。

老人与空气

老人就钉在楼下的椅子上。枯木一般,闭着眼,袖着手,几乎永远是那个姿势,未见其动过。椅子是张旧年的紫木藤椅,油漆斑驳,四肢倾斜,只有浑身复杂精美的雕刻还显示出它昔日的尊贵。

老人是楼上一对中年夫妇的爹。准确说应该是中年男人的爹。因为每天都是男人按时为老人送下一日三餐,从没见过女人的身影。

老人自前年失去了老伴儿就被唯一的儿子接到城里来了。城里人住房拥挤，楼层一座比一座高，间隔一座比一座小。儿子一家三口住了一套一百二十平方米的楼房，两厅三室。客厅、餐厅、书室、主卧室、副卧室，再就是厨房和卫生间了。老人来城里后只上过一次楼，老人围着儿子布置好的房间转了一周又无声地下楼了。

女人说："爹年纪大了，天天爬楼可不行！万一我们都不在家，他自己上下楼出个好歹可咋办？"

男人自和女人结婚后就很多事不知道该咋办了，男人说："那你说咋办？"

女人就主动拾掇出旧铺盖扔给男人，说："把楼下储藏室收拾一下给爹住吧，别没办法。"

隔日，男人就请来了几位泥瓦匠，他们磨蹭着喝了几大碗茶后就猴儿似的蹿上房顶，敲敲打打鼓捣出一阵铿锵的碎响。老人就站在房下瓷了眼看，头仰得很吃力。

打那以后，老人就住进了楼下的储藏室。老人费力地搬张椅子出来晒太阳，竟成为院中一景。迟钝的老人终日不发一语，却每天都端坐在人们的视线里。老人做得最多的姿势就是长久地微微仰头望向空中，似乎正与空气做着什么交流。

老人确实老了，满脸的老人斑，皮肤松弛皱褶与干涸的河床一种颜色。老人在椅子上一坐就很少挪窝，常常在太阳下浅睡过去，直到有人或重或轻地走过，老人才张开眯缝的双眼，盯了路人的脚看。

那双最小的足球鞋是老人孙子的，全院属他最小，可他从来没让老人抱过；那双火红色或奶白色的高跟鞋是儿媳的，她向来很敢打扮，口红、吊带、超短裙、烁光丝袜经常往身上招呼；那双迈得最轻的一定是儿子，每次都是这样，他走得那样轻那样轻，仿佛他二百多斤的体重变成了一团棉花，总让老人风平浪静的心一次次惊醒；还有些更多的脚，比如偶尔朝他微笑过的老李、老张他们——老人也都能逐一分辨出来，大都急火火忙匆匆，踩得路面的石子沙沙作响。

有时候老人也起来活动活动，有几次他趴在楼下的大铁门上瞅那些电话似的摁键，摁键一侧还有个闪亮的探头。老人觉得蹊跷，摸过几次，当即有人在话筒里骂了，将老人吓得不轻。后来儿子和儿媳特地下楼找过老人，临走儿子单独教会了老人使用公共安全防盗门的方法。

老人却再没按过门键。他只是看见很多人手中提着大小礼品在那些按键上执着地摁着。偶尔会有人问他"李局长住哪家？"老人开始没反应过来，后来来人很详细地解释了，老人才弄清楚他们要找的其实就是自己儿子对面的老李家。老人不说话，只用手指比画，然后看他们依次进楼下楼，后又消失在朦胧的夜色里。

一个突如其来的雨夜，老人看见几个警察在居委会老沈的带领下，用钥匙打开防盗门闪进了楼洞。不一会儿，楼上传来撕心裂肺的哭叫声，有孩子的有女人的。

老人看见老李被几个人连捆带绑地架走了。

老人好几天都没再出门。老人想不通有那么好人缘的老李怎么就叫政府部门带走了呢？听儿子跟别人扯淡说，老李的问题很严重，可能这辈子都得在监狱里待着了。老人不怎么信，平时和他微笑的不多的人中，老李可是最感亲切的一个啊！

老人就在漫长的时光里继续苍老下去，以至于后来大脑渐渐空白。每天该吃吃，该睡睡，很有些痴呆状了。

忽然一天，老人低垂的眼帘前停驻了一个人影。老人慢慢张开眼，觉得这人熟悉，可又不像是自己的儿子。

站着的人笑了，问老人："还好啊？身体不错吧?！"

老人听不清楚，耳背了。

来人说完就自顾自地上了楼去。

后来，那人就经常下来陪陪老人，老人终于明白他就是老李了。老人有时候经常纳闷一件事，为什么别人那么怕进监狱呢，老李在监狱里的故事不都挺有趣吗？监狱多好啊！

这成为老人死前对着空气思考过的最后一件事。

拥抱明天

2001 年 8 月 28 日清晨，鲁道夫.朱利亚尼急匆匆地乘车赶往纽约市医院。在这里，一名年轻英勇的消防队员刚刚辞世。

早在鲁道夫当选纽约市市长以来，他即发誓，若任何纽约市民在工作中受伤，他都要亲往现场。

鲁道夫见到的场景令他黯然神伤：一个年轻的生命早早消逝，一段靓丽的华章戛然而止，一个残破的家庭再度受到重创……

死者的母亲戈伦巴在过去的四周里，接连失去了父亲和丈夫。现在，她唯一的儿子又已经离她远去。鲁道夫不知道该怎么安慰她，只好在表示诚挚的哀悼同时，与她悲痛地拥抱。

这时候，戈伦巴夫人在鲁道夫耳边轻声地问道："下一周，我的女儿将和她深爱的恋人举行婚礼，现在，她已经失去了她所有的男性亲属，婚礼上没人将她托付给新郎。以前我们就曾崇拜你，所以，你能帮我老婆子一个忙吗？请你参加我女儿的婚礼，并在婚礼上领着她走向牧师。"

鲁道夫听了赶紧躬身回答："我不胜荣幸。"一边在心底惊讶于戈伦巴夫人在巨大的喧嚷和悲鸣声中，竟可以恢复成为室内最冷静的人。

鲁道夫问戈伦巴："你如何能应对这可怕的灾难？你是从哪里汲来生活的力量？"

戈伦巴看着鲁道夫的眼睛只说了一句话："去试图拥抱明天吧！"

这句话像一道闪电在鲁道夫的心底划过。他彻底记住了戈伦巴这位其貌不扬的老太太和下个月的 **9** 月 **16** 日——那场令人唏嘘感慨的婚礼，将在布鲁克林区的加里森海滩举行。

此后只过了十天，**9** 月 **11** 日的早晨，鲁道夫正走在去市中心的路上，突然，仿佛整个天地剧烈地旋转起来，轰鸣声、倒塌声、陷落声不绝于耳，熊熊烈火和悲惨的号叫弥漫了整座城市，纽约市中心骤然间瘫痪了。

鲁道夫和同事们急忙躲进路边的一座建筑物避难，结果却被残骸烟雾埋在其中，灰尘呛得人险些窒息。二十分钟后，鲁道夫终于侥幸死里逃生，可呈现在他面前的是浓密晨雾中无数的残垣断壁和支离破碎的钢筋混凝土。

鲁道夫眼含热泪告诉自己，他遇上了有生以来最大、最恐惧的灾难。美国最著名的两座标志性巨厦转瞬之际沦为废墟，成千上万的人心惊胆战、流离失所。接下来，他不但要去履行自己的诺言到无休止的现场察看，而且要接受无数记者的采访、追问，频频召开新闻发布会向市民解释……

疲劳、误解和疑虑很快使鲁道夫筋疲力尽,在他心灰意冷、惶惶不安的睡梦里,他一次又一次梦到劫机、倒塌、喧哗、塌陷、死亡。这让他难以安眠,生不如死。可就在梦里,在这些恐惧事物的背后,鲁道夫还多次梦到了同一个人的一张脸:那个苍老而冷静的戈伦巴夫人的神秘面孔。

正是她那坚定执着的眼神和那句短促有力的话语,让鲁道夫醍醐灌顶般地清醒过来:是的! 灾难降临了,死亡迫近了,不幸接踵而至,怎样才能应对这前所未有的灾难? 如何才能汲取生活的力量呢?

戈伦巴夫人已经给出了正确的答案。"去试图拥抱明天吧! "鲁道夫感觉筋脉中的鲜血沸腾了!

于是,鲁道夫开始在新闻发布台上显得镇静自若,他一次次正确的指挥获得了市民的理解和拥护, 他在话筒里一遍遍重复着充满豪情的一句话:"亲人们,为了生存,去拥抱明天吧! "

没多久,美国市贸大厦的遗址上升起了美国国旗。

那个噩梦后的第五天, 鲁道夫准时参加了戈伦巴夫人女儿的婚礼。数以千计的人们得到消息后也自发前来祝贺,整条街道被围了个水泄不通。他们沉浸在喜庆的海洋中,热烈地鼓掌、歌唱,使半边天幕充满了欢乐的笑声和愉快的祝福。那阵势,决然不像一个刚刚遭受了恐怖袭击的城市应有的景象。

鲁道夫一直站在人群里默默搜索着那个启发他走出困境、窘境的老人,可他一无所获。最后,鲁道夫是去教堂内室放外套时,意外发现了躺在棺木里已经安然死去多时的戈伦巴夫人。在她的周围,布满了葱郁的绿叶和鲜嫩的花朵。显然,亲人们早已知道她离去多时了。

远处喜悦的乐曲声正一浪高过一浪，喧沸的人流向着天边潮涌而去。鲁道夫站在巨大的教堂窗口，双手缓慢地于胸前划着十字，眼睛里流出热辣的泪水。

鲁道夫在戈伦巴夫人手里，发现了一张留给他或者所有人的便笺："不要沉溺于任何形式的苦难，死亡并不可怕，请你站着去拥抱明天！"

最后一名乘客

刚下过雨，城市显得神清气爽。

郑诗娆驾驶着笨重的公交车，眼中的神色却像开着游艇在大海上乘风破浪。再有半个钟头，她就要交接班和男朋友飞泰国了。逛寺庙，游海岛，骑大象……窗外的空气真好，连信号灯都那么善解人意。

郑诗娆用手背抹一下秀发，下意识抬头瞄了一眼后视镜。虽然无法对镜自恋，但她坚信自己此刻是美丽的，而且还很萌。

可就是这下意识的一瞄——有很多时候就是这样，看到的和想到的并不同步——郑诗娆明明看到了凶险，可等做出反应已为时已晚。

何况，她脚下还有正在咆哮的油门。

几乎在抬脚换脚的一瞬间，郑诗娆听到急速的摩擦、破裂和惊呼声同时响起。窗外，车轮骤停擦过路面爆发出一阵青烟。车内，乘客因毫无防备有许多人跌趴在地。耳后，一种锋利的刺痛雹时涌遍了全身——郑诗娆身侧冲上来一个手持尖刀、浑身酒气的歹徒。

"别动！"歹徒改用刀尖对准她的锁骨。"你继续开车，不要停！"

郑诗娆疼得眼泪直流："大叔，您扎疼我了……"

歹徒缩回刀去，转而朝向乘客大吼："谁都别动，老子身上有炸药！"

车厢里咒骂声迅速矮下去，就连孩子的哭声也戛然而止，取而代之的是女人们的啜泣。

郑诗娆瑟缩着身子，痛苦地求饶："大叔，我疼，求求您……"

"求我有屁用？我输得连坐车的钱都没了！什么都没了，就是死也要拉上你们这些人垫背！"歹徒咆哮着："谁要敢动，我就把这辆车炸个稀巴烂！"

郑诗娆被吓得脸无人色，却没忘记自己的职责。

"大叔，不就是钱吗？您想想坐公交车的人能有什么钱？这样做太不值了，您让他们都下车，我陪着您……我哪儿都不去。"

"你有钱？"歹徒瞪大了眼。"没钱，老子在这一天也活不下去！"

"我打电话给我妈，让她给咱送过来。大叔，您用多少？"郑诗娆说着，顺手摁动了车门开关。

歹徒见状大惊，但索性挥着另一只手朝乘客们嚎叫："赶紧都滚下去，告诉你们我要二十万，不管谁给都行，否则她就完了！"

人们纷纷站起来，默默无声地涌下车去。

"好了，关门！快开车……"歹徒再次挥动刀尖。郑诗娆只好关闭车门。

车门阖上，突来的空旷却让郑诗娆变得出奇的紧张和脆弱。她开始放声大哭，她是从头到脚都感到害怕了。"大叔，我看您不像坏人……我可能才跟您女儿差不多大，求求您把我也放了吧？我家是农村的，没什么钱……"

"信不信我现在就捅死你?!"歹徒恶狠狠地打断她。

郑诗娆面如死灰："别……大叔，我听话，您现在放了我，我……把我身子给您行不行……"

歹徒没有答话，身子却猛然朝后扭去。郑诗娆透过后视镜，发现车后排竟然还坐着一个男人。那人头戴黑遮阳帽，鼻子上架副墨镜，一言不发，坐得挺直。

"大叔等等，还有人没下车！"郑诗娆简直不敢相信自己的眼睛。

"活该！你快给老子开车！"歹徒又将匕首戳过来，郑诗娆只好发动车子。

她将车速放得很慢，沿途不再拉客，时刻盼望警察尽快出现，却又极怕歹徒会狗急跳墙。

"向前开，不许停！"车开动后，反倒是歹徒显得心神不宁，左顾右盼，不断重复着这句话。郑诗娆忽然想到，歹徒是否和自己一样，也对车后排那个纹丝不动的男人感到奇怪？

他显然不是歹徒的同伙。可他为什么不下车呢？

隔得那么老远，如果他想见义勇为，那可就太傻了。

又或许，他被吓懵了，像块木头一样，忘记了下车逃生？

郑诗娆注意到歹徒开始头脸冒汗，逐渐放松了对自己的监控，反而全神贯注盯着车后排的男人，时刻不敢放松。郑诗娆还发现，歹徒无意间撩起了上衣，他身上除了浓重的酒臭味，根本没有炸药。

汽车缓缓爬上一个斜坡。郑诗娆一眼看见不远处云集而来的警车，一只手也悄然摸到了座位下的消防栓。

突然，郑诗娆脚踩刹车，拉起手闸，从座位上站起来，猛用消防栓朝歹徒一通狂喷。歹徒狼狈躲闪摔倒在地，情急下郑诗娆扑上去紧紧攥住了歹徒的尖刀。

很快，全副武装的警察破窗而入，制服了歹徒。

郑诗娆刚一下车，就被闻讯赶来的记者们团团围住。急中生智解救乘客，敢与持刀歹徒近身肉搏，惊魂未定的她成了英雄。

郑诗娆应对着采访，心里却始终有个疑问。车上的最后一名乘客呢？他始终没有动过，为什么不下车呢？很快，她发现有个女人将那乘客背下了车。原来，他没有双腿。

郑诗娆迅速拨开人群跑过去，有些生气地质问女人："您是他什么人，怎么搞的，刚才那么危险怎么不带他下车？"

对方停步，掂了掂背上的男人说："他是我儿子，是个排爆警察，三年前在友谊商场拆弹时死过一回。现在有事出门，我全听他的！"

第五辑

古今奇事

绝缨会

一管竹笛，清婉悠扬，似从天际云端中生，又似从楼外驿道间来。在那个闷热的黄昏，就那么丝丝缕缕地撩拨着我寂寞无依的心。

"吧嗒""吧嗒"，随着一阵马蹄声的临近，笛声隐了。透过窗棂，我看见一个英俊少年独坐马上，左手持剑，右手执笛，襟袖翩翩，白衣胜雪。

他仰起头，用一双含笑的眸子捉住了我，惊疑中带着一些放肆。呵，又是一个被我美貌迷醉的男人。

可不知何故，这一次我脸上竟烧得厉害，胸口也"咚咚"地跳个不停……

不久，有个自称唐狡的人，只身前来提亲，遭到父亲的拒绝。我隔窗一瞧，心急得差点跳出来——是他！

转身跑上阁楼，痴望唐狡的背影远去，我怅然若失。

不料，唐狡刚走，又有一个人经过我的窗前。这个人浑身血污，铠甲残损，发髻凌乱，布满血丝的一双大眼，似乎要撑出眼眶来，身下的赤鬃马一瘸一拐，狼狈不堪。

他的落魄，激起了我的好奇。我启窗张望，不料正与他四目相对！

"姑娘，可否赠口水喝？"他粗犷的嗓音震得我耳朵生疼。我慌乱地指指楼下，让他去求我父母。

没想到，这竟是我一生中最致命的错误。

坐在昏暗的阁楼上，我能清晰地听到他地动山摇的大笑，和父母亲一连串唯唯诺诺的应答。

之后一天，突然有很多人携金带银闯进家里，把我用轿子一路抬进了郢都。原来，这个求水之人就是被斗越椒射伤了的楚庄王。

我成了楚王的一名嫔姬。可我却憎恨这个浑身是毛、敏感多疑的家伙！我的心早已许给了唐狡。那个英俊少年，才是第一个走进我心里的男人。

我以为这辈子再也见不到唐狡了，谁料在那座石桥附近，当所有人的目光，都集中在对射的养由基和斗越椒身上时，我却意外地发现了唐狡。是他，他就挺拔地站在浩荡的护国大军里，地位卑下，但气宇轩昂。

我试图一步一步靠近他，再看一眼他深邃的眸子。可他面对我灼热的目光，竟低下头片刻也不敢回视。我的心，彻底坠入冰窟。

斗越椒被养由基一箭射穿了头颅。楚王终于平定了叛乱，天下大赦。楚王急命各路将臣齐集郢城大殿，开怀痛饮，尽情笙歌。直到夜半风起，皎月高悬。

——终于，楚王让我这个举国最美的女人出场，为将士们斟酒助兴。

这一刻，我等得好苦！我要亲口问一问唐狡，为什么迟迟不来娶我？为什么不敢正眼看着我的眼睛？

纤指微弓，莲步飘移，歌吟轻狂，笑靥彤红。大殿上所有男人都已为我痴狂。凡我过处，谁人不醉？

唐狡，你呢？抬起头来，正视我的眼睛！懦夫！你为什么不敢？我正要含泪质问，一阵夜风忽然吹灭了大殿所有的蜡烛。

天可怜见！此时，千言万语又怎抵得过片刻相拥？唐狡，抱紧我！

我的拥抱就像撞击在一面冰冷的墙上。那堵厚重的墙，将我生生推出一个趔趄！伴随我跌倒摔碎的，是我那颗滚烫的心。

攥着手中不知如何扯下的一缕红缨，我凄惨一笑，厉声说："大王！有人趁黑非礼我，我扯下了他的盔缨，快点起蜡烛砍了他的脑袋！"

孰料，楚王听了，只是一阵狂笑："所有人都摘下盔顶红缨，为战死的将士干一杯！"黑暗中，铿铿锵锵，筹杯喧响。等烛光再次点亮，只见满地的红缨如血！

我双眼迷离。再看唐狡，他，竟颔首枯坐，像一尊冰冷的石头。我瘫倒在大殿之上……

两年以后，楚王倾兵攻郑，陷入重围，甚至已有人杀到了我的车侧。突然，一个人从斜刺里杀将出来，以一对十，锐不可当，只率领百十号兵甲，不但救出了楚王，且一直杀到了郑国城下。

望着那个熟悉而又陌生的身影，我能感到浑身的震颤。是他。只有那个曾在郢都大殿趁黑把我推出怀抱的人，才能如此勇猛！

楚王发誓重赏唐狡。我的心，却猛然像被一只大手攥紧了，生疼生疼。隔着帷幔，我抽出鞘中的匕首，放眼望去。

楚王发话："唐狡，你无论要什么，我都答应你！"唐狡连连叩首："大王息怒！我就是两年前在郢都大殿，非礼许姬的人！微臣无以回报，唯愿拼死效力！"

楚王听完，爆出一阵大笑。那声音在我听来，却抵不过我心头的一声轻叹。

揽镜自怜，我倾国容颜，毁于一旦。

青天恨

香　菱

女人走进庙门的时候,被门槛绊了一跤。凭空直摔出去,香纸散了一地。风一吹,那些灿灿的帛纸就如生了翅膀的蝶儿,在庙堂里四散飞扬,将一个冷寂的佛堂搅得有些不安分起来。

女人大慌,急忙收拾停当,双手合十,跪在佛前。一双好看的杏眼早已泪如泉涌。

女人垂首向佛,咿咿低诉:罪孽啊罪孽,我该怎么办?一切但求佛祖保佑!

佛祖高高在上,仪容威严。女人说完仰起湿亮的面庞,乍见佛像不怒自威,吓得"噗嗵"一声跌坐在地,泪花簌簌敲起汩汩烟尘。

王监生

静坐窗前,男人目光迷离,夜风将桌上的线书吹得噼啪翻响。

酒褪灯残,屋内静得有些寂凉。突然,叩门声像一盏烛火点亮了男人的眼睛。道长快请进!

一个鹤发童颜的老道推门而进，男人忙起身让座、斟酒。待老道喝完第三杯酒时，男人又从厢房里拿出了几锭沉甸甸的银两。

老道捻须而笑，监生虽厚礼相待，但恕我直言，近期并无功名可图。

男人忙陪了笑道，我不求功名，只求道长为临家佃户算上一卦。只可说他近年在家必有祸患。还请道长一定给我这个薄面！

老道听后沉思片刻，说，那请监生放心，我一定照办。

老道走后，房门"吱呀"一声合拢。男人才发觉后背湿漉漉地升腾起一片凉意。

宋县令

宋县令的轿子每次通过那片热闹的街衢，人群里总要引起一阵骚动。在仙游，宋县令名号可谓家喻户晓妇孺皆知。

半城儿歌里都是对宋县令功绩的称颂。人们亲切地称他宋青天。

宋青天清正廉洁，铁面无私，为仙游百姓断了不少积案难案现案，以至于美名远播嘉兴。

可就在这天晌午，宋县令的轿子没走几步，突然被人截住了。

宋县令慌忙走下轿子，眼前已跪者云集。一个腿脚沾满泥巴的汉子被人推搡出来，立足未稳，说话倒是流利。报告青天大老爷，我在北坡锄地，口渴到井里打水，不想在里面发现一具男尸！

请青天大老爷明察！人群呼声如沸。

宋县令深感案情重大,急忙传人认尸。尸体早已高度腐败,但村人纷纷指认死者就是村南佃户李下!

很快,就有人将另一隐情报告上来。城中王监生素与邻居李下之妻香菱偷情已久。而李下已失踪达半年!

宋县令拍案而起,心中似有一团烈火熊熊焚烧,恨不能立即将淫娃荡妇一双凶手千刀万剐!

一番质问与重刑,二人当即签字画押。宋县令铁笔一挥,正要命人推出去斩首,忽然发现女人右手臂上有两块铜钱大小的胎记!宋县令只觉眼前一花,二十年前的往事倏忽而至。

香　莲

二十年前,莫愁湖畔。女孩儿为秀才划船,轻舟在莲花中穿梭。女孩儿的笑声像湖水上空的水鸟起起落落,女孩儿的小手像一小截白藕,在水花里荡漾闪烁。

突然,一只大手抓住了这截白藕,女孩儿没有惊叫,却拼了命地挣扎。无奈船儿太小,只是一瞬,船唰的一声翻进湖里!

仰仗水性,女孩儿在湖心用尽平生力量,才将吟诗纵情、轻薄自己的客人救起。近处望着秀才苍白的面容,女孩儿的脸像在湖心绽开的一朵雏荷。

秀才留在了莫愁湖畔,读书著文。直到女儿香菱呱呱落地。

秀才永远也忘不了那个莫愁湖被薄雾笼罩的清晨,女孩儿偎在他怀里,女儿伏在女孩儿怀里。女孩儿说,女儿的手臂上有两枚铜钱胎记呢,看来会嫁个有钱人家!秀才听了直笑,并在漫天的幸福中,酝酿下一次赶考。

李　下

李下出了仙游，才发现外面的世界无奇不有。

而且，只要肯动脑子，谋生倒也不难。

李下先是在一家酒肆打工，后来自己就盘下了酒肆。李下卖酒从不掺假，酒气芳冽甘醇。他常是卖半天的酒，自己倒要醉上整整一天。

和风吹荡，李下开始思念起自己的女人。他决心要把香菱也带到这个多雨的南方小镇上来，一起经营这家酒肆，安享天年。

李下带足了盘缠，一路迤逦返回仙游。喧闹的街头上正在乒乒乓乓演戏。李下随意听闻几句，竟被猛然钉在了原地。

他听到台上一个莲步轻移的女人名唤香菱，而那个和她眉来眼去的男人竟是隔壁的王监生！最令他吃惊的是，二人终因合谋杀害自己而被宋青天斩首示众！

李下看得心崩肉跳，情不自禁大呼救人！喊声使人们从剧情中醒转过来，一时间台上台下大乱！

一场初夏的疾雨，铺天盖地呼啸而至。

结　局

那出戏仍在坊间传唱不止，只是再也不是从前的结局。

宋县令被斩首的那个秋天，仙游人将戏演到了京城。

李下站在城墙下，亲眼看见了那场轰动朝野的演出。饰演李下的戏子唱到高潮处,举止悲愤,声泪俱下,把最末一句"寄言人间司民者,莫道官清胆气粗"唱得荡气回肠!

城下李下,涕泪滂沱。

拔　刀

一进师门,他便成为师傅的最爱。

师傅练的是刀。年迈的师傅行走江湖数十载,惩恶扬善,除奸俘魔,一手名冠天下的绝技"天罡霹雳",还从未遇见过真正的敌手。

唯独十八年前,红叶山庄,与沙通天比武那次,师傅拔刀的手居然慢了半拍。仅仅是这半拍,师傅就付出了惨痛的代价,成了今天的"独臂霹雳"。师傅清楚地记得那是一个风雨肆虐的深夜,身高七尺的沙通天宛似一块坚实的赤铜高高耸立在红叶山庄的浮桥上,狰狞的霹雳在其头上轰然崩绽,密集的雨滴却没有打湿其半点衣衫!就在师傅提气纵身拔刀相迎的一瞬,沙通天五岁的女儿月岚忽然从瓢泼似的雨雾里哭喊着奔扑出来。

师傅拔刀的右手就在电石火光的一瞬,像段枯败的树枝永久地滞留在了红叶山庄落满涟漪的荷塘里。

即便如此,沙通天还是没能躲过师傅左手的致命一击。那一刀的速度与劲道,恰若霹雳,似闪电,如激荡八百里山川的飙风铺天盖地摧枯拉朽……

十八年过去了,那一幕惊世恶战,仍叫师傅记忆犹新。

师傅跟他讲:"所谓剑是仁气,枪是秀气,棍是蛮气,斧是凶气,而刀则是勇气。狭路相逢勇者胜,无惧无悔!"

又道:"最好的刀便是最硬的刀,最硬的刀就像脊梁,宁折不弯!"

还道:"所谓'天罡霹雳',讲究的就是一个'快'字,再硬气的刀,慢一瞬就是死路一条!而要练成天下最快的刀,首先就练拔刀!"

他恰恰正是弟子中拔刀最快的一个。有人悄声问他:"这么快的刀,以前是从哪里学来的?竟超越了师傅所有的弟子?"他低头不语,问的人多了,他才从牙缝里咬出几个字来:"我要练天下最快的刀!"

自此他开始了漫长而艰苦的拔刀。一千次,一万次,十万次。在夏天澳热的荒漠里,在冬季肃杀的枫林中,在春寒料峭的百花枝头,在金风吹皱的绿水江畔……

拔刀!拔刀!拔刀!汗水像蛇一般蜿蜒滚落,臂膀练就得似铜棍一般坚硬厚实,同门师兄姊的刀法与他相较已远远不可同日而语。师傅看他练刀,赞赏的眼神里渐渐就多出一份悲凉。

五年之后,唯他凭借绝佳的资质学成了盖世绝技"天罡霹雳"。一手钢刀舞得密不透风,水泼不进。他给师傅跪下,就要辞别下山。

师傅道:"休要急着辞别,为我下山做件事罢?"

他问:"何事?"

师傅道:"为我拾回当年遗失的手臂。"

他大惊,问道:"十八年了,如何能拾得回?"师傅笑笑,说:"十八年前,我曾暗中潜回过红叶山庄,那根手臂已经不在菏塘!为师只渴望死时,能得个全尸而去……"

他应诺下山。

时值初秋，万物肃杀。他于丘陵荒垣中，清风明月漫天星光下，提刀而行，忽然就仰天一声长唳，刀身发出尖啸，他横空一跃，朝无尽的虚空劈去，空气开始炽热地燃烧，河川亦为之地动山摇！

八月十五中秋，众人见他提一干枯断臂和色而归，欢声雷动。师傅激动着应身蹒跚向前，仔细抚摩验看，干瘪的眼眶里老泪纵横："是我那只臂，是我那只臂啊！十八年了！"

仿佛就是在这喧闹的一瞬间里，众人耳边悚然划过山崩海啸的巨响，眼前一花，凛然凉气冲面而起，但也就是在一瞬间里，一切业已结束。

他的胸前赫然多了一柄斜插的钢刀！见者任谁都知道，这致命的一招正是师傅的"天罡霹雳"。众人惊呼地探望师傅，师傅已于长风中孑身伫立，仿若铜像一般，眼泪泫然扑地。

他大张着嘴，瞪着白眼，几乎致死也不相信这是事实，不相信自己苦练五年的刀技竟被师傅一招致命。

众人惊呆，却听师傅道："将其女礼厚葬！"徒弟们闻之色变，再抬头看他。只见他已恢复花容月貌般的妩媚，长发随山风摇曳飘展。

"这是沙家的独门绝学'伪阳功'，她果真便是月岚！五年……她竟伪装了五年！五年间她已拔刀一百八十万次。"师傅怆然涕泣："殊不知，世间最好的刀法其实并不是'天罡霹雳'，而是'无心刀法'，只要有心，有爱、恨、情、仇，拔刀就永远不是最快！"

"世间绝不能再有人练成此刀法！"

众徒弟正听得痴迷，但闻一声长啸，师傅已纵身向万米深渊跃下……

匪妻植菊

山匪吴起闯进家里时，植菊还睡在梦里。吴起将植菊赤裸的身子用张破席裹紧，尔后对惊醒的植菊说，别怕，我是吴起。

山匪吴起？不得好死！植菊怒声叱骂。吴起笑了。吴起想起以前抢过的女人，大多一听到他的名号就被吓晕过去，可这女子竟是例外。

吴起将植菊夹在腋下，跃身欲走，植菊焦急地喊一声等等。吴起冷笑，这个破家还值得留恋？跟我上山，要啥有啥！植菊说，你带上我的衣箱，我不能光着身子上山！吴起笑着，顺手抓起了墙角的衣箱。

吴起将植菊弄上山，拜堂成亲后才发现，植菊的下半身竟有一大片漆黑的胎记。植菊裸身线形虽美，但外像极其难看。吴起就暗悔自己白天看走了眼，只记得那天策马横穿冀阳城时，一下就被角落里貌美如花的植菊晃花了眼，还险些从马背上坠下来跌死。但他绝没想到植菊身子虽温滑如缎，却如此入目不堪。

吴起打开植菊的衣箱，里面竟满满当当是手做的嫁妆。

吴起大恸，从此不再乱搞女人。植菊也对他贴心，他便认了。

日子一长，吴起渐渐觉得植菊就是上天派给他的最好的女人了。

后来一天,植菊对吴起说,既然跟了你,你要我下山去看一个人。

吴起问,谁?

植菊说,乔三。

吴起冷了脸,抢你那天我就把那龟孙剁了,看他作甚?

植菊说,人死了我更得去,不是家里准备把我许给他,他不会死。

吴起瞪眼,那也未必,他为富不仁,多行不义!下山?休想!

植菊问,那你是要我死了?吴起答,山上有规矩,女人下山必有灾患,我的女人下山,你让弟兄们怎么看?

植菊一字一句道,你要我活,就放我下山!

吴起怒目盯视植菊,眼眶里似要崩出血来。然而是夜,吴起还是暗中命两个心腹放植菊下山了。没办法,他开始宠这个女人。

植菊从乔家回来,发现吴起左手少了一根小指,问。吴起说,你别问,以后不要再下山!植菊偏问,这是哪个龟孙定的规矩?吴起说,我。植菊说,那就废了它,要么,你就废了我。这不是人定的规矩。吴起听后,哑了样陷入沉默。

不久,植菊又要下山,这次看的,是大姐植梅和二姐植兰。吴起阻拦。不是不让你去,她们嫁得那么远,我不放心。

植菊笑了,哪里不放心?你有的是钱,再派俩人跟着我嘛。

吴起咬破嘴唇,你这婆娘好狠!植菊说,谁叫我是山匪的女人?

吴起自此,就废了那条女人永世不得下山的规矩。匪帮,却并没散伙。

转年初春,当漫山遍野开满灿灿的迎春花时,植菊又问吴起，估计我哥植竹添娃了，做妹的该不该去看看？

吴起眯了双眼，夯住植菊双肩，你啥时能给我生个娃？

植菊的话轻柔得像一团水雾。如果你行，我回来就给你生！

植菊一去三个月。再回来，已经不是先前的植菊了。植菊臂膀上缠着厚厚的黑纱，身边俩随从变成了一个男人的陌生面孔。

吴起单手握了匣子枪，挑起陌生男人的下颚问，你小子是哪条道儿上的？我的人呢？

死了。男人答道，临死前还被搅开了膛。听说了吗？日本人打过来了，不抗日你我就都他妈的等死！

吴起"喀嚓"一声推上子弹，枪口一撩，说，老子手里的枪想打谁就打谁！用得着你指挥？

这时披散了头发的植菊就从人群里挤出来喊，吴起，快放了他！这次没有他我就回不来了。吴起听了一悚，枪口随即矮下三寸。

这时就有一把匕首凉飕飕地飞起来，男人在吴起脖子上划出了一条鲜艳的虫子。男人边用力边道，吴起，当年你趁我不在闯进家里，抢走我幺妹，吓死我老爹，这不共戴天之仇今天该算一算了！

吴起恍然，原来你就是植竹？

男人点点头。吴起此刻再看植菊，植菊却转了身站在一边默默地垂泪不语。吴起遂昂头大吼，要杀要剐随便！不过我手下这帮弟兄绝不会让你们活着下山！

植竹冷哼，怎么，还想杀我妹子？

吴起爆出一阵冷笑，她虽害了我，但毕竟做过我吴起的女人。我不会让人动她一根寒毛！

植竹听了，"嗖"的一声甩掉了手中的刀子。吴起，我不是怕你,但我今天不杀你,留你一条命有用。

吴起哈哈大笑,不杀我你别后悔,我从不欠外人的情！别耍花样,有话就痛快点说！

要的就是你这句话。我要你去抗日！

拿我和弟兄们的命去跟日本人拼,你凭什么？

植竹拍拍胸口道,凭良心！凭你刚才欠我一命,凭你老婆差点就被日本鬼子祸害了！吴起歪头乜视植竹,拳头攥得噼噼啪啪爆响,那就我一个人跟你走一遭！

"噗咚"一声！众人只见沉默中的植菊,忽然冲吴起深深地跪了下去,哭得像一朵雨打的梨花。吴起！再加上我肚子里你娃的命,你还能多带几条枪吗？

吴起募地愣住了,眼睛死死盯着植菊的肚皮,俨然像他第一次见到植菊下身时的情景。良久,吴起缓缓抬起头来,用他抖颤沙哑的嗓门嘶吼:弟兄们！还有没有愿意跟我去打小日本的？

仿佛是一通雷过,植菊和植竹的耳朵都快被振聋了。

山匪吴起

那年月的事,是真是假,谁也难说清。

开始是遇到荒年,方圆几百里人饿死了有五六成;接着是遭了战乱,家家壮丁都被拉去打仗,死了连抔掩身的黄土都没有,白花花的尸身丢了满山满谷;再后来就起了土匪,也叫山匪。因为这地方别的没有,就是不缺山。山是大山,高山,一连一大片,一望望不到边。这里的山匪就特别凶悍，杀人放火，打家劫舍，无所不干。

但山匪也是人，而且多是些走投无路的穷人。是人就有爹娘，所以多少还剩些良心。这地方的山匪不抢穷人，穷人也没啥值钱的玩意好抢。他们抢大户人家、抢过路商客，偶尔还跟小股正规部队干一家伙。主要弄点弹药，武装一下队伍，干过就干，干不过就溜。渐渐的，竟有了些名头。于是带头的山匪老大吴起，名字竟出现在四百里外一名国民党团长的小本本儿里。

这名团长心胸高傲，治军严格，自持打仗很有一套。但其实这时候，正被共产党的一支游击队打得晕头转向。

团长眉头紧蹙，慢慢地合上小本儿，命令副官想尽一切办法去招降这帮山匪，以借这股势力对付神出鬼没的游击队。

副官受命带了重金前往。不料只隔一天，竟少了一只耳朵回来。副官哭丧着脸报告：这股山匪简直不是人！不但不降，而且气焰极其嚣张，国军根本就不放在眼里！

团长暴怒，正吃着的茶，径直喷了副官满脸。手中杯子也"吧唧"一声摔碎，命令部队立即集合剿匪！

一支装备精良的正规军，又足有一个团的兵力，去打一群散兵游勇、乌合之众，那还不是小菜一碟？果然很快，团长就带兵打到了匪帮老巢。

山匪们本就势单力薄，仗一开打早已跑光了一半，加上中间死的死，伤的伤，只剩下吴起带几个亲信躲进山洞里负隅顽抗。团长命人连续投进一串手榴弹，洞里的枪声就哑了。

大队士兵猛冲进去，将受伤的吴起和几个山匪押下山来。

一到山下密林处，团长跨上高头大马，忽然一声断喝："把匪首的头给我砍下来！"

士兵们闻令手起刀落，"咔嚓"一声，就把吴起的头给砍了下来。奇怪的是，吴起人头虽落，却没有流出一滴血来！

众人都在惊诧，却猛觉眼前人影一晃，有人已跳上马去用把匣子枪指住了团长脑壳！

众人大惊。抬头一看，勒住团长的居然是吴起掉了脑壳的半截身子！与此同时，吴起身上缺了脑袋的地方竟又缓缓长出了一颗乌黑尖瘦的人头！

原来这吴起竟是个身形极小的驼子，方才砍掉的只不过是假头。吴起倒骑马头厉声高喝："孙子们看好了，都撂下枪！"团长满面羞红吼道："朝我这打！"士兵们一时没了主意，谁敢轻举妄动？

吴起见团长也是条硬汉，当即冷笑道："那好，今天我命不该绝，放爷爷回去跟你再战！"团长岂能输给一个驼子？当即命令部下弃了枪，放吴起等回山。

见吴起走远，团长正要转马回府，却猛听"叭"的一声枪响，帽子已被打落在地！团长惊悚未定，远处密林里却传来地动山摇的大笑。

经历了此番羞辱，团长咬牙切齿誓要活捉吴起，亲手砍掉其脑袋以解心头之恨！

再次攻山，一番狂轰滥炸，团长领兵径直攻进了山洞老巢，却意外发现吴起早已被乱枪打成了蜂窝，血流成河，死状奇惨。而就在吴起的尸体旁边，却坐着一个年轻女子。

女子身材窈窕，貌美如花，妩媚而妖艳，看得兵将们直咽唾沫。

团长用手枪抵起女子的下巴，询问身份。女子却嫣然一笑，用一只纤纤玉手缓缓推开枪口，另一只手陡然亮出匕首逼住团长！众人愣住，却听女子一声娇笑："亏你们是正规军，竟不知道吴起是女人！"

团长欲哭无泪，只得再次放吴起走。待其一走，又暗生悔意，急忙带人去追。直追到一处断崖处，吴起纵身一跳，瞬间回手甩出一把匕首，正中团长大腿！只听"啊"的一声惨叫，团长跌落下马。

吴起终被摔成了一摊烂泥。团长一瘸一拐回去，恼羞成怒，命令副官速速递上佩刀，他要亲手剁掉那个侏儒和女匪的人头！

副官听令迅速抽出墙上的佩刀，寒锋一闪就捅进了团长的肚皮！团长双目瞠裂，两手前伸，似乎要掐住副官的脖子质问。却听副官冷笑道："二、三当家的死了，我吴起的命还长着……"

翌日清晨，团部里就像炸了营。所有人都看到团长的人头正挂在高高的旗杆顶上瞪着惊恐的双眼。而也就在三个月后，山匪吴起的队伍又在山里拉了起来。

能人郑梓

战乱年代，一个人有一身好武艺那是很吃得开的。一来能防身，不受欺负；二来可替人看家护院，混顿饱饭；再者有自己拉一支队伍，占山为王、落草为寇的，从此不再受人作践，反倒逍遥自在，威风八面。

郑梓便是一个能人。他早年先在一个胡姓财主家看场子，声名很响，远近盗贼打这地方经过都得绕道儿走。有一回，一伙儿过路土匪饿急了眼，夜里翻墙入院打劫钱物，不料刚爬上胡家墙头,立即就有千百发石子夹风带响疾如落雨,众匪徒还没明白是怎么回事,已经葬送了小命儿。

清晨起来,有人亲眼见到胡家收拾残尸就如同打扫院子里的落叶一样堆了满满一车运走。稍后胡家人便放出话来:胡家有郑爷在,谁个儿活腻了想死,咱们好心送他一程!

自此,郑梓的功夫更是声名远播。传说他的"千手飞石"绝活儿,能在瞬间击发数十枚石子,准头精确,力道沉狠,疾如流星,弹无虚发,杀伤力极强,纵有百十号人同时来犯,也只消半袋烟功夫便可置敌于死地。

郑梓在胡家就颇有地位。人人待他不薄,敬他三分,不叫他的大号,直喊他郑爷。试想一个出身低贱的穷人能在大户人家混到这境界,不全是靠了身上的能耐?

然而时间一长,郑梓竟萌生了去意。

因为一个女人。——有着一双巧手的胡家四太太。

那天深夜,郑梓收拾行李就要悄然离去。未出大门,忽然被一个女人拦腰抱住。郑梓心一下就软了,有那么一瞬,他就任女人抱着,眼中热泪横流。

你真要走?女人问他。他点头。

你舍得抛下我?女人啜泣。郑梓回过头来,用力夯住女人肩膀,正是因为你,我才得走!快放手!

女人眼里霎时泪花泉涌。要走就带我一起走!死也死在一起!

郑梓听后,再忍不住,一把将女人揽进怀里!

两人借了夜色一口气奔到渡口。过了河,那边就是另一个世界。

可就在他们上船那刻,岸边忽然灯火大亮,几十条人影手持火把拦住去路。人群中间簇拥着的正是胡家老爷。

老爷面带着微笑，郑爷，你很让我失望，不吭一声就走也罢，还把我的四太太拐跑，你说你是不是不忠、不孝？

郑梓低声道，对不起，老爷。

老爷哈哈大笑，那就留下吧，或者是她，或者是你。留一个就行。

女人抬头望着郑梓，却听他道，对不起老爷，我们一起出来的，一起走。

老爷的脸突然就变得狰狞。忘恩负义的小人！离这么近，你的石头留着沉尸吧！说完大手一挥，手下已利器在握迅速围拢。

郑梓手起石飞，先已将为首的几人放倒，待众人一愣，却惨然一笑，抽出腰中佩刀，"唰"地一声将自己右臂齐齐砍了下来！

众人大惊失色，猛听郑梓喝道，老爷的恩情，我永世难忘，这条膀子是我赔给老爷的！

老爷连声冷笑：谁不知道你是"千手飞石"，说不准哪天就会回来报仇？要走也行，另一只膀子也留下！

说时迟，那时快，老爷话音未落，早有人举刀就劈。女人尖声惊叫，却也无济于事，郑梓毫不躲避，一条左臂竟也被生生砍断！

郑梓清醒时，发现自己正躺在船上，女人眼睛早已哭成了桃子。郑梓想抬手抚摩一下女人娇嫩的粉脸，却猛念双臂失了，竟不禁笑出声来……

为避战乱，两人专走山路。忽一日，被一群土匪捆上山去。也巧，匪首吴起也是能人，酒量大、会耍枪、喜欢女人，落草前与郑梓认得。此时见郑梓落难，又见其身边女人姿色娇美，早就动了恻隐之心，忙叫人好生招待。

郑梓推辞不过，却见吴起眉宇紧蹙，忙问所为何事？吴起一声长叹,兄弟过去也算能人,实不相瞒,附近一个山头的匪帮整天跟我抢地盘儿,不按"规矩"走路,最近与我结下梁子,约在这月十五盼月溪决一死战!死我倒不怕,只是担心弟兄们兵器不利白白送死……

郑梓却道,阎王叫你三更死,谁能活上五更天?去尽管去,是输是赢,早已注定,不如喝酒!吴起听了,一拍大腿,终于下了决心!

这月十五,吴起带人倾巢出动,直奔盼月溪去。然而出乎意料,竟不见对方半条人影。等忽然醒转,才发现为时已晚,对方调虎离山,正是为了直捣老巢!

吴起急忙带人回奔,纳闷的是一路并未听见一声枪响。待众人冲上山来,只见对手早已东倒西陈,尸残体损,血流如河!

郑梓和女人倒装束一新,远远坐在洞外血红的夕阳之下。

吴起心跳如雷,心中一凛!原来郑梓压根没废,传说中的"千手飞石"绝活儿,并不只靠膀子,那是全身的功夫!

吴起就眯了双眼笑着,缓缓靠上前来,手中的匣子枪突然"叭勾"一响,子弹在郑梓的头上炸开了花。

吴起吹着冒烟的枪管,淫笑着对女人说,功夫再好也比不得枪快,今后你就是我的七姨太了!

话音未落,吴起却发现:身边坐着的,竟是一对纸扎的假人!

赌　石

寒风呼啸,雪霰纷扬。

一个人影橐橐地奔进陈函教授家中，举起一杯热茶"咕咚""咕咚"喝得正急，突然仰天直喷出去，喉咙里连声咳嗽不停。

手攥菜刀、身系围裙的陈函，低头从镜片上眺视来人，却听那人急道："陈教授，我是冯致啊！"

"你是疯子！"陈函冷冷一声呵斥。突然，哧地一声，又乐了。"老冯啊，有半年不来了吧？ 先坐，我正包饺子，韭菜海米馅儿的！"

冯致大声喘着粗气，"噗噗"吹掉肩头白花花的落雪，上去一把就扯下了陈函的围裙："老陈，快救救孩子！"

"女儿？ 她怎么了!?"陈函两道内粗外疏的眉毛，顿时蹙成一团。"难道你这次来……是为了鉴石？"

冯致低下头去。

三年前，陌生人冯致揣着一块四斤重的石头敲开陈函的家门，忽然就跪地不起放声号哭。原来老冯女儿患上了骨癌，实在没办法，他竟参与了"赌石"！

所谓"赌石"，就是花巨资购买昂贵的玉石籽料，看其外表被包裹的风化层，赌其内质的优劣。一块玉石籽料在切石刀下，有可能出现的是富可敌国的财富，也可能只是一文不值的垃圾！ 所以又有人将"赌石"称为"地狱与天堂的游戏"，要想赌准，简直难上加难！

然而幸亏有了三年前的那次鉴石，冯致只花三万元买来的石料，一转手获利竟有八十万！ 终于凑齐了女儿的手术费用。冯致那次临走，陈函曾再三告诫他说："'十赌九输'，赌石无异于赌死！ 医好女儿，就此收手吧！"

年近花甲的陈函，在退休前曾是某大学地质系教授，早年清华大学毕业，留学德国五年，对岩石研究可谓登峰造极，多年前他就曾创下的鉴石记录至今还令人瞠目结舌：连看六十块籽料，只走眼过两次！

如此的眼光，若肯赌石，亿万家产简直易如探囊取物。只可惜，陈函眼力奇，性格更为迥异，名声正盛时却忽然宣布"退隐"。三年前的那次，若不是老冯声声血泪，他哪里就肯轻易出山？

经过了那次特殊意义的鉴石，老冯却与陈函成了朋友，简直就是"生死之交"。老冯先前做过生意，妻子出车祸后，一直与女儿相依为命。陈函也结过婚，但那是三十年前的事了，妻子没有为他留下子嗣便得了肺癌病逝，从此陈函一直独自生活。

相似的人生坎坷使陈函非常珍视与冯致的交情，更是视其女儿如同己出。

这一次，冯致又来求陈函鉴石。"女儿近期又查出了白血病，要想活命，必须骨髓移植，这一切至少需要一百万！"

陈函内心悚然。面对冯致拖出的那块巨型石料，心情沉重无比。

"老陈，求求你，最后一次！救人救到底吧……"

陈函皱着眉问："这块料，多少钱？"冯致垂头回答："要价七十八万。""你哪来的那么多钱？""借的！求求你啦老陈……"

陈函用力闭上双眼，那个柔弱乖巧的女孩一下子又跳了出来。

陈函步履沉重地走进卧室，再出来时，手里端起了放大镜。

不过陈函再一次告戒冯致说："你要想清楚，肉眼的鉴赏，绝非最终的结论！我只是鉴石，是鉴赏，谁也没有十成的把握……"老冯频频点着头说："如果连你也看不准，那就是老天绝人之路了！我相信你，不会看错的！"说话间，冯致浑身竟已汗湿。

半个多时辰过后，老冯终于看到了陈函疲惫却自信的目光。

于是，抱起籽料惊喜而去。

三天后，陈函正在房间里打太极拳，忽然接到了冯致的电话。电话里的老冯就像个爆竹，在那头轰然爆炸了。陈函听了沉重地只说了一句话："老冯，你过来吧。"

很快，冯致就怒气冲冲地席卷而至，并将那块纵向切割了的石料重重掼在地上。

陈函盯望老冯片刻，一语未发，最后缓缓走进里屋，双手捧出一块通体泛白、暖壶大小的石头来。

老冯整个人立即惊呆了，他目光所及处是一块上好的羊脂玉籽料！如果这是陈函的珍藏，想必价值无法估量！

"知道我为什么那么痴迷于鉴石，却自立规矩退出这个行当？"老冯听了摇摇头，目光盯着石料异常僵直。

"三十年前，我和得了绝症的妻子去新疆做最后的旅行，我发过誓，要让她最后的时光充满幸福，准备把家里所有的积蓄都花在旅游路上，让她没有遗憾地走。可这个世界上有谁比她更了解当时的我呢？那时候我正痴迷于鉴石，一心想以此发财。于是当我流连在和田集镇上，盯住这块石头时，她说什么也要从那位维吾尔族大叔的手上花九千元钱为我买下它！她知道我喜欢它。她说，那就是她送给我的最后的礼物……

"这么多年过去了，说实话我也不知道它的真正价值，当年我还年轻。或许它价值连城，或许根本就分文不值。现在你拿走吧！我只恳求你以籽料卖掉，不要亲自去切开它……"

老冯抬起头来，眼里已全是泪花。

又过了两天，陈函竟急匆匆地突然找到了老冯门上。"快告诉我！那块籽料你卖了没有？"

老冯先是惊愕，继而沉默，随后疑惑地问："还没有……你后悔了？"

陈凼激动地说："你留下的那快籽料切割方向不对！我让人换了一个角度重新剖开了，下面不但有玉，还发现了几十条玉虫化石！听说过吗？——'一虫十万'哪老冯！咱们有钱了！"

冯致仍自将信将疑，却见陈凼将石料从箱子里抱出来推给自己："接着，你看！"

冯致哆哆嗦嗦却并不伸手，盯住了那块石料，突然双手抱头猛蹲下身，嘴里赫然发出一声长叹！

"老陈呀,其实女儿没病……"

大哥的飞翔

大哥从南方回来，完全像变了一个人。

原来他西装革履,油头粉面,英俊潇洒,仪表堂堂,可现在却变得沉默寡言,倦怠猥琐,神形怪异,终日躲在屋子里不知道忙啥。

家人为此忧心忡忡，又不忍心打扰。只当是他那颗高傲的心,终于厌倦了漂泊,回到了他已经有些陌生的家。

那天,大哥趁家人不在,突然神秘地对我说："弟弟,你去帮我弄点钢片来好吗？"

"当然可以。"我在一家机械厂上班,弄点碎料很容易,但我不禁要问大哥："你要那些东西干什么呢？"

大哥说："你真想知道？"我说："想。"

大哥说："我正在制作一种飞行器。简单点说，我想飞。"

我以为大哥病了，或者疯了，不可置信地问："你想飞？……"

"不错。"大哥说："这里的生活太枯燥，想想南方，我都快窒息了。"

我还想继续发问，或者给大哥详细测量一下体温，但被大哥厌烦地阻止了。

我陆续给大哥带回了他想要的一切，包括碎钢片、旧电池、硫黄、盐酸、竹匹、麻绳、大号的可乐瓶子和十四号细铁丝等，当然，我把大哥"想飞"的念头也及时汇报给了家人。

父母听了，一边愁容满面地望着大哥黑洞洞的屋子，一边嘱咐我和妹妹，千万不可瞎说，大哥是在南方盖楼时摔了一次，人家还赔了两万块，但那次只摔折了腰椎，治疗后基本行走正常，他是累了说胡话呢。

我鸡啄米似的点头，而妹妹却笑成了一只虾米。

果然，没多久，整个小城都传言大哥疯了。是妹妹不小心走漏了风声，她因此差点被我爸妈打死。

所有人都在传播大哥的坏话。有的说大哥在南方摔坏了脑子，已经是个废人了，爸妈听了终日以泪洗面；有的说大哥疯了还是便宜了，怎么就没摔死呢，当初是大哥抛弃了紫鹃啊。我听后也哭了，大哥怎么就那么傻呢，放着小城最美的女孩子不娶，偏要跑到南方去，难道世界上还能找出一个比紫鹃更好的女孩子来吗？那不是妄想吗？

还有人说大哥的抑郁，是情痴才有的症状。"从你的房子里面走出来"，他们甚至大笑着改编了流行歌曲，"走出来我的男孩，不要让爱你的人在门外徘徊"……

紫鹃也来了，她流着泪，就站在我家窗下的蔷薇丛中，要大哥下去一趟。可大哥断然拒绝了紫鹃的邀请。屋子里继铁锤之后又响起了电锯的咆哮。

后来大哥就更不像话了。他再也不肯走出屋子，一日三餐只是靠我们从他在门上挖出的一个洞里送入。而且，他的饭量出奇的小，一度，小过了我家喂养的那只狸猫。

父母猜测大哥是否染上了毒瘾？他们胆战心惊再三窥探大哥房间，最终断定大哥的确已经疯了。大哥几乎彻夜不眠，通宵达旦地制作着他的飞行器，地上布满了厚厚一层废料。

那天父母要出门，临走叮嘱我们随时注意大哥的动向。谁知他们刚走，大哥便破门而出。大哥几乎是个裸体，浑身上下只有一条三角裤头遮在腰际，大哥的四肢上分别戴有四个护腕似的钢套，上面布满了不明按钮。

大哥说："我要飞了！"还未等我们反应，已经腾空而起，像只老鹰一样飞出了屋子。

接着，小城就轰动了。几乎所有人都在仰视。他们亲眼看见着大哥单薄的躯体像动画片里的铁臂阿童木一样高高飞翔在空中。大哥自信地微笑着、呼喊着，不时伸展他的双臂，像只大鸟，不，像一个英雄那样向所有人致敬。

所有人热烈呼应，包括我出门在外的父母，他们热泪盈眶。

大哥在空中不断地变换着姿势，他翻转身体，屈伸四肢；一会儿高走，一会儿俯冲；越过低矮的平房，飞过七层的百货大楼。人们惊呼着奔走相告，向着大哥飞翔的方向奔跑，对着大哥拼命地发出各种吼叫，而满头热汗的大哥持续用丰富多彩的姿势一一满足着观众的需求。这时候，我发现大哥真像一个演员，竟有着无与伦比的表演天赋。

我还发现，人群中急急地跟着一个女人。是她，一点没错，是

一九八九年的蓖麻

紫鹃！她也来了。我一眼就把她从人群中认出来了。她还是那么得美。

随着前方突然的一阵喧哗和骚乱，我看见紫鹃的高跟鞋被挤掉了，她几乎要被人挤倒了！我想大哥你在哪里呢？你快过来救一下紫鹃啊！

可当我抬起头来时，却看见一具白骨正在风中的电线上剧烈抖晃。是什么被烤焦了？半空中落雨似的掉下一堆废铜烂铁。

追　忆

火灾发生在深夜，由于猝不及防，很多人都丢掉了性命。

杜百厘惊醒时，爷爷、奶奶、爸爸、妈妈，包括临时来家小住的大哥一家三口，都已全部遇难。

那一刻，火势虽已蔓进卧室，但杜百厘是能推开窗口，从一楼跳出去逃生的。

可杜百厘没有那么做。她忽然想起隔壁还住着一对双胞胎姐妹，隔壁的再隔壁，临时住进了一个集训团队，小小公寓里足足挤住了有二三十人……

杜百厘疯狂地冲向火海，像只英勇的飞蛾唤醒了沉睡中的人们，却在最后时刻被一根巨木砸中了后脑。

大火终于被扑灭。楼房狼藉一片，医院里塞满伤员。医生和护士像工蜂忙碌不停，记者和官员走马观灯似的更换。

杜百厘刚从重症病房转至观察室，就被汹涌的人流层层夹裹。

"请问你在痛失所有亲人的情况下，放弃逃生选择救人，当时是怎么想的？"

"据说你就像一个大火球一样冲到房间里救人，当时就没感觉到疼痛吗？"

"生死时刻承受着失去至亲的巨大悲痛，你又是如何做到冷静和坚强的？"

杜百厘憔悴地望着众人，嘴唇刚欲开启，却突然失控地哭出来。

哭声越来越大，歇斯底里，完全无法抑制和劝慰。

众人只得沉默，直到杜百厘由痛哭变作了抽泣，才降低话音继续采访。

杜百厘注定要成为平民英雄，成为这座浮躁城市的精神偶像。面对一拨拨的记者和慰问人群，她的回答是那么感人肺腑又哀婉悲怆！

很快，书记在电视里号召："我们一定要深入学习杜百厘同志的英雄事迹，深刻挖掘在这场灾难中迸发出的崇高精神，扬我奉献之风，塑我时代之魂！"

市长在报纸上倡议："全市广大人民群众要积极行动起来，就如何发扬杜百厘同志的大无畏精神进行深刻研讨，从而迅速形成学习热潮！"

市电视台对杜百厘进行独家专访，并请杜百厘回到火灾现场，实地解析摄录了电视专题片《烈火巾帼》；城市日报连续两天推出《烈火铸就城市精神》专版，并配以杜百厘屹立残垣断壁中的大幅照片；出版社紧急向杜百厘约稿，第一时间内编纂出版了《在烈火中永生》；电视剧创作中心以杜百厘为原型，紧锣密鼓地赶拍了二十集电视连续剧《哭泣的凤凰》。

随后，杜百厘事迹宣讲团迅速成立，并应邀在全国二十余座城市巡回演讲。由于杜百厘不擅撰文，宣讲团破例让其现场发挥，理由是只有朴素的真实更能获取最佳效果，更能打动人心！

杜百厘开始在二十座城市间穿梭，她第一次坐上了飞机，甚至是第一次坐火车，第一次吃到了西餐，第一次因沾酒而酩酊大醉。

她在各个陌生的地方一次次泪洒当场，她的讲述由一开始的磕磕绊绊，不时地停顿、卡壳，变得顺脱而流畅。面对始终热情的掌声和目光，她在心里一次次完善着讲稿，将沉默、激昂、战栗乃至哽咽做得尽可能适时而自然。渐渐，她变得胸有成竹游刃有余，那些不断变幻的层出不穷的生动的鲜活的身临其境的词语，不时激发着她持续的惊喜，更难能可贵的是她每一次讲到在大火中失去所有亲人时，眼泪总是恰到好处地汹涌而至。

一次次投入地动情，使杜百厘渐渐习惯并兴奋于剖解内心的过往。她感觉自己正向无数听众一次次地捧出心脏，尽管它已面目全非，残缺不全，鲜血淋漓，可她沉醉于将它完全地掏出来托在手上，对准伤口进行反复清洗和揉搓，于雷动的掌声和轰鸣的意识里谛听着伤疤的崩裂与开绽……

三个月后，杜百厘在北京某大学礼堂进行最后一次演讲时，遇到了一个眼光发烫的男孩。那次演讲一结束，他们就在后台相识继而开始了闪电似的恋爱。

男孩看似高大，内心却无比柔软。他深深为杜百厘的悲惨遭遇和英勇事迹所打动，发誓从此以后竭尽全力地珍爱她的后半生。

然而杜百厘很快就给这段恋情画上了句号。宣讲团一解散，几乎所有人，包括那些曾经火热的城市都骤然对她失去了兴致，杜百厘陷在巨大的虚空里，陪伴身边的似乎也只剩下了这个男孩。

可杜百厘还是越来越觉得自己跟这个温文尔雅的人格格不入。

男孩终于不甘心地追问:"为什么要分手? 你失去了那么多亲人,正处在一生中最晦暗的低谷,究竟有谁还能像我一样谨慎地不再让你触及旧伤? "

杜百厘长长地呼一口气,说出一句让男孩目瞪口呆的话来:"我也不明白为什么,可我迫切需要有人倾诉悲伤,否则我将会彻底抛弃了我的亲人! "

忘　记

噩耗传来时,曲三茓显得意外冷静。

这种意外是指两方面的:一是她自己本人,二是除她自己本人外的所有人。

非议随之甚嚣尘上,就像镁光背后喷散的烟雾,很快就遮挡住了灯光。

丈夫还很年轻,年轻除了有强烈的正义感外,还有无可避免的轻率。于是在那次抓捕通缉犯时,他单枪匹马出击,身中数刀而壮烈牺牲。

当然,人们在正义和轻率之间,更看重的是前者。

所以曲三茓的丈夫成为英雄。

英雄是最需要被缅怀的,人们纷纷走进英雄的单位、故居,了解其生前的成长经历,瞻仰和回忆英雄的光辉事迹。

应该说，人们都是虔诚的、悲痛的、肃穆的和崇敬的。

这就愈发凸显了曲三茨的不和谐。

曲三茨作为英雄的遗孀，非但没有在噩耗传来的那刻痛哭失声，而且居然并没过多盘问丈夫牺牲的详细过程，甚至哪怕到单位或医院里适可而止地闹一闹、提几点要求——人们也是理解的，但统统都没有。

于是有人怀疑她们感情不和，曲三茨极可能早有外遇。当然外遇也分好多种的，例如精神上的与肉体上的。

但这种说法很快就被英雄生前的日记证实为谬谈。曲三茨和成为英雄前的丈夫不但感情和睦心有灵犀，而且就连性生活都是那么尽善尽美。

可这又怎么能遏制住想象与猜测、怀疑与非议、谩骂与激愤？

"她自始至终连一滴眼泪都没流！"这确实是很多人都观察到了的，即便在最终火化英雄尸体的那一刻，曲三茨也没出现过任何过激的表现。

"她对待前来吊唁的领导和亲朋出奇的冷淡，仿佛躺在面前灵柩上的人与她毫无关系！"这一点非但被所有人察觉了，而且非常为之感到不快和不安。

"她简直就是一块木头，一块石头，一个枕头，冷酷无情，又臭又硬，将来无论睡在哪张床上都一样噩梦不停！"人们喋喋不咻，愤懑难平。

直到最后一个纪实传记记者将事后曲三茨不顾婆家的反对，兀自去妇幼保健医院做了人流手术的事情揭发了出来，整个街谈巷议甚至公共舆论才达到了前所未有的统一和高潮。

"这是个什么样的女人？心比蛇蝎还狠！"

"见过自私冷漠的人，没见过这么自私冷漠到极点的人！"

"人间自有真情在，莫让英雄流血再流泪！"

曲三茺在这座城市的知名度很快就盖过了丈夫。一提起"曲三茺"这三个字，整座城市的人好比闻到了臭屁，踩到了狗屎，无不龌龊恶心、痛骂躲避。

这些，曲三茺自己当然都是知道的。

她比谁都清楚自己的处境，可她又好像比谁都不了解自己。

自从丈夫牺牲的噩耗传来那刻起，不知为何，该失声痛哭的她没有痛哭，该软弱眩晕的她没有晕眩，她居然就是那么冷静地听着那个消息，听凭自己的心脏于刹那间"卡吧"一声停跳了几秒钟，然后又神奇地恢复了正常。

她还以为自己来不及悲伤就已经死了，但是她没有。

这一切外界当然不得而知。

但是从那以后，她就开始逼迫自己开始忘记这一切，逃离这一切。起初这样做，她以为只是她不知好歹的下意识在作祟，以期保护腹部里的幼小生命。可她渐渐地发现，自己的魂魄实际上在那一刹那间就已碎裂消散———她不再是她自己了，她无法再做自己，她越来越害怕自己还是自己，最后就连她自己一直庇佑的小生命都觉得是那么沉重、虚幻、孤独、可疑……

她沉溺于那种恍惚游离中无法自拔，无法流泪，更无法在意哪张吊唁的脸是谁是谁。既然没有在恰当的时刻里痛哭、晕眩或死去，那她迫切需要忘记，她唯有忘记，她只能忘记。

她背负着骂名离开了这座城市，改名换姓，找到另一份工作，远离公安局和派出所，从不与丈夫同姓或同名的人结识与交谈，不和任何幼儿微笑和嬉戏，生病从不进医院。这些还都不算什么，曲三茺最迥异于往的是进入一所大学旁听起了外语，可尚未等到她学业有成，那个外籍教师就在一天夜里将她放倒在集体宿舍的单人床上。

同居三个月后，曲三沆与之双双飞去了法国。

远在千里之外，曲三沆对新生活充满了新奇和热情，开始让自己忙碌得像个陀螺。时间一长，外教男友一向不灵光的感觉却忽然琢磨出了异常。尤其是他无论如何也搞不明白为什么曲三沆做每件事都那么疯狂。

"为什么？你这是怎么了?!"外教不解地问。

曲三沆脸色煞白，但一脸坚定决然地回答："因为忘记！因为我要忘记！"

曲三沆终于没有拿到绿卡。

邀　请

听说老仝调到半坡湾当书记，很多好友前去送行。

饭桌上，杯光交错，一派热闹，其实众人心里却五味杂陈。

这半坡湾，什么地方？

首先是偏。俗谚道："半坡湾，半坡湾，老叼一来黑了天！"老叼就是老鹰，鸟翅膀一扇就能遮住的地界儿，能不偏？

其次是穷。全镇没有任何工业，连政府用房都是 20 世纪 80 年代的石头建筑。

再就是超生。越罚越穷，越穷越生，恶性循环。

然而，这还都不是最可怕的。对一个地方的执政者来说，最尴尬和耻辱的，莫过于丢官或入狱。而偏偏在老仝之前的四届镇领导，或因贪污受贿，或因挪用侵占，或因浸淫女色，全都不幸落马！

所以半坡湾，庶几成为当官者的"不祥之地"。

老仝很快就有了醉意，但生性倔强的他迎着纷杂的目光，暗暗告诫自己：挺住，临危受命，未尝不是一种置之死地而后生的契机！

其实这场饯行，老仝最希望能来的一个人，却最终没出现。

那就是他县检察院反贪局的老同学马行健。

想当初，他们都在北京郊区武警某部当兵时，在一次投弹训练事故中，可是他老仝及时冲出去挽救了马行健的一条命……

三天后，老仝正式走马上任。让他意外的是，一封信竟先期而至。

打开来看，上面只一句唐诗：

"我寄愁心与明月，伴君直到夜郎西。"

老仝嘴角一撇。马行健，我才不稀罕你的愁心，半坡湾也不是夜郎西，从现在开始，我就要与这块土地同生死共荣辱！

半坡湾不是穷吗？老仝立即在党委会上提出招商引资，并身体力行。三个月后，老仝利用在韩国的同学引荐，成功建起了第一家规模型咸菜厂，一举将全镇过去只能当野草处理的桔梗推销到了海外。紧接着，百亩无公害林果基地开始竞标投建，半坡湾绿色旅游长廊初见端倪……

老仝瘦了一圈，但站在半坡湾山头眺远，他激动地拨响了马行健的电话。

"马局长，不要太脱离群众，来半坡湾看看吧？"

马行健却说："老仝啊，虽然我很挂念你，但我现在不能应约，难道你还不明白？我干这个，咱俩关系又那个，得避避嫌啊！"

"是怕丢了乌纱吧?！"老仝随手就挂了电话。

鼓着劲的老仝又开始狠抓素质教育。

他和干部们层层分工,走街串巷与村民推心置腹。一遍遍,一次次,间或将帮扶的事也一并做了。渐渐,超生游击队开始瓦解,辍学幼童大量返校,计生成绩的回暖还破天荒加大了县里扶贫拨款力度,使守法村民得到了实惠。

更为喜人的是,国家筹建的一条高速公路恰好贯穿该镇南部。按照民间说法,"一条高速建起来,一批干部倒下去",高速路往往成为不法分子腐蚀干部的温床。可老仝偏不信邪,天天深入田间地头与村民丈量占地、数点赔款,坚决遏制瞒报、侵占、行贿和受贿。

等到高速路贯通那天,半坡湾已然脱胎换骨。

也就在这时,马行健却与县纪委、县政协、县人大等一批领导突然出现。

老仝一班人自然热情接待,然而马行健却不苟言笑,并直接道明来意。原来,他们是接到举报信,特来调查核实的!

老仝听了,立即吩咐各人全力配合调查。同时马行健也不含糊,带人里外前后转了一圈,连传人带谈话加查账,历时整整三天,结果令所有人目瞪口呆:半坡湾所有镇村领导非但无一人腐败,而且半数以上还都有着不为人知的感人故事！有的人以镇为家,干脆将老婆孩子接到乡下来当起了农家人;有人自己赔工资掏存款,帮助镇办企业脱离困境;就连举报老仝包养情妇也纯属造谣,其实那是老仝的亲侄女大学毕业后被老仝拉来支援山区教育事业的……

调查组无不反戈喟叹,对半坡湾的嬗变给予了高度评价。

眼看调查报告写完,老仝私下里对马行健说:"老马啊,告诉你个秘密,其实那封举报信就是我写的。为公,是让你来看看我都干了些啥;为私,是我真想跟你练练酒了!"

马行健听了,同样哈哈一乐:"老仝,我也告诉你个秘密,我早就猜到了信是你写的!否则,我弄这么大声势,忽悠这么多领导来半坡湾干吗?"

躬 爷

躬爷姓公,名不详。有此绰称的那年,满打满算,不过三十有三。

躬爷生得身材矮小,腰粗腿短,尤其面相苍老,背部畸弯,从小到大,受尽揶揄和白眼。加之双亲早逝,世情炎凉,躬爷一直孑然独身,求生艰难。

躬爷是何时来医院的,没人知道。

可大凡来过医院的,没有不知道躬爷的。无论是谁,只要用得着,只要不嫌弃,甚至开玩笑胡闹,只在急诊大厅一跺脚,立马就会听到一阵急促的脚步声,眼见一团囊囊的黑影像匹鸵鸟似的直奔眼前。

此人就是躬爷。

躬爷专在医院背人。

背啥人?啥人都背。

包扎的,注射的,拍片的,化验的,透视的,输血的,手术的,B超的,CT的,转院的,换房的,移床的。当然,最主要的还是急救的,伤残的,孤寡的,传染的,死亡的。

有轮椅和担架,躬爷算干吗的?

躬爷啥编制没有,就是一个等吆喝卖苦力的。可偏偏那些过来人心知肚明:啥先进玩意,比起躬爷来,都不好使!

躬爷最初来医院是给自己查病的,可查来查去就怕了。每到一处,医生张口就问的不是病情,而是查他裤兜里到底装了多少钱。

躬爷能有啥钱?往回走时,却听急诊室的护士朝他招手大喊:"喂,帮个忙!输血,缺担架!"

躬爷二话没说,上去背起患者就走。临了,还不放心,在输液室外来回徘徊。也巧,那天特忙,护士们见他老实,一连支使躬爷背了四五趟人。最后,躬爷的降烧针就是护士给免费打的。

从此,躬爷开始留恋医院。

不为治病,而是可怜那些生病的人。

自然,护士站和躬爷熟起来。一次,护士小严站在走廊上高喊躬爷:"老公!快点过来……"话未讲完,引起一阵爆笑。护士们这才意识到问题。从此,躬爷所以成为躬爷。

躬爷的第一笔钱来得很容易。

那时躬爷只想在医院尽义务,突然被一个胖子叫住。"我儿子贪玩叫玻璃扎了脚,你把他背上四楼去,我给你二十块!"

躬爷听了笑笑,身子一矮,背起孩子噌噌就上了楼去。胖子果真掏出钱来,躬爷不接。胖子把钱摔在躬爷脸上:"死驼子!别他娘装,现在干什么的不要钱?"

第二笔,却相反。

是个醉鬼。躬爷正往二楼背着,忽觉背上一阵潮热,臊气冲天,前襟随即被呕进一摊黏稠的秽物,两只铁钳大手突然扼住了脖子,紧接着右肩被狠狠咬住!

这次背人,险些丧命。即便如此,躬爷也只拿到了区区的两块钱。

也背老人。每当此时,躬爷先是两脚扎稳,马步半蹲,脊背在原基础上尽量前伸、下塌,脖颈向上挺直,两手环绕绷紧,走起来不偏不倚,不摇不晃,不颠不簸,不快不慢,轻抬轻放,煞是用心。

背老周头和老苏头的时候就是这么背的,可躬爷都是人没放下,心已冰凉:转眼之间,那些送老人进院的红男绿女,早不知去向!

也背过女人。那是躬爷来医院的第三个年头上。二号病房楼清晨里的一声尖叫刺破长空,一个四十多岁留着披肩长发仍没有结婚的女精神病人,像颗流星一样结束了自己的生命。

躬爷背起她的时候,胸口一直热辣辣的,像是鼓足了平生气力去做一件巨大的亏心事,脚步都有些发飘。尤其女人那头纷乱的长发,充满了浓烈的洗洁精味道,抚在脸上,让躬爷好几次打着喷嚏险些栽倒。

女人三伏天里穿的是件红通通的厚棉袄。但躬爷却感觉背上轻盈,柔软,潮湿,乃至酥麻。从病房楼到停尸间,短短几百米路,躬爷却感到有些虚脱。

还背过警察。

那个年轻人被送来时,躬爷听人说,如果让背上这个人醒来发现自己正坐在轮椅或担架上,那后果将不堪设想。

警察是在排爆时出的意外,被截掉了右腿。躬爷没想到只走了二十级台阶他就醒了。然后,是剧烈挣扎,摔到背下,撕心痛嚎。

所有人都手足无措,只有躬爷吼了一嗓子:"是汉子,哭够了,就算了!"

那警察,蓦然愣住。

躬爷在医院待了六年，头发花白了大半，人瘦得皮包骨头，腰背整个塌陷下去，不过脖子还是竖直的，远远望去，像极了一把蹾在暗陬里的竹椅。

后来，医院升级，带电梯的住院大楼拔地而起，**120**急救车配备齐全，大批器械和人才也陆续到位，医院里有了更严格的管理规定。

没有人撵躬爷，可躬爷的谋生愈发举步维艰。

那是个飘雪的清晨，躬爷高烧不止，想去医院看病。半路上，却背起一个受伤跛脚的年轻人。

这年轻人是个逃犯。警察沿脚印追来的时候，发现他被搁在了八楼的楼梯上，上不去下不来，而躬爷匍匐在地，身下哕出一摊黑血，人早已经去了。

警察疑问，躬爷显然不知逃犯的身份，可他为什么不走电梯呢？

纪念一泡狗屎

1

他们看上了她。

她长得却并不好看。矮、胖，而且，脸上挤满了雀斑。

可她好像很有钱。只有有钱人才敢那样打扮，穿那样省料的衣服，踩凶器一样的皮鞋，牵外国血统的宠物犬。

只有那类有钱女人,才会有事没事到银行里转转。

他们是两个年轻人。一高一矮,一胖一瘦,胖的烫着大波浪发,瘦的剃了光头。

骑在一辆崭新的雅马哈上。看起来,既精神,又时尚。

临近正午的日头,雪一样白,炭一样烧。他们停在一株硕大的法桐树下,斜叼了烟卷,眯着眼抽。

终于,胖子不耐烦了:"是不是搞丢了?"瘦子深吸一口烟,吁吁吐出来:"不可能。"胖子笑了:"你今天真他妈酷!"瘦子乜胖子一眼:"你懂个屁!什么叫酷?得有这玩意儿!"说着,亮个捻钱的手势。

蝉声嘶力竭地叫着。满世界都是翻滚的热浪。

突然,瘦子低吼一声:"干活儿!"

胖子抬起头,呜呜地发动了摩托车。

2

她至今也没搞明白,男人是不是发了神经。破天荒去趟大城市,买这么几件衣服回来。

他们几乎吵起来。最后,男人说钱可以当差旅费报销时,她才终于消了气,边穿边笑着责怪男人:"叫我怎么穿出去啊?看看像啥?"

男人说:"不挺好吗?"她说:"好你的头!像鸡。"

男人不高兴了,说:"不穿拉倒,送人!"这时候,她不说话了。默默走到镜子前,翘翘臀转转。情不自禁,笑了。

出门时,她特意打电话,约了个身份不错的女友。走上街头时,有人偷看,有人吹响尖尖的口哨。

手心里,都是汗了。

等女友牵了爱犬姗姗来迟,并弯了腰夸张地打量她时,她感觉简直像达到了性高潮。

女友的话像一阵风:"你今天要死啦? 一街的男人都在满地找眼珠子!"她羞红了脸上来捉女友,女友躲过,喊起来:"别闹别闹,今天真不巧,刚一出门就接到电话说我嫂子生了! 我得赶紧去医院。"

她说:"那你去呗! 我自己逛。"女友说:"边逛边等我呀,你先替我看好贝贝,医院里不让带狗。"

3

摩托车日地一声冲过来,她甚至没来得及躲避,那两个人已经尖嚣着远去。

要不是因为穿着,她真要骂出来:"你们急着去死吗! "

路人纷纷朝她围拢过来。

"没事吧?""别着急!""没吓着吧?""只要身体没伤到,钱又算什么呢? 别着急……"

风驰电掣中,摩托车上的胖子甩掉头套,瘦子戴上了假发。他们七拐八拐,消失在远处的楼群背后。

她觉得今天的人们简直太好心了,甚至有点莫名其妙! 一切就因为身上那件衣服吗? 真是的,看来她不是一个缺乏魅力的人啊,她都开始后悔跟男人吵架了。

4

女友刚走那会儿，她牵起贝贝，更像是一个贵妇了。

她兴奋得像个孩子，领着狗大踏步行走在林荫道上。

她发现女友说得不错，男人都是色狼。尤其背后那两个时髦青年，骑着雅马哈摩托车跟了她一路，直到她迈进银行大门，才把他们甩了。

既然进了银行，她忽然想起这月的工资该打卡了。往常到月底，她常来银行打打卡，看看工资多少，然后很有计划地取钱家用。

可此时银行很忙。于是她坐下来，沐浴着空调的清凉，休息有些酸疼的脚。

这时，贝贝忽然大叫起来，柜台里立即伸出几颗脑袋，其中一个尖锐地警告："谁把狗领进来的？别要它在这儿拉屎！"

她慌了，她又没有经验，它要大便吗？她急忙从报夹上撕下一张报纸垫在地上。贝贝奔上去，竟果真呼呼啦啦在上面拉下一大摊热气腾腾的狗屎。

她面带愧疚，迅速把报纸卷起来，急匆匆快步走出银行。

这时候，那辆崭新的雅马哈，日地一声从她身边冲了过去。

迪马多山的秘密

最后一个去过迪马多山的人回来了。

和其他人一样，身壮如牛的乌吉力老汉，从此一病不起，卧如烂泥。人们从他眼睛里看到的，只有绝望。

"鬼……"乌吉力老汉瑟缩着说。

族人惊恐地对望，一股凄冷自心底升腾而起。

"看来迪马多山上的有鬼，应该下令封山！"

"不！那我们的羊群该怎么办？附近只有迪马多山上还有蓬勃丰美的草原！"

不同意见，瞬时交锋。最后，人们只得将目光匕首般投向沉默中的酋长瓦尔西姆。

瓦尔西姆浑浊的双眼似乎正翻腾着多可里江的巨浪，青筋暴涨的双手战栗着，"咔嚓"一声，已将一根乌铁拐杖从中折断！

封山！瓦尔西姆命令一下，再次引发骚动。接着，人们就听到了乌吉力老汉剧烈的咳嗽戛然而止，远处忽然传来一阵阵的悲凉哀乐。

是克塔依、贝木、阿森吉……他们回来时都曾衣衫褴褛，奄奄一息。而此刻，都已撒手而去。

村里陷入了彻底的黑暗。悲愤中瓦尔西姆毅然决定独自上山，亲自去揭开迪马多山的秘密！

当他费尽力气攀登到半山腰时，竟发现了来自村里的另外五条硬汉。他们无一不是草原上最强壮的牧人。瓦尔西姆只得用目光命令他们跟上，一起结伴向峰顶登去。

据死去的人说，出事地就在峰顶附近。那里氧气稀薄，温度极低，地势险峻。先前只是丢失牛羊，后来竟连夺人命！

瓦尔西姆他们登顶时，天已大亮。但当所有人面对眼前那个神秘莫测的黑洞时，心里都急剧紧张。就是它，连连吞噬牲畜和人命。难道里面果真有恶鬼藏匿？

瓦尔西姆掏出绳索、干粮、水壶、氧气灯和拐杖，第一个下洞去。他命令其他人没有暗号，绝不能轻举妄动。

山洞既深又冷。瓦尔西姆双脚落地，一边向外发暗号，一边惊讶地发现，洞内地上躺满了成堆的牛羊尸骨，四壁都是千姿百态的钟乳石。

借助氧气灯，瓦尔西姆径自走向山洞深处。

空气越来越湿冷，脚下积水越来越深，瓦尔西姆不时见到一些被焚烧过的牲畜尸骨。除了人，谁还能用火烧食物呢？瓦尔西姆迷惑了。随着洞内石头越来越精美，瓦尔西姆越发小心翼翼，因为他听说过，传说中最可怕的魔鬼往往就住在这种变化莫测的地方。

瓦尔西姆手里攥紧了猎枪和拐杖。随着前方水路突然一转，一股凛冽的阴风迎面冲来！"噗"的一声，氧气灯熄火了！瓦尔西姆暗叫不好，伸手去摸火石，火石却已不知何时丢失！

瓦尔西姆冷汗涔涔，却依然摸索着继续前进，他发誓即使死，也要揭开洞中的秘密！

当他到达一段极窄处，以为再没有前路时，却忽然发现湿滑的岩壁间仅有一条窄缝，能容一个人进入。瓦尔西姆左右犹豫，进还是不进？风声愈厉，他猛地端起猎枪，朝岩缝里剧烈开火，借助火光,瓦尔西姆看到岩缝里夹有几颗骷髅!一定曾有人穿越此地,只不过发生了意外!

瓦尔西姆扔掉了除猎枪外的所有装备。侧身艰难挤入。原来,洞内此处峰回路转,倏然开阔!瓦尔西姆却感觉体力严重透支,他开始向前猛跑,希望还能活着见到最后的秘密。

瓦尔西姆被狠狠绊倒在地,猎枪走火,霰弹夹裹着火苗喷射而出。他惊奇地发现,前边不远的地上竟是一个深不可测的大坑!

瓦尔西姆虽暂时捡了条性命,但他摔得很重,一时爬不起来。恰在此时,身后传来沉重的脚步声,他绝望地闭上了眼睛。

等待他的,却是几只强有力的臂膀将他拉起。原来另外五个猎人赶到了!

火把顿时将山洞照耀得灯火通明。而令众人惊讶无比的是,火光好像经过折射,使洞内变得流光溢彩,灿烂辉煌!六个人急忙靠上前去,发现前方大坑里被水浸泡的,是满当当的黄金!

瓦尔西姆和猎人们愣了。他们想起了流传中的故事。有个叫多足族的部落,人人生有三只脚,他们积蓄了无数财富,却远离喧哗,神秘游离于高原雪山深处……难道这就是传说中多足人的财富?五个猎人狂呼着解开绳索,下去打捞金条。瓦尔西姆却警觉地隐隐听到在某个遥远的地方,正有无数牲畜向洞内集结,足足有几万只,几十万只,来势汹汹,山呼海啸……

瓦尔西姆突然大吼一声:"快逃!"没命向着来路狂奔。紧接着,他听到了身后猎人们被什么撕咬得稀烂的声音!

瓦尔西姆拼命挤过那条狭窄的岩缝,一股巨大的力量便将他冲天抛起!瓦尔西姆撞上钟乳石壁,险些当即粉身碎骨。他终于看清了,身后这头"巨兽"就是滔天的洪水。接着,洪流巨浪再次将他卷进水底……

瓦尔西姆醒来时,感觉浑身骨头都粉碎了。他被挂在洞口一块高耸的钟乳石上,石尖穿透了大腿。瓦尔西姆痛苦地彻悟:迪马多山山顶长年被积雪覆盖,冰雪在春夏之交消融成河,而山洞因为位置特殊,每隔一段时间,上游积蓄的融雪水就会泛滥一次,而贪财的族人正是久久留恋于多足人的财富,从而丢掉了性命……

瓦尔西姆昏昏沉沉。不知过了多久,剧烈的尖唳和咆哮声再次隐隐响起。瓦尔西姆静听,它们就如万马齐嘶,厉鬼狰狞……

加拿大枪鱼

朋友从加拿大回国度假,送给我一份特殊礼物。

"是什么?"我问。

"是活物,也叫宠物,还是怪物。一对加拿大枪鱼。"朋友说。

我从来没养过鱼,但接过礼物,仍免不了心花怒放。

这是一个外观精美的瓶子,带夹层的,内芯为浓乳色,外层晶莹透明,中间则是至清至纯的加拿大内陆尼亚拉加湖湖水。

湖水里面,游动着两条长须飘曳、嘴目扁扁,但色彩异常斑斓且身宽体胖的怪物。

我注视着它们奇形怪状的模样,在想它们该具有何种特殊猛烈的攻击本领。

"它们吃什么?"见朋友急着要走,我得问清这个。

"吃大米、面包渣、海带丝，都可以，但你要记住，它们对环境要求苛刻，千万不要往水里撒食物！"

"那它们如何进食？"我心生诧异。

朋友呵呵一笑，用一把捞鱼的小网勺将两条枪鱼捞起来，放上桌面，只见两只小家伙竟然用胸鳍和尾鳍支撑住了身体，然后一耸一耸如海豚一般笨拙地移动起来！

奇迹！原来能水陆两栖！

朋友又说："因为在中国境内你很难找到相似的湖水，所以每次喂食时尽量把枪鱼捞到陆地上吃喝拉撒，以保持瓶中水的清洁。"

朋友说完急着出门，我又问了句："那它们可以在岸上待多久？"

"不管你信不信，最多两小时都没问题！"

奇迹！世界上居然会有这种宠物鱼。我和老婆喜欢得不得了。

不久的一天下午，我正在上班，忽然接到老婆电话。她急得嗓音都变了。原来她早上起床后把枪鱼捞在阳台上喂食，见它们一时没有排泄，恰好她那天又有个重要活动，就撂下它们到浴室洗澡去了。

洗完澡急着出门，她就把枪鱼的事给忘了！也就是说，那两只枪鱼至今仍在阳台上晾着呢！我心里登时大痛，望望窗外，眼下已经快到吃晚饭的时间了！完了，我的加拿大枪鱼，一定早已死翘翘了！

谁知出人意料的是，等我急忙打车回家，竟发现那两只小家伙仍然在我们家凉台上活蹦乱跳呢！厉害！要说人家外国宠物的生命力还真不弱！

我来不及挂风衣，急忙用渔网将俩小家伙收起来放进水里。却见它们在水里急遽地翻着身体，像在海湾战争中失去了平衡的F14战斗机一般，不停地乱翻着跟斗，好几次都撞到了瓶壁，伴随着它们滑稽动作的还有大泅大泅的气泡从两只枪鱼嘴里冒出来！随后，我就看见它们肚皮一仰，完全停止了游动和挣扎，像两块塑料浮上了水面。似乎像是死掉了！

我被眼前的景象惊得发愣，心想它们不定玩什么花招呢？可二十分钟过去了，它们居然还是一动不动地漂在水面上。不是死掉了又是什么呢？难道是奇特的深度睡眠?!

急忙打电话给朋友。朋友刚好下了飞机，电话里说："完了，枪鱼一定是被你害死了！这两天我一直没开机，就担心你会把它们养死，结果你还真没叫我失望！"

我忙解释我是疏忽了管理，但我回家时它们还是鲜活鲜活的啊！我还想观察它们究竟怎么个争强好胜、打架斗殴呢！这下没机会了！

朋友气得讲起了英文："NO! NO! NO 'SHOOT' BUT 'CHOKE'（非'射击'而是'呛水'）！"

"GOD（天啊）！"原来根本就不是"枪鱼"，而是"呛鱼"！

"我说过它们最多只能在陆地上呆两小时，超过两小时，呛鱼的确还能在陆地上苟活一阵儿，但你要把它们重新放回水里，对不起，它们会被呛死的！两小时后它们的鱼肺已然发生了变异，再也不能适应水中的环境了！"

乖乖，呛鱼竟是被淹死的！

最后的遗产

病情刚开始好转，那边竟来了消息。

她费力睁开双眼，看到的不再是浑噩的幻影，而是居委会主任和派出所的民警。

"老寿星！您还认得我吧？"居委会主任也是个奶奶份儿上的人了，可比起她来，仍显年轻。

"认得，小李……"回声极弱，但神志还算清晰。

民警也笑着说："老奶奶，我们来看看您，祝您早日康复！"

她听了面色沉重，沉默不语。民警环视一周，这才发现，今日在她身边竟无一个亲人看护！

居委会主任和民警迅速用目光做着交流，最后还是前者率先开口说："老寿星，今天来看您还有一件小事情，和您通个气儿！"

"您就当成个故事听着解解闷儿。"民警也附和说："但您老可千万别激动！"

她抿抿满是皱褶的嘴，一脸疑惑。

居委会主任语调更加柔和："多少年来，您老一手拉扯那么大个家庭，不容易啊奶奶！最近我们听说，那边有消息过来，好像有人要回来探亲。"

民警补充说："县里对台办也来了电话，我们特地找老户籍查对了，您家里另外一位老寿星也仍健在！听说最近就要回来。"

她面无表情地盯着天花板,嘴巴却缓缓地张开。像个阴森森的洞。

一周后,她执意出院。回到家,依旧如往常一样,久久坐在老屋天井里发着愣,从清晨直到黄昏。

多年以来,岁月如一泓深潭,掩埋了青春;老屋像一口深井,吞吐着回忆……

相比她的寂静,家里面异常热闹。从年近花甲的儿子,到刚刚懂事的重重孙子,谈的议的,都是那边要来的那个人!

那个人,自七十年前离开,就再也没有回来。中间隐约有过零星消息,也很快如过眼烟云消失散尽。算来,他如果活着,已经九十有六!这样的岁数,竟然能活着回来?

果真就回来了!由一大群人陪着,老态龙钟,步履维艰,像一只倒虾。臂膀下还少了一支左手。

她和她的世纪重逢,在一瞬间里被定格成为无数媒体报刊的头条。可他们面对彼此的表现却迥然而异,她对记者喃喃道:他还是那副老样子,即使老成了木头、石头,也能一眼就认出来!而他却老泪嗫嚅:再也认不出她来了,当年走时,她身怀六甲,才16岁……

家人对他的兴趣,明显更多在他谜一样的身世和家资上。对此,猜测五花八门。可惜,他迟迟尚未显露出任何一丝印迹。

送他回来的人当天原路返回,他固执地谢绝了此后一切来访,在老屋里安住下来。于是她和他,悄无声息地坐在老天井里晒太阳,成为家中一景。

北方初秋的太阳,比起南方,更温和、厚实,照在身上像盖了一层蓬松酥软的棉被,很容易使人在里面安逸地浅睡……

一个月后,他就是沐浴着这种家乡特有的阳光永远盍上了双眼。她所有亲属都赶来热心操办后事。然后,他们纷纷带了质询的口气问她,他究竟从那边给她和这个家带来了什么?

她一次次惶恐地摇头。生怕他们不信,最后只得去衣柜里颤巍巍地取出一只长方形的大玻璃瓶来。人们好奇地簇拥上前,却被吓得失声尖叫!原来瓶子里装的,是一只用福尔马林药液浸泡的手!是他那只不知何时断掉的左手。

众人轰一声散去。临走有人为她鸣不平,骂老头是个变态狂、铁公鸡!她不见得听清了,却将瓶子紧紧搂在怀里,生怕有人夺走似的。最后,用红绸布里外包裹了,重又放回到衣柜里。

从此,众人就时常见她怀抱那个瓶子,坐在温煦的秋阳里打发时光。令人不可思议的是,原本憔悴如枯叶的她,精神却眼见好转。

那天,突然有人手摇报纸激动地跑进老屋。扬言有重大发现!原来,按照那边规矩,老头每月都有一笔可观的退休金,但要每季度将本人的手纹邮寄当局,以证明人仍健在。报纸上的案例就是有人为掩耳目,将死者手臂截下来用福尔马林药液保存,以期长年领取退休金!

原来,他真的什么都没有。那瓶子里装着的断手,竟是他处心积虑留给她的最后的遗产。

她不识字,耳朵也很背了。但出乎所有人意料,当他们把报纸折叠起来,大声讨论领取退休金时,她忽然抱起手中的瓶子,狠狠向自己头顶砸去!

全民微阅读系列

一群鸡

看到这个题目,或许你会以为这是篇艳情小说。至少在任何汉字都可能出现新意的今天来看,它具有相当煽情的可能性。

可你错了,这是一群地地道道的山鸡。

就是散养在山里头,专吃草籽和害虫,有过金色童年的一群鸡。

它们头顶彤红的焰火, 颈缠浑黄的围巾儿, 身披雪白的绒羽,齐刷刷坐卧于荆条编成的大提篮内,昂首挺胸,就像迎接外国元首的仪仗队,被一辆独轮小车推向城里去。

有人要问,它们就那么老实? 当然,——这是一群被老太太捆住了手脚的鸡。——推到大酒店的小厨房里去? 不,赶趟集而已。

老太太年岁一大把了,记性却不差。她一边走,还一边冲提篮里的鸡们嘟囔着:"老大老二呀,就数你俩最听话,走了三里多路,还没见你们摩挲一下眼皮儿,别埋丧脸子啦,孬好我最后让你们走!

"老三和老五,你俩就是天生的命贱! 交头接耳,叨叨个没完,要是有买主儿,看我不先由着别人选!

"老四和老六,你俩按说年龄还不大,可我急等着使钱,小儿媳妇要下蛋,B 超里说了,这回准是个带把儿的! 你们不老跟仇人似的吗? 现在倒好,一进城,魂儿都吓掉了……"

老太太念念叨叨来到十字路口, 突然一辆大卡车从背后猛冲而来！老太太转身稍慢，手一撒把，凭空里就是一阵稀里哗啦。

如果你是老读者，又看过我的小说，准会这么说：这下子可完了！小独轮车被轧趴了，大提篮被压扁了，一群鸡扑扑棱棱，眨眼间就死的死，伤的伤，场面惨不忍睹！只剩下那个老太太，虽说不至太残忍，但是总得受点小伤害。

这还不算，卡车司机一下车就傻眼了！老太太不正是自己的亲娘吗？光顾着搞买卖，多久没上门了！老太太一见是大儿，本来还挺伤心，这下子气先消了大半。儿见娘没啥事，只是赶趟集卖鸡，脸上立即就有了不屑，几句话后扔下一张大团结，窜了。

这个细节的确有意味，但我不能这样写，老是这样写就对不起读者了，我没打算这样写。

其实大卡车猛冲过来时，老太太只是吓了一跳，她哪里见过这么开车的？慌忙中车把一撒，人和小车都闪倒在了路边，鸡更没啥事，至于那辆凶猛的大卡车，嗖地一下子就驶远了。

老太太稳了稳心神，继续跟鸡们嘟囔着上路。小脚不停，太阳一竿子高时，就来到了县城东郊的集市上。要说这县城的集市就是比村里和乡里的大，大得几乎看不到边儿，人多得瞅着眼晕。

老太太没敢使劲往人堆里扎，找个靠路的边角停下，边歇息边卖鸡。可一直等了大半晌，除了几个问价的，一笔买卖也没做成。忽然间，她看见一伙小商贩推车的推车、背麻袋的背麻袋，都向她这边急奔！在他们身后，紧追着一群身穿制服的青年。那架势，很吓人。

这个节骨眼上儿，按惯例你又要猜了：老太太行动迟缓，来不及推车赶紧躲到一边。就见青年们跑上来摁住她的小车大吼："这是谁的？赶紧承认！给你们划出地方来卖你们不听话，软的不吃吃硬的！"青年一边吼着，其中一个还抓起了老太太的秤杆儿。

　　老太太被吓得够呛,可无意间抬头一看,竟大着胆儿走上去承认小车是她的!就见那个手抓秤杆儿的青年开始浑身发抖,究竟是气愤还是惊讶谁也难说清。因为他万万没想到站在自己跟前的是亲娘!

　　也就是说,他是老太太的二儿子。

　　仅是片刻迟疑,二儿子还是"咔嚓"一声,愤然将秤杆从中折断!这时人群里起了嘈杂,二儿子亲眼看见娘的眼睛里慢慢地溢出泪花。他不敢再看下去了,猛低下头,将一张崭新的人民币塞进鸡翅膀下。

　　二儿子离去很久,老太太还像是一桩泥雕那样瓷在原地,只剩下那群鸡们瞪着惊恐的小眼四处乱探。

　　是的,我又要说你猜错了。很对不起,我这篇小说没有这些细节,其实它很平淡。

　　其实老太太看见那群青年跑过来时,立即就推起小车走掉了,因为她在人群的最外侧,走得及。她只是远远看了一眼那个身穿制服的小青年,脚底下就立即像是生了风一样。

　　老太太一边往回赶,一边很有些个难过。三儿媳妇马上要生了,可三儿子的刑期还未满,家里需要钱伺候月子。一群鸡一只也没卖掉,她不想让人说是自己舍不得。想着想着,想着想着,她笑了。

　　什么,笑了?这时候还能笑得出来?你又要问了吧?

　　是啊,这时候按说她根本笑不出来,可她的的确确是笑了。

　　因为老太太忽然想起了今天收入的那两百块钱来!

　　千万别跟我打赌,说那钱不能用。否则,我会把这篇小小说的稿费也押上。

　　还跟你急。